U0696125

中国新实力作家精选
当代青少年必读的精品散文
总策划

青春做伴

为此，不惜打碎以前的自己。

永不满足、永不停顿，才是最佳的写作状态。

韩小蕙◎著

知识出版社

图书在版编目(CIP)数据

青春做伴/韩小蕙著. —北京:知识出版社,
2011. 8

ISBN 978 - 7 - 5015 - 6267 - 1

Ⅰ. ①青…　Ⅱ. ①韩…　Ⅲ. ①散文集—中国—当代
Ⅳ. ①I267

中国版本图书馆 CIP 数据核字(2011)第 164960 号

策　　划　刘　嘉
策划编辑　马　强
责任编辑　张　磐
责任印制　李宝丰
封面设计　晴晨工作室

知识出版社出版发行

地　　　址　北京市西城区阜成门北大街 17 号
邮政编码　100037
电　　话　010 - 88390732
网　　址　http://www.ecph.com.cn
印　刷　厂　三河市兴达印务有限公司
开　　本　1/16
印　　张　14
字　　数　180 千字
印　　次　2011 年 10 月第 1 版　2024 年 6 月第 3 次印刷

ISBN 978 - 7 - 5015 - 6267 - 1　定价:58. 00 元
本书如有印装质量问题,可与出版社联系调换。

目　录

第一辑　激扬文字

青春做伴在异乡 …………………………………………… 3

美女如云（外两篇） ……………………………………… 17

中华民族三章 ……………………………………………… 24

宜兴有好女 ………………………………………………… 34

今天,是我们矿工的节日 ………………………………… 43

一座晶莹剔透的城市与诗 ………………………………… 46

第二辑　铁板弦歌

澳门的心 …………………………………………………… 53

岳荦享堂、三碗清水及其他 ……………………………… 60

永新的忠 …………………………………………………… 66

东固英雄谱 ………………………………………………… 74

宁海方孝孺 ………………………………………………… 78

人格大师季羡林 …………………………………………… 82

冯纪忠:远去的大师 ……………………………………… 90

蔡国强:我想要相信 ……………………………………… 98

第三辑　好山好水

精致扬州 …………………………………………………… 111

✿ 百里杜鹃盛世红 ·················· 118

大洼秋五色 ·················· 126

清明广远唱大风 ·················· 134

小井庄随想 ·················· 137

三分湿,五分润,还有两分甜 ·················· 142

曾国藩故居诗文对 ·················· 147

第四辑　直抒胸臆

书是最可靠的阶梯 ·················· 159

对孩子的成长你要等 ·················· 164

重筑民族道德自律长城 ·················· 168

不要主观地降低阅读难度 ·················· 172

圆明园是中华全民族的财富 ·················· 173

惊闻圆明园要办庙会 ·················· 176

在观音山的自问自答 ·················· 178

第五辑　海外心情

德国的人 ·················· 187

英国十大怪 ·················· 195

英国应向中国学习的六件事 ·················· 200

中国应向英国学习的六件事 ·················· 205

英伦的雨 ·················· 210

在英国巴斯邮局 ·················· 213

巴斯邮政博物馆 ·················· 216

青春做伴

第一辑

激扬文字

青春做伴在异乡
——记在泰国的国际汉语教师中国志愿者

有人说历史是英雄创造的，有人说历史是奴隶（人民）创造的，有人说历史是英雄和奴隶共同创造的。在我眼里，他们既是人民又是英雄，不错，他们创造了历史。

（1）

6 个七八岁的小姑娘在台上表演舞蹈。她们穿着黄色的泰纱裙，脖子上戴着泰国人民最喜爱的鲜花串儿，模仿着舞神的身段、手势和表情，不停地旋转，腾挪、跳跃。虽然听不懂她们的歌声，但可以感觉出她们在借助神的微笑，歌咏生活的美好。

一曲终了，她们又上场了。这回，她们穿着中国汉族的娃娃装，跳起了喜庆的丰收舞，还一边用汉语唱着"麦浪滚滚闪金光……"，最后，来了一个像模像样的大团圆造型。

一时间，我竟迷惑了，有点儿不知自己是身在泰国还是中国？这些漂亮的小姑娘是泰国人还是中国侨裔？亦不知自己是在清醒中还是在梦里？

直到经久不息的掌声响起，直到老师们和家长们涌过来，直到 6 个小姑娘跑到我们面前献上花串儿，我才恍然醒来：哦，这是在泰国而非中国，这是泰国小姑娘而非汉族小丫头，这是在泰国南部城市芭堤雅的明满汉语学校……

是的，这是刚刚过去的 2008 年的一段美好时光，我们作为中国的作家和记者，来到美丽的热带近邻泰国，来看看年轻的国际汉语教师中国志愿者们，是如何在这里展开汉语教学工作的——短短 5 年时间里，他们创造了一个又一个奇迹！

（2）

近年来，泰国越来越成为中国人旅游的首选地，这个东南亚国家的风土人情、旖旎风光、历史文化、社会生活以及神秘的宗教众神……也越来越被中国人民所了解，所熟悉，所亲切。

这是我第一次踏上泰国的土地。大大地睁着新鲜的眼睛，我看到了一个安宁·祥和·干净·美丽·亭亭玉立·飘飘欲仙的国度，也接触到她温婉·礼貌·淡薄·宽厚·谦谦君子·玉树临风的人民。一周之行，匆匆行色，我发现自己是越益喜爱上了这个邻国，直后悔自己来得太晚了：在我自己的地理坐标中，过去为什么总是欧美，而没有重视这个充满着亲情魅力的国家呢？

首都曼谷的素万那普国际机场即使在半夜，也令人不可置信地像北京王府井大街一样热闹，到处都是拥挤而快活的人群。让我震撼的是这机场的现代化程度，堪可与北京首都机场新建成的 3 号航站楼比肩，而且更高明一筹的是机场内的巨型雕塑不是"洋"的和"后"的（"西洋"、"后现代"、"后后现代"），而是泰国人民平素供奉的佛教神像、金刚、力士等等，立刻就给人一种古老文化的氤氲，点染。

已是半夜 1 点半，泰国教育部的官员赖志华老师等一行还等候在机场迎接我们，既说明了他们的热情，也显示出泰国现在对中文教育的重视程度。他们按照泰国的传统礼节，为我们挂上了洁白的兰花、黄色的雏菊等编织而成的鲜花串儿，浓郁的香气袭上来，十分可人。

他们不顾机场熙熙攘攘的人流，说了许多热情得烫人的话：感谢中国政府帮助泰国实施的中文教育工作，赞美中国国家汉办对于泰国有关方面的大力支持，赞扬国际汉语教师中国志愿者们的出色工作，自豪于泰国的汉语教学目前是全世界开展得最好的，还希望接受中国更多的派遣人员和经费支持……

我们一下子就进入角色了，并且感到了此行的责任重大！

（3）

中国国家汉办的全称为"国家汉语国际推广领导小组办公室"，是中国国家教育部下设的一个机构，过去默默无闻，现在呢，喝，可是越来越重要，越来越显赫了。为什么呢？全世界学汉语的人越来越多，事业越来越红火呗！

国家汉办的领导人是许琳主任，这位女士着实了得，衣着入时，风姿雅致，思维敏捷，个性率真，说话和办事都"嘎嘣脆"，一看就是个不把工作搞得轰轰烈烈绝不睡觉的角儿，由她领导国家汉办可真是"汉语国际推广"的福分。在北京时一见面，她就拉住我们说：

"真的，这些年来，随着中国经济和对外交流的蓬勃发展，在全世界范围内出现了学习汉语热，差不多有100来个国家，在各级各类的教学机构里开设了汉语课，学习汉语的人数已经超过3000万了。'如果你想领先别人，就学汉语吧！'这句话可不是我说的，也不是中国人说的，而是美国人说的，话见美国《时代周刊·亚洲版》2006年6月26日，有兴趣请你们上网去查查……"

在此之前，我也隔三差五经常看到这类报道，什么美国有多少多少人学习汉语啦，日本大学和企业时髦学中文啦，就连非洲也传来此类消息。但由于没有切身体会，就容易理解为是记者们的一相情愿，轻风在耳边一吹也就过去了。而这次在泰国，的确是亲眼看见了，更是从内心"触"到了这"热"的温度有多高。明满学校一位40多岁的男性家长，热情洋溢地跟我说："我是一个企业家，去过贵州，看到中国美好的文化十分向往，回来就送女儿来学中文，希望她将来能到中国上大学。我们家族里都是泰国人，没有人懂汉语，一点儿基础也没有，因此最初很困难，我们就鼓励她，讲学习汉语的重要性。现在，她都可以和老师对话了，我们全家都感到非常骄傲！"

泰国教育部2008年5月的一份官方文件说："中国的经济在20世纪末21世纪初蓬勃发展并保持较高的增长速度，使越来越多泰国人对汉语产生

了浓厚的兴趣，汉语热潮涌入泰国社会，随之涌入了国立学校、高校和职校，从而打破了之前只有私立学校才开设汉语课程（学习汉语的大多是华裔后代）的单一化局面。近年来泰国的汉语教学得到中国政府的大力支持，使得泰国的汉语教学发展迅速，一跃成为仅次于英语的第二外语，使得泰国教育部从中看到了促进汉语教学的必要性。……泰国教育部迫切恳请中国国家汉办支持：在 2007 年 650 名志愿者的基础上，逐年增加名额，争取在近年内向泰国派驻的志愿者数量每年达到并超过 1000 名。"

（4）

经济当然是基础，而且我过去没想到的是，经济和语言的关系之重要，就好比人和双手、双脚的关系，甚至好比人和吃饭的关系。尤其是在经济全球化浪潮滚滚滔滔的大背景下，泰国的家长们都长了一双明天的眼睛，充分认识到中国是亚洲各国最重要的贸易伙伴，在与中国的经贸关系中使用汉语体现了东亚地区的一体化（也就是说，今后在东亚做生意的通用语言是汉语），因此学会汉语就如同拥有了走入东亚地区的通行证。他们积极送孩子学汉语的主要目的，是为了使下一代成为能应对变化、管理经济的国际型人才。

此外，汉语在泰国的"热"也跟皇室有关。全世界都知道泰国是一个佛教国家，很多人却不知道泰国人民对王室的尊敬和热爱，就像对佛教一样虔诚。近年来，泰国王室为了国家利益，加强了和中国的往来，"泰中一家亲"的口号传遍全国，王室的众多成员都在热学汉语。学得最好的是诗琳通公主，她早在 25 年前就开始学习汉语，现在每周六还在上课，其对汉语的精通程度，不仅能直接欣赏中国的文学、书法、音乐、舞蹈、绘画……还通读了为数不少的中国古典典籍。我们在泰国的街头、广场，还有很多学校里，都看到了诗琳通公主题写的汉语书法，比如她题给泰国最好的大学——朱拉隆宫大学孔子学院的匾额，就是"任重道远"，多么贴切啊。

除此之外，我们还听说了不少其他王室成员、乃至宫廷官员们学习汉语的故事：比如朱大孔子学院一共办了 7 期汉语学习班，王室成员和宫廷秘书处就占了 4 期。又比如某次中国驻泰王国特命全权大使张九桓去王宫会见普密蓬国王，一路走入，一路碰上的官员都跟他用汉语打招呼，弄得他"丈二和尚——摸不着头脑"，后来才得知，原来他们都是在抓机会和他练口语呢……

现在，连泰国军队都在学汉语；

现在，连泰国警察都在学汉语；

现在，泰国社会的上、中、下层，官方、民间都在学汉语。

你说，对汉语教师的需求能不大吗？

（5）

我有幸听了志愿者孙佳老师的一堂课。这是在泰国著名的旅游胜地普吉岛，在普吉女子中学，这所学校建于整整 100 年前，治学严格，成绩卓著，在全泰国享有盛誉，其地位相当于北京四中、天津新华中学。

孙佳老师是女性，二十四五岁样子，圆圆脸，戴一副白边眼镜，虽然比讲台下面的高二学生大不了几岁，还真有点儿师道尊严的风度。别看她年轻，在泰国服务已是第二年，所以有经验积累，课讲得生动活泼，很有吸引力，而且师生们的会话全部是用中文。

孙佳老师："大家都是普吉人，喜欢普吉岛吗？"（普吉岛，汉语拼音是：pu – ji – dao）

学生："喜欢。"

孙佳老师："我也很喜欢，因为它有美丽的海滩（海滩：hai – tan），还有很多游客（游客：you – ke，就是来旅游的客人）。老师也是外国人，来普吉岛旅游，你们可以给我介绍景点吗（景点：jing – dian，就是供游览的风景点）？"

学生甲："茶龙寺。"

学生乙："巴东海滩。"

孙佳老师："如果我去巴东海滩了，可以做什么呢？对，可以游泳（游泳：you – yong）、潜水（潜水：qian – shui，这里碰到了两个三声调的词，那么第一个字应该读二声）、观鱼（观鱼：guan – yu，观是观察的观，就是特意地看）。我还可以在海上骑摩托艇（摩托艇：mo – tuo – ting），还可以在陆地（陆地：lu – di，就是大地，这里指的是土地）上开汽车、骑自行车（自行车：zi – xing – che），还可以做什么呢？"

学生："还可以购物。"

孙佳老师："对，巴东海滩有很多商店（商店：shang – dian，就是卖东西和买东西的地方），还有泰国最大的购物中心（购物中心：gou – wu – zhong – xin），外国游客可以尽情地选购（选购：xian – gou，挑选的选，购物的购）。"

……

就这样一环套一环，一生二，二生三，举一反三，一以当十，既好理解，又好记忆，真可谓殚精竭虑，使出了浑身解数。同时，又可以体会到孙佳老师对自己的学生非常了解，是站在学生的角度、或者用文学术语说是从"接受美学"的角度出发，想方设法让学生爱学，学进去，并在心里牢牢记住。同时，我非常欣赏她的讲课风度，自信，果决，智慧，干净利索，字正腔圆，很有权威性—— 是了，权威性显示着使人信服的力量和威望，中国老师们都很年轻，权威性就是很重要的，必不可少。

我感慨地对站在一旁的庞利女士说："孙佳老师真是一位兢兢业业，极有责任心，同时又水平高超的优秀教师。在她身上，体现出了中国作为文明古国的泱泱大国之风，真给咱们中国争光啊！"

庞利女士是中国驻泰大使馆教育组一等秘书，是负责泰国汉语推广项目的最高官员，也就是说，她是所有在泰国的汉语教师中国志愿者们的"司令官"。听我这么一说，她的脸上笑开了花，灿烂而动情地说："感谢你这么高的评价。不过我可以负责任地告诉你，我们的志愿者教师，个个都是这么出色。"

（6）

我知道，我相信，因为一路走过来，我已听到了那么多故事。印象最深的，是《"爸爸"曹凡的故事》：

来自天津师范大学英语专业的曹凡出生于 1982 年，2001 年研究生毕业，这个有志向的大男孩觉得学外语的应该有国外工作经历，就报名国际汉语教师志愿者工作。经过短期的专业培训，被分配到泰国，这使他完全"没想到"，因为他原来想去的是欧美国家。

第二个"没想到"的是，他被带到离曼谷有 15 个小时车程的泰南，在一个私立的华侨学校落了户。虽然已经做好了吃苦的思想准备，但条件之艰苦还是让他心惊动魄，"那时是建校初期，简单说吧，屋子里除了灯什么都没有。"而给他安排的课程是教 10 多个班，从幼稚园、小学、初中一直到高中。

第三个"没想到"最要命，泰国学生之难教，简直难以想象。说来泰国是一个佛教国家，国民大都信奉"清静"、"善缘"、"不争"、"忍让"等佛家思想，讲究与人为善，礼貌谦和，连吵架、骂人的事情也很少发生。可是泰国又很"西方"，由于长期亲美、日、西欧，深受其影响，尤其青少年们非常热衷于追随其文化，表现在课堂教育上，学生们可以和老师平起平坐，不爱听了就自由走动、说话、接下茬儿，有时上着上着课他就在地上打滚了。你还不可以施行硬性管教，老师太严肃了会被投诉，真能把女老师们气得哇哇大哭。

但是后来曹凡发现，泰国学生也非常可爱，只要你表达一点点善意，他们就喜欢你信赖你。曹凡就琢磨出了好多"套磁"的点子，比如给他们起中文名字，女孩子们叫"可爱"、"美丽"、"温柔"、"典雅"，男孩子们叫"俊伟"、"坚强"、"硬汉"、"大方"，还应他们的要求，叫"李连杰"、"成龙"、"周星驰"，以及"孙悟空"、"唐僧"、"诸葛亮"、"武松"……他还和男孩子一起踢足球、打篮球、野营；和女孩子们聊天，一起过生日，谁考试考好了就奖励她们吃甜筒（一种冰淇淋）……

第一辑　激扬文字

学校有一些住校的孩子，基本上都是家里有些问题的，比如没有父母等等。曹凡看着他们小小年纪就得不到家庭的温暖，心里特别不是滋味，就对他们特别好，像对自己的弟弟妹妹一样耐心呵护。后来忽然有一天，有一个男孩子过来对他说：

"老师你对我太好了，我不想叫你'老师'了。"

"那你叫我什么？"

"我管你叫'爸爸'吧？我就叫你'爸爸'了。"

从此，单身的中国大男孩曹凡，就在学校里被孩子们称作'爸爸'了。年纪大的高中学生也向小的学习，管他叫"大哥"。他的课堂纪律也变成全校最好的了，学生们的汉语成绩像大风起兮送纸鸢，越飞越高……

（7）

无独有偶。不，不是"偶"，而是像庞利女士说的，这些来自中国的汉语教师志愿者们，个个都出色——我参加了大使馆教育组专门组织的一个交流座谈会，聆听这些年轻志愿者们的激情澎湃的发言，让我一次次鼻子发酸，眼泪在眼眶里打转：

来自山东大学的中文系毕业生袁凯说：我初来乍到时学生们欺生，上课听歌，一身打扮得特摇滚，我管他们，他们就挑衅地问我会说泰语吗？后来我组织他们演戏，让最皮的孩子演《三打白骨精》，练的过程特痛苦，约好1点开始他们3点还不来。但我咬着牙坚持下来了，对他们一些奇奇怪怪的想法，鼓掌叫好，调动他们的积极性。最后，表演大获成功，他们这群叛逆的家伙也成了我的忠实粉丝。为了"给老师面子"，他们学汉语都特别卖力气，选中文作为主修课，有的假期时还让家长带他们去了中国……

暨南大学研一女生戴玉洁长得小巧玲珑，她是2008年5月28日到泰国，29日就开始工作了。本来她想象得很瑰丽，以为学生们都会对她露出甜甜的微笑，都特别带劲地学中文。谁知第一节课她就懵了，学生们问她会不会泰语？得知她不会就不理她了。她看着闹哄哄的课堂没人听讲，急得敲桌子，但脸上还得保持微笑，学生们觉得老师没事，就继续自顾自地说话、闹腾。怎么办？这个倔强的小姑娘说：我就只好在课堂上增加肢体语言，比如教"爬"字，就找一个学生在地上爬。同时，跟他们做游戏，教唱歌，画画，像妈妈带孩子一样耐心，忍着不发脾气。后来他们就接纳我了，还跟我说他们喜欢中国了……

　　云南师范大学毕业的王婷已经来泰国 3 年了，算是志愿者中的"资深教师"了。其实这个西双版纳的姑娘是 1983 年才出生的，且因为身材修长，高高瘦瘦，就显得比实际年龄更小。3 年来，她边教学边学习泰语，给周围人留下的印象是听话、懂事、认真，在很多场合都被人认作泰国人。她一人教几百个学生，智慧地把他们分成 10 人一组，背书时人人争先，唯恐影响了全组的荣誉。她还充分发挥自己的西双版纳特长，教学生们唱歌跳舞，带着他们做演出服装，去区里参加比赛还获奖。后来上课时，她经常收到学生们用泰文、中文、英文写给她的纸条："老师你不是普通教师，就像我的朋友和亲人。""老师你可不能走啊……"

　　1984 年出生的袁强长得虎背熊腰，看着比实际年龄老成得多。他是比较特殊的一个，本来他大学毕业以后，已经在厦门的一家电视台上班了，收入也不错，似乎走入了一条既成的人生轨迹。可是他办了停薪留职，跑到泰国来当志愿者。问他为什么？他说：很大的原因是家族遗传，因为我父亲年轻时就是他们那个年代的志愿者，每个星期天不是种树就是到孤儿院服务，后来干脆支援大西北，哪里艰苦就到哪里安家。现在他老了，回到家乡，可是他支持我当志愿者，我在国内时就已经做了很多，比如献血、帮助孤寡老人和残疾人等等。当然，他没想到我比他走得还远，而且我当上国际志愿者了，他比我还激动……

　　哎呀，我的眼泪终于落下来了。这些可敬的中国志愿者，这些可爱的中国 80 后，这些懂事的中国大孩子——他们在遥远的异国他乡，表现得竟是这么出色，太了不起了！

新一代的中国80后。

对我们来说，他们曾经、现在，都有点儿让我们看不清，是令我们迷惑的一代新人。

我家也有个80后女儿，曾给我带来很多骄傲，也惹来我的众多烦恼。我曾和全国的爸爸、妈妈、爷爷、奶奶、姥爷、姥姥一起，称他们是"小皇帝"，指责他们这些蜜罐里长大的孩子们、娇骄二气、自我中心、冷漠自私、不关心社会也不关心别人，忧虑他们将来怎么能担当起家国大业？

2008年是划时代的一年：先是奥运圣火在境外受阻，数以百万计的中国80后留学生自发组织起来，同仇敌忾地挫败了少数反华分子的阴谋；后来在汶川大地震发生后，又有无以数计的80后挺身而出，或舍生忘死赴灾区救人运粮送水，或大公无私在后方献血捐款捐物，还利用自己的优长在互联网上宣传报道，相互鼓舞激励……他们做得简直太出色了，使一向对他们恨铁不成钢的大人们目瞪口呆，深受震撼而又喜极而泣。

在泰国的数百名80后中国汉语教师志愿者们，同样交出了一份极其出色的答卷。这些大男孩大女孩们，连泰国教育部的文件都如是说："我们知道他们都是独生子女，在家都是父母的宝贝。"但他们到了泰国，肩起了祖国交给的重担后，一下子就长成了大人，责任感、信心、毅力、勇敢、坚强、顽韧、永不放弃、永不言败……这些似乎从来不属于他们的词汇，都在他们身上凿凿地体现出来了。请大家跟我读读下面这段文字，这是一个外表看似杨柳般柔弱、内心却松柏般刚强的女孩，独自任教于空坤中学的谢文婷写的：

"一天，我在卫生间里洗头发，眼睛的余光瞄到排水口有个脑袋探了进来，呀，蛇！我的脚立刻就软了！我立马舀起一瓢水向它泼过去。水有用吗？可是我没有任何的武器，我不敢伤害它，只想把它吓走。可是它又再次爬进来了！我舀起更多的水向它泼去，终于，它撤退了。我看清楚了它——全身赤红，一米多长，手腕那么粗，立着身子，吐着舌芯，很具攻击性。我为我的勇敢而庆幸……"

男孩子们同样经历了这种凤凰涅槃式的锻造过程，曹凡、袁凯、袁强、李明、霍国保、杨建生等，在国内时，出了学校门又进学校门，从小到大哪儿做过饭啊，熨衣服的活儿更是匪夷所思的神话故事。可是来到泰国，独自一人就是一个家，必须学会奏响锅碗瓢盆交响曲，还得保证营养打好持久战；更兼泰国的民族习惯，对服饰的要求很高，有些正式场合上衣不能有皱折，裤线必须笔直，这就逼得你不得不把神话故事变成现实。来自河北大学的霍国保是在读研究生，他是利用写论文的一年时间来这里任教的，每天上午教学，下午备课，晚上写论文，零碎时间做家务，他说出了他们的共同心声："一个学期以后，我们全搞定了，从一个男孩长成了男子汉。"而且十分有趣的是，霍国保的论文题目是《论先锋日常语诗歌》，不知这形而上的"日常诗歌"和每日那些形而下的"日常生活"有什么一种血肉同盟？

作为他们的父母，听到这些远在异国他乡、让人牵肠挂肚的男孩女孩们，这么快速地长成了大人，心里是多么的欣慰啊！可是且慢，他们还有更大的成熟让人惊喜万分呢——他们全体都说出了自己的最大收获：

"远离了祖国，才知道自己对祖国有多么爱！"

"我自豪：我是一个中国人，我是中国志愿者！"

"有了这一次在泰国的从教经历，我收获了自己正确的人生观和世界观。现在我无比骄傲——我是中国 80 后！"

（9）

正确人生观的建立，加速着这些中国 80 后政治上的成熟。2008 年奥运圣火传递到亚洲第一站泰国时，此前在法、英都遇到了不法分子的阻挠，他们并且狂妄地叫嚣要让这一幕在亚洲重演。然而，有数百中国 80 后志愿者在，岂能让敌对势力的阴谋再次得逞？这些中国的男孩女孩们一传十、十传百，连夜赶到曼谷，组成了长长的人墙，用年轻的血肉之躯捍卫了奥运和祖国的尊严，也从此打灭了反华势力的嚣张气焰，使他们再也没能纠集起人马卷土重来了。

党和中国政府以欣喜的目光注视着他们的成长，也无时不刻关心着他们的点点滴滴，为他们提供着强大的后援支持，包括工作上和生活上的悉心照看。

张九桓大使经常亲自过问中国志愿者们的工作，高度评价这个国际项目给泰国汉语教学带来的巨大进步；同时，站在中国的角度，张大使也概括出以下四条：（1）这些汉语教师志愿者的了不起之处，首先在于推动了汉语教学事业在全世界的发展，是实现中华文化走出去大战略的重要一环。（2）推动了中泰关系的发展，使泰国人民从完全不了解中国向"中泰一家亲"迅速过渡。（3）志愿者的形象就是中国的形象，他们是民间大使，以饱满的精神面貌诠释了改革开放以来中国的巨变。（4）志愿者们自身也得到锻炼，经了大风雨见了大世面，为他们今后的人生夯下了一个坚实的基础。

中国大使馆教育组庞利一等秘书身为汉教事业的"司令官"，更是呕心沥血，点灯熬油，操碎了心。数百志愿者的姓名、年龄、性格、优缺点以及他们所在学校、他们的工作情况，庞利能够如数家珍；同时她还不断提出培训计划，为他们组织学习、交流思想和工作心得创造一个又一个机会；她还不断去走访和看望他们，帮助解决切身遇到的困难；最绝的是泰国教育部的官员们不怕他们的上司，却最惧怕庞利，因为她的认真和顽韧，使他们在她面前一点儿也不敢懈怠。我亲耳听到泰国基础教育委员会的昆英秘书长赞美庞利："因为庞利老师的杰出工作，使别的国家的教育官员都坐不住了，建议他们的政府把教育政策也向泰国倾斜。"

张大使和庞利老师都笑了，特别灿烂的笑，一脸阳光的笑。我心头掠过一束激情——这就是"英雄"的作用，有时候，一个人也能创造历史。

在泰国，创造历史的人还有很多，即使是在艰难的时候，他们也没有放弃。留中大学同学会的罗宗正主席、曾心秘书长等几十位友好人士，就是这样的前辈。顾名思义，他们都是在中国留过学的精英人物，各自都有精彩的人生传奇，比如罗主席1966年从北京钢铁学院毕业后，还主动要求去支援边疆，在内蒙古钢铁厂工作过 8 年。回泰国以后，他们白手起家，筚路蓝缕，创建下辉煌的家业后，还念念不忘"旧情"，寻找一切机会做泰中友好事业的工作。他们也给中国 80 后以及孔子学院的志愿者教师们提供了所有力所能及的帮助，使志愿者们如沐春风，感觉走到哪里都能遇见亲人。

（10）

泰国政府和各级机构、各个学校，对中国志愿者们的评价越来越高，充满了感激之情。随着这些年轻可爱的志愿者们越来越成了"香饽饽"，各个学校对他们的照顾也越来越精细，使他们的工作和生活条件得到了越来越好的改变。

我们参观了了几个学校的教师宿舍：最高档的像公寓，几个女孩或男孩合住一个豪斯（house），每人一间，厨房、卫生间公用。差点儿的也能做到两人一间，有公共的厨卫设施，就像中国的学生宿舍。我们还听说了许多美好的故事：

最不可思议的是：有一位志愿者老师是回民，结果学校为了照顾她，全校老师都跟着吃清真饭，不习惯吃也皱着眉头往下咽。庞利老师说这怎么行，把她调回去给你们换一个人来。校长连连摆手说不行，派不来了怎么办？

最幸运的是：滕珊珊的泰国校长对她特别好，每天给她带饭吃，还给她削水果、买牛奶，春节还给发红包，不好意思接受他们还生气了。

最幸福的是：霍国保的女校长 51 岁，有 6 个子女。自从有一次国保用中药治好了她的感冒，他就成了她的第 7 个孩子，所有正式的家族聚会一定都邀请他参加，他就跟着他们摘果树、划船、泼水、载歌载舞。

最可爱的是：王婷 2005 年刚到学校时，宿舍里基本是空空如也，后来给她一样样地加，现在已经加到热水器、电饭煲、网线，几乎是加无可加了，还在问她需要什么？

最可乐的是：有些天真无邪的泰国小女生跟杨秋健要求说："老师我能

不能和你谈朋友？先让我妈妈照顾你，等我长大了嫁给你再由我照顾你。"

最感觉良好的是：李明刚来时不会用泰铢，坐车给司机1000元大票人家找不开，这时一位泰国妇女为他付了25泰铢，又送给他20泰铢告诉他怎么去打摩的。

最骄傲的是：泰国学生给足了中国老师面子，有一项调查，在曼谷职业技术学校，上日语、法语、英语的学生都逃课，唯有汉语课没人逃。泰国教育部也对中国汉语志愿者的工作给予了高度评价，在一次教学评比中，汉语课的平均考试成绩为4分，大大高于其他所有外语科目。

……

这一切，都是中国教师志愿者们上演的激情青春大戏，青春做伴在异乡，他们用兢兢业业的工作态度，勤勤恳恳的敬业作风，忠忠厚厚的待人原则，饱饱满满的精神面貌，喜喜兴兴的乐观主义，认认真真地在泰国勤奋着、努力着、快乐着、锤炼着、锻造着。他们无比自豪地说："我代表着13亿中国人。"

（11）

在刚刚过去的2008年，中国向泰国派遣的国际汉语教师志愿者是350名，加上派送到泰国教育部基础教育委员会和高等教育委员会的其他520名志愿者，一共派出了870人。又加上往年留在泰国的134名志愿者，现在泰国任教的志愿者已达千人。而自从2003年中泰合作的"汉语教师志愿者项目"启动以来，中国已先后向泰国派出7批共2270名教师志愿者，成为中国外派汉语教师志愿者最多的国家。

但还是不够，远远不够，杯水车薪。只说在泰教育部基础委近500所开设汉语课程的学校中，仅有5位教师是汉语专业毕业，师资匮乏的程度可见一斑。在这种情况下，中国汉语教师志愿者成为泰国汉语教学的主力军。

由于他们的工资、国际旅费以及教学用具都由中国政府承担，没有加重泰国人民的负担；又加上他们出色的工作使教学品质得到了高度保障，选修汉语的学生人数逐年递增，泰国人民对中国的友好情谊，也像中国人

青春做伴

民赴泰旅游的热度一样，在一天天增长。

而放眼全球来看，"泰国现象"不孤立，它只是世界性汉语学习热潮的一个浪头。语言不仅是工具，也是经济，也是政治，也是文化，也是实力。经济走高地位也走高，语言通了一通百通——说来说去，还要感谢我们赶上了这个好时代。

身在异乡的亲爱的中国志愿者们，祖国人民感谢你们，慰问你们！

美 女 如 云（外 两 篇）

不知大家发现了没有，中国已进入美女如云的时代。

以我的家乡北京为例：无论是在"满城春色宫墙柳"的紫禁城红墙下，还是在"引车卖浆唱月圆"的胡同风情中，更是在"东风夜放花千树"的璀璨大商城里，一抬眼，一回头，一转身，到处皆可见美女的身姿在婀娜地摇曳。

个子高的个子矮的，年龄大的年龄小的，身体胖的身体瘦的，头发长的头发短的，柳叶眉毛杏核眼的，瓜子脸庞水蛇腰的，穿旗袍的穿牛仔的，莺声燕语的喜鹊喳喳的，本地的外地的，有知识的没知识的，素质高的素质低的……反正是一街的美女一街高高点击的回头率。直把街人晃得眼花缭乱，直把男人比得没了光彩，直把金的风、银的雨、玛瑙的街道、翡翠的屋舍楼宇……都装点得像好莱坞电影一样没了世俗味儿——"今夜无人入眠"了。

美女如云也是海晏河清、国泰民安的表征。

以前肯定是没有这么多美女的。记得我小时，刚上小学一年级的时候，有一天到同学家里玩，见到她47岁的奶奶，一个脸黑且皱纹深刻的老太太，后脑上梳一个发纂儿，穿一件蓝布大襟褂子，弯腰驼背地走来走去。同学说她是干活干得弯了腰，我则觉得 47 岁已经老到了生命的极限。今天看 47 岁的身边女士，哪个还不光鲜得"回头一笑百媚生"？再加上那么一"欧莱雅"，那么一"保姿"，那么一"SK—TWO"，谁不说她们犹是"梨花一枝春带雨"呢？

话扯远了，还是回头来说年轻的美女们，因为她们才是"当代（女）英雄"。这些小美女们可真是赶上好年代了，不像 40 年前，满世界游弋着极左思潮的巡洋舰，只允许灰、绿、黑、白四种颜色存在，其他的一律"斩立决"（瘆不瘆呀！）；不像 30 年前，买一件的确良衬衣也要省吃俭用，花去一个多星期的工资（惨不惨呀！）；不像 20 年前，满大街男男女女都"西服"，那是各单位一窝蜂地学外国企业的产物（傻不傻呀！）；不像 10 年前，街上一会儿流行红裙子，一会儿流行黄葵花，一会儿又流行绿格子，弄得女孩子们追风逐月地赶时髦，一个个不中不西，不土不洋，丧失自我，谁都和谁一个样（锈不锈呀！）……

甚至，就连 5 年前也不像了。短短 5 年时间，我神州大地上如施了超强肥料的蘑菇似的长满了密密麻麻的名牌店，不单全世界的精品都风起云涌地搬到了中国，就连中国自己的各种品牌、名牌也雨后彩虹般地迅速窜红。君不见，大美女小美女们，哪个不是名牌满身，珠光宝气？哪个又不是胭脂、口红、唇膏、眼影、睫毛膏、香水…… 一应俱全？更有满大街的美容院，让她们像害了相思病一样粘在那里，魂不守舍！

而今更甚，连美女们自己也搞糊涂了——面对着长的、短的、胖的、瘦的、里面的、外面的、五颜六色的、七型八款的、大山崩大海啸一般汹涌而来的时装，怎么选择呢？怎么跟风呢？怎么不落伍呢？"风源"和"队伍"又在哪儿呢？

毋庸讳言，就这么一打扮二捯饬三美容，中国的女子们就是变得越来越光鲜、越来越漂亮、越来越光彩照人了。哦，对了，还有两个重要的因素呢：其一是营养，40 年前中国人吃的是什么，现在我们吃的又是什么？那时粗粮是顿顿当家掌柜的，连周六、周日都不休息一次；今天是花大价钱满世界去追"粗茶"、追"淡饭"、追"自然绿"，什么玉米、莜麦、黑米、黑豆、南瓜、红薯等五谷杂粮，什么低油、低糖、低盐、低脂的蔬菜、水果，什么海鱼、海参、海虾、海带、紫菜、虾皮……结果呢，惯得村姑的脾气比小姐的还大了，直叫人感慨"三十年河东，三十年河西"！

这么好的营养，培养帅哥美女的机率自然大大地增加了。这就又牵扯出第二个重要的因素——精神面貌。按照西方哲学家的说法，物质美是智性美与道德美的外壳，也就是说，物质美只是美的第一步；但这万里长征的第一步当然也还是相当重要的，整天吃糠咽菜的人只能面黄肌瘦，浑身破衣烂衫的人也不愿意到大庭广众去招摇。而今天一街一街的美女们呢，衣着挺拔，环佩叮当，高跟儿鞋踩得马路"咔咔"地打出一串儿美丽的小火花，浑身满脸的自信，相跟着国家的 GDP 一起成长。

经济基础不仅决定上层建筑，也决定着美女们的美丽指数是往下滑落还是往上飙升！

不过，在当下这个奔腾激荡的社会转型期，美女飙升也同样面临着剧变所带来的严峻考验。与幸福感一同来临的，也还伴随着多多的焦虑和深深的郁闷。宝马香车、灯红酒绿自然是兴旺发达的"范儿"、"派儿"，固然可喜、可意、可心；但不可心的是，往往老有一个叫做"纸醉金迷"的家伙与它如影随形。滚滚红尘，汹汹商海，诱惑太多了，于是成群结队来城里打拼的"嘉丽妹妹"们，各自演绎着德莱塞 100 多年前就设计出来的各种悲喜剧，亦不足为奇。

而最奇怪的，远远超出伟大德莱塞的想象力的故事，还每天都威武雄壮地上演着。今天是"秀"时代，各种各样的商机在利润这只魔手的强大推动之下，时刻虎视眈眈地盯着美女们，稍有机会就扑上去了，群起而围之、攻之、利用之，不压榨出最后一丝可利用的赚钱"秀"，决不会放手。

于是，林暗草惊风，美女们也就面临着黑暗的吞噬和一道道激流险滩。于是，竟然出现了七八岁的小女孩就不好好念书，天天想着一鸣惊人地"超"；竟然出现了十一二岁的孩子去"兼职"，油嘴滑舌地为一对对新人主持婚礼；竟然出现了一轮又一轮的"海选"、"江选"、"河选"……

煽惑得多少美女茶不思、饭不想、工不做，花容憔悴，身心惧衰，粉身碎骨也要成为利润的牺牲品；而最最让人想不通的是，所有这一切，竟然还得到他们父亲母亲的支持，全家总动员，共同打造《出名要赶早》的悲剧，难道，他们就不怕孩子再也唤不回了么——当年老祖宗马克思说起"利润"来，说它的每个毛孔都渗透着什么来着？让我们去找来有关著作，好好再读上一读吧！

当然，你也可以说是社会变了，韩小蕙你不要"恶攻"，你自己非要抱着"君子喻于义"的老传统，就傻不唧唧地靠边站吧。你倒是睁眼看看，今天没有名、没有钱、没有地位，谁还肯正眼夹（看）你？我们不趁着年轻貌美去"秀""超""海"，你能保证我这一辈子不受苦、受穷、受世人的白眼气？

哎呀是的，我是不能保证。我只能保证我自己（还有我正青春年华的女儿），在这五光十色的世界上，在这五味杂陈的人生中，坚持恪守"诗书礼仪传家"的老话，扎在书香的清廉和寂寞里，走正路，做自爱、自强、自在的女人！

内心的自美

青山如玉，白云似雪，彩花若蝶。高高的摩天岭上，行人个个步履如飞，争先恐后登攀，都是要前去寻求美丽的。

美丽是人生的依凭。美即财富，美即力量，美即真理，美即幸福——因而，人活一世，一时一刻也离不开美。对美的占有越多，生活的幸福感就越浓稠，这应该是一个正比例。

可是，问世间"美"为何物？这道亘古的难题，谁人又能解清楚！

一群叽叽喳喳的姑娘相携相伴而来。细嫩的阳光，丝丝缕缕，恋在她们白玉般的脸颊上，更衬出这群花季女子的明丽夺目。她们都是好姑娘，心质清纯，冰雪洁白，都有一颗求美求上进的心，一听说摩天岭上请来了三千世界的净水观音，就忙忙的相邀在一起，急煎煎地赶了来，想求菩萨告诉自己：如何才能变成世界上最美的女人？

行人一步三回头，眼睛忙不过来了，一边在心中品评着：她们当中，哪个最美丽？显然的，姑娘们也知晓自己的魅力，故意舞动着柔得像羽毛似的腰肢，前前后后地追逐，嘻嘻哈哈地笑闹，把最青春最岁月的珍珠，瀑布一样，抛洒在幽情的山谷。

白衣女子高挑、白皙，瓜子型脸蛋透着桃红，活脱脱一只高蹈翩跹的白鹤。可惜她是个冷美人，眼睛内外都是冰碴儿，看不见任何别人，只是爱着自己一个人的世界。

绿衣女子温婉、清丽，真像一支拂风的翠竹。可惜她动作的幅度超过了本真，一举手一投足一嗲叫，皆意在给别人瞧，她太想嫁个超级的富豪了。

紫衣女子显出一派高贵相，有紫气东来的味道，像是来自帝妃之乡。但见她笑不露齿，轻移莲步，竭力模仿着大家闺秀的举止，可惜缺失了文化的温润，声音太锐，语言太粗，行为举止欠了品格，下得了乡野却上不了庙堂。

红衣女子的眼睛生得真漂亮，弯弯的如一牙新月，亮晶晶闪出一泓清水，正是古人形容的明眸如潭。可惜她的嘴巴太大了，想要吞下全世界的珍宝，她一定没听说过天方夜谭的故事，那个贪婪的王后，最后是在金光万丈的宝库里饿死的。

蓝衣女子生着一头浓荫的秀发，"哗"地一甩，不啻一首撼人的诗，整个山谷都为之一颤。只是那哗哗的摆动太像广告里的"秀"，诗意不足生命的激情更不足。她老在悲悲戚戚地想着一件事：青春凋谢了怎么办？花容干涩了怎么办？能用什么仙方保持永恒的美丽呢？

……

森森青山，肃肃白云，默默彩花。逶迤山道上，女子们拾级疾步，香汗湿衫头不回……

当她们终于爬到山顶时，一个个都惊呆了！

但见半空云中，一朵岛屿似的大莲花盛开着，观音娘娘端坐其上，大山一般庄严、沉静而又祥和。白莲般圣洁的脸上，丹凤眼半眯着，像是在沉思，又像是在为普天下所有众生祷告，那份大悲悯的慈爱，只有天和地可以承载！若说美丽，这是姑娘们今生今世、来生来世，所见到的最绝色的美人！

观音娘娘左手持宝瓶，右手做赐福式，似乎没看见她们的到来，却分明在倾听着她们的心音。

姑娘们赶紧站成一排，双手合十，声声祷告，求观音娘娘赐予她们美丽的天机。

菩萨不语。

姑娘们一个一个走上前去，双膝跪下，以额碰地，求观音娘娘点化她们愚钝的心灵。

菩萨还是不语。

白衣女子哭了，扑到莲花宝座上。其他姑娘们的热泪，也流水一样滚落在发烫的胸膛上，再三再四地央求娘娘显显灵，保佑自己能拥有享不完的荣华富贵。

菩萨仍然不语。

此时，一位光彩绝伦的老妇人来到姑娘们中间。岁月的刻刀，在她身上留下了痕迹，也同时凿就了一尊美玉般的雕像：她的双眸仍然亮若晨星，面颜如同清雅的水仙，周身闪烁着优雅动人的风采，就仿佛是一位来自天上的仙姑。

她一挥手，拂去了姑娘们的眼泪。缓缓地开了口：

"美，是自己从灵魂深处开掘，创造出来的。"

"美，是高尚道德之花的盛开。"

"美，是真实，是善良，是促进别人的欢乐。"

"美，是永远对生活充满希望：不断燃烧热情之火，吹拂浪漫的风，充盈生命的激情，寻找快乐的理由，沐浴大爱的神圣，细细地体验和享受这个无所不有的世界所赐予我们的一切一切的美好。"

"而这，就是佛呀。佛——即是你们内心的自美。"

女 孩 子 的 画

我看见一个青春美少女，坐在蓝天白云之间的绿草地上，手里拿着一支笔。金红色的阳光像一条轻柔的大披纱，浮动在她身上，构成这幅绚烂油画的主旋律。

美少女的黑发如瀑，缎子一样倾泻在她光洁的额上、脸上、颈上，闪烁着令人心动的光泽。青春的力量无比强大，是什么 LANCOME、CHANEL 等世界名牌也打理不出来的。青春就是美。本色就是力量。饱胀的生命力就是资本。

美少女明眸炯炯，随着沉思或微笑，一双美目忽而如中秋皓月，忽而似朔后月牙，顾盼之间，草木生辉。在她的眼中，花儿是娇甜的小妹，草儿是聪颖的小弟，大树是可依偎的母亲，高山是能傍靠的父亲，大海呢，是延绵不绝的高古远祖。大自然是美与和谐的一家人。

少顷，美少女放下手中的笔，将白云扯来，想做一幅全世界最美的拼图。她采来太阳的金光，丛林的绿叶，蓝色的海水，紫色的藤萝花和粉色的婴儿的灿笑，像补天的女娲一样兴致勃勃地干起来。巧手快分，只一会儿，就拼成了一幅天清地明的《朗朗乾坤图》。这真是一个竭尽瑰丽想象的极乐世界，人、动物、植物、山川、河流、大地，全在里面，欢笑！

一阵花香吹来，美少女心有所动，柔声唤来采花的蜜蜂，请它们将香甜的蜜洒在图上。

一阵鸟鸣传来，美少女若有所思，轻声呼来飞翔的小鸟，借助它们的婉转歌喉，奏起欢乐大颂。

美少女又想起漫天飞雪的北国，"忽如一夜春风来，千树万树梨花开"，不由得扯碎几朵白云，扬手洒下。

美少女又想到阴雨霏霏的江南，"青箬笠，绿蓑衣，斜风细雨不须归"，不由得抛下几滴泪花，化作甘霖。

美少女又想出了一些高明的点子，不由得心中兴奋，忙将她平时特别宠爱的猫啊、狗啊、松鼠啊，塑造得和狮、虎、豹一样大；把她平时特别爱吃的苹果啊、桃子啊、红枣啊，让它们长得跟西瓜一样大；把她平时特别喜欢的牡丹啊、玫瑰啊、百合花啊，叫它们一起热热闹闹地盛开；把她平时特别憎恶的坏人啊、恶人啊、小人啊，弄成一副副蛇蝎的模样……

一幅美轮美奂的图画终于最后完成了，美少女笑逐颜开，神采飞扬，美滋滋欣赏着。

突然，一阵昏天黑地的大风刮来，霎时间飞沙走石，黑雾、酸雨、沙尘暴、龙卷风、牛头马面、妖魔鬼怪……尽皆袭来，把她的图画卷走了！美少女惊叫一声，拔脚去追，可哪里还追得上？

她嘤嘤而泣，内心大痛，后悔没有把乾坤之气撷来，灌注在图画中，使其像泰山一样稳稳地站立在大地上。

泰山是朴素的，语不惊人，貌不惊人，亦从无惊世骇俗的举动。可是泰山历尽了万万年的沧桑，沉稳，厚重，有内涵，不迷惑，大言无声，从容不迫。泰山老人的智慧已经修炼到九百九十九重天，他是站在高高的云端往下俯瞰的，已经完全看清楚了——天地间，人世间，什么才是最重要的呢？什么才是事物的本质所在？

要不人都说："泰山是一座永远的丰碑。"

美少女不由得大声吟诵出来："岱宗夫如何？齐鲁青未了。造化钟神秀，阴阳割昏晓。荡胸生层云，决眦入归鸟。会当凌绝顶，一览众山小。"这是她曾经背得滚瓜烂熟的一首小诗。小诗不小，常读常新。

美少女拍拍额头，笑了。觉得自己欣欣然有所得，重又信心百倍了。

中华民族三章

2008.5.12，突如其来，山崩地裂，一场8.0级大地震，横亘在中国面前！没有慌乱，上下同心，中华民族以及海外儿女，接受住了这场超级考验! 在这些分外漫长而又箭簇般飞过的短暂的日子里, 每天都是在揪心、等待、关切、感动和震撼中过来的。随时随地的感受, "才下眉头, 又上心头", 信手记录下来, 亦算是个人对历史对未来的见证。

按时间顺序, 抄录三则如下:

(1) 也说中国人的素质 (5月19日)

刚好是在5月10日, 突然接到海外一位华裔女作家的来信, 她是自小生长在内地, 上世纪90年代才去留学而后定居国外的。几年没联系了, 孰料她的第一句话, 竟然劈头就是: "中国人都变坏了, 只认识钱, 不讲道德……"

我心里一紧, 很别扭, 想: 你才去国外几年, 怎么也这样说呢? 老外不了解, 难道你还不了解自己的同胞吗, 要是中国人真的都变坏了, 那么中国这连年GDP的持续增长, 这改革开放以来取得的巨大进步, 怎么解释呢? 这都是"中国人"干出来的呀!

未及给她回信, "5·12"汶川大地震发生了。这一个多星期里中华民族的超杰出表现, 全世界都看见了, 都为之心服口服:

——在第一时间之内, 中国政府就迅速行动起来, 半小时内总书记就发出了救灾指令, 2小时内共和国总理飞赴灾区;

——10多万人民解放军火速赶赴灾区救险, 全体战士奋不顾身救人;

——灾区人民舍生忘死自救, 干部救群众, 老师救学生, 医生救病人, 狱警救犯人……劫后余生者互救、互爱, 一个油饼4个人分吃, 一个母亲哺育8个婴儿, 一个鸡蛋在众人手上传来传去;

——全国人民整齐划一, 迅速行动, 有钱捐钱, 有血献血, 有力出力。3天国难哀悼日, 3分钟默哀礼仪, 在960万平方公里土地上, 国人无不肃然垂立, 共悼亡魂。13亿人民万众一心、众志成城的决然, 表现出中华民族团结奋进、拧成一股绳的共力, 令全人类为之动容、钦敬、羡慕……

从历史的烽烟一路追溯上去, 百多年来, 中华民族在列强侵略、自然灾害频仍的一次又一次击打下，真可谓灾难深重，连外国媒体也感叹我们民族的多灾多难！可是在这些超常、超大、超强、超重的屡屡磨难面前，每一次，都是灾难倒下去，我们英雄的民族站起来！尤其是中国共产党成立以后，更领导着全国人民闹革命，打土豪分田地、红军、长征、赶走日本侵略者、建立新中国，近30年来又取得了改革开放的巨大的经济成就……

无可否认的是，随着中国逐步解决了生存、温饱以及向小康迅速挺进，中华民族的素质也在一天天随之提升，从国家到普通百姓，从社会公德到环保意识，我们都在努力做，其融入国际大家庭的速度，在世界发展史上也是罕见的。

而回顾西方资本主义的原始积累时期，那种对原住民的血腥杀戮与剥夺，那种对劳动大众的残酷剥削与压榨，那种你死我活的无情博弈与厮杀，才最终奠定了资本的繁华世界。我们中华民族的迈步现代化，走的却完全不是那一条血与火的路子，中国首推的是一个"和"字：和平发展；加上提倡"双"字和"共"字：双赢共荣。两相比较，谁的素质高，不是优劣立见吗？

当然，就像人人都有缺点一样，我们民族也存在着陋习，比如西方人特别看不惯的乱穿马路、随地吐痰、大声喧哗、内讧等等，民众的素质确实有待教育、有待提高。不过从我们民族的底色来说，从每一次危难临头中国人民所表现出的挺身而出、共筑长城的英雄壮举来说，从灾难压不垮、永不言放弃的重建家园的顽韧精神来说，这些，才是最能体现出中华民族本质的、最可歌可泣的高素质！

在这次8.0级大地震面前，我们中华民族又在这"泰山崩于前"的特大灾难的考核中，填写了一张"而不变色"的优秀答卷。巍巍三山五岳证明，滔滔黄河长江证明——我们骄傲，我们是中国人！

（2）全人类同心，其利断金（5月31日）

今天是5月31日，汶川大地震已经过去19天了。这是劫后余生的19

天；是艰苦、难熬的 19 天；也是上下同心、全国同心、全人类同心、拼命地救人、及时地安置灾区民众、热切地重建家园的 19 天。媒体每天都在报告：死亡了×××××人，救治了×××××人，安置和转移了××××××人，还有×××××人失踪，国内捐款×××亿人民币，国外捐款××亿各种外币、物资×××××……我知道，这些数字后面，藏着多少感天动地的热故事！

下午，忽然从央视国际频道听到这样一则报道：（大意）国外媒体对中共中央和中国政府在这次抗震救灾中的领导作用评价非常高。美联社高度赞扬中共中央所采取的积极主动措施和行之有效的领导作用，并评价说"这拉近了中国共产党与世界各国政府和党派的距离。"美联社还十分钦佩中国共产党员们的爱心和奉献精神，他们为救灾而交纳的"特殊党费"已高达 17 亿元人民币（到 6 月 2 日已达 51.2 亿元——作者注）。

一时，我的喉咙又一次发紧，眼眶又一次湿润了。此前，我也多次听到外国各方面的好评，比如联合国秘书长潘基文在中国常驻联合国代表团驻地吊唁时写道："中国遭受的损失超出了世界许多国家的想象。在巨大的危机袭来时，中国在挑战面前所表现出的力量、韧性和勇气给世界留下了非常深刻的印象。"又比如美国《华盛顿邮报》的文章说："中国民众对政府的快速反应感到由衷的自豪，地方官员坚守岗位，将早已存在的应急计划付诸实施，其协调行动的能力远远超过了人们对一个发展中国家的预期，甚至强过许多发达国家。……中国民众自发捐款捐物援助地震灾区人民，中国人民所表现出的民族团结和自信表明，中国已不需要向世界证明自己。"

用当下流行的一句用语说，这次灾难，确实是"把全党全军全国各族人民空前地凝聚起来了"。按说，我平时是非常反感来不来就套用政治术语的，但现在是发自肺腑地体味到：这句话不虚，特真切，特实在，特别贴切到位。

比如关于捐款，仅就我个人经历的，兹罗列如下：

5 月 18 日，文友北京作家 L 君来电，告诉说，他捐款好多次了，即使上街看到商店的捐款箱也都掏钱。他女儿晴晴捐得更多，加起来已经有2000多元了，她并且对老爸说："我觉得自己有责任为国家分担点什么。"我知道，L君家境不富裕，还有几十万房贷未还，而利息已经涨了好几次了。晴晴刚参加工作没两年，挣钱不多，平时过着很俭朴的生活，助父母还房贷，这在当今女孩儿们一个个拼命打扮、疯狂消费的大潮流中，已经是凤毛麟角了；现在这20多岁的"80后"女孩儿，还能这样具有爱心和责任心，真是不容易啊。她等于是又给自己增加了付账的压力，必须更卖劲地干活挣钱——我被深深感动了，多么高尚的父女啊！

转天的5月19日，某报社资深记者×君告诉我，她捐了1000元，他们报社同仁都捐了不少。当时我很惭愧，因为我单位捐款时，本来我也是想多捐点儿，可是按照"主任××元、副主任××元……"的潜规则，我一时迷失，随大流只捐了300元。后来我听说，单位有同仁可没管"潜规则"，捐了当月全部工资，不由得心生崇敬，并后悔自己在捐款面前的患得患失。

后来，连续在媒体上听到报道：一位新疆维族老妈妈，把一辈子省吃俭用存下的一万多元都捐了出来；一位北京下岗职工捐了2000元；一位成都困难户居民每天少吃一顿饭捐献灾区；一位灾区农民没钱捐献，就在路边支起一个摊子烧开水，用这种方式献爱心；还有很多人没钱可捐，就献血、捐物、当志愿者出力气。有一天早上，我从北京人民广播电台"新闻热线"节目听到一位父亲的叙说：他儿子大学毕业一年多，一直没找到合适的工作，消极郁闷情绪很灰，这次汶川大地震后主动去当志愿者，到火车站帮忙搬运物资，虽然身体羸弱，扛不动大包只能扛小的，但心境改变了很多，变得积极向上了……说到这里，那位父亲的声音突然哽噎了，我的眼眶也盈出了泪水。

再后来，听姐姐说，他们单位的中共党员已经开始交纳"特殊党费"。我的眼睛一亮："特殊党费"？这也许在党的历史上不是第一次，但起码在近几十年里、在我的党龄词汇里是第一次听到、遇到——它是多么神圣的啊！自此，我天天上班带着存折，决定交纳一个整数。

5月28日，我们单位终于也迎来了交纳特殊党费的日子，党员和要求入党的积极分子们似乎都在盼望这一天，就像履行一个庄严使命一样，神色凝重地捧出了比第一次全体职工捐献时多得多的数目。离退休老干部们态度最积极，数目也高出其他在职支部，充分显示出他们虽然已经离岗、虽然已经年高，但仍然保持着对党和国家的耿耿忠心。更让我没想到的是，当天晚上，我竟在电子邮件里看到诗人、中国驻泰国大使张九桓先生的来信："我在国外也交了特殊党费，交了3500美元……"

5月29日，接到荷兰女作家、荷比卢华人写作会副主席林湄女士发来的邮件："10多天来海外华人均在关注中国的灾情，有钱出钱，有力出力。昨天到大使馆哀悼……这场灾难将令许多人生悟。从大难中可以看到人性善良和美好的部分。看到一些感人的事迹，华侨大部分是开餐馆的，辛苦钱啊，我常常热泪盈眶。"

今天（5月31日），又接到美国作家、美国旧金山华人作家联合会主席刘荒田先生发来的邮件："我们这里捐款也极为热烈，中国政府和人民的行动，从来没像这次这样激动人，感召人。前几天，我把我们协会捐的款子带到中国领事馆，在那里呆的半个小时里，络绎不绝的都是捐款的团体和个人。真是从来没有过的人性的辉煌！我的一位诗人朋友（山东来的），叫王明玉，刚刚进入一家美国公司当经理，她说服这一和中国大陆毫无生意往来的企业，捐出现款34万美元，物资30万元。旧金山地区的华人，通过领事馆至少捐出300万美元，其他机构如红十字会还没算进去。外电拿温胡和缅甸政府比，对中国领导人的评价从来没这么高过。"

啊，在美国我去过几位同胞的家中，我知道林湄说的是实话，海外华人在外面的生存，其实是相当艰难的，他们挣的都是辛苦钱啊！他们有的早几辈子就移民海外了；有的连中国话也不会说了；有的在中国大陆没有任何亲人和亲戚了；有的已经拿了绿卡或取得了所在国的国籍，变成了外国人——可是，他们的心，永远都是红色的中国心，他们永远永远，都是中华民族的儿女！

心中，又一次涌来感情的大潮，猛烈地拍击着我的心岸，经久不息，久久不退潮！我写不下去了，觉得不举行一个仪式表达一下，我就会跑到大街上，向第一个碰上的陌生路人诉说。可是此刻已是深夜子时，外面窗户里的灯火基本都熄灭了，苍天黑远，万籁俱寂。隔壁房间里，我的老父老母也已经歇息。我庄严地站起身，面向着荷兰和美国的方向，面对着全世界的华人和侨胞，以及全人类帮助中国的爱心人士，连说了三声：

"林湄姐，荒田兄，谢谢你们！"

"华人同胞们，谢谢你们！"

"全人类，谢——谢——了！"

（3）孩子是中华民族的七彩霞光（6月1日）

在这次天坼地裂的大灾难中，孩子们的表现令大人们吃惊、令大人们震撼、令大人们欣慰、令大人们敬佩——别看他们小小年纪，荏弱稚嫩未长成，但一场大灾难袭来，他们身上放射出了中华民族的七彩霞光。

3岁的敬礼娃娃郎铮，在地震发生10余小时后被武警官兵从废墟中救出。他的左臂受了伤，满脸是血地躺在一块小木板做成的临时担架上。谁也没想到，这个虚弱的北川小男孩艰难地抬起了他稚嫩的右手，向抬着他的战士们敬礼。3岁啊，对这场突如其来的灾难能理解多少？他却懂得感恩——这是什么高贵血脉传承的结晶啊！

9岁的映秀镇男孩林浩，在危机时刻用柔弱的肩膀背出两位同学，而他自己的父母却至今仍联系不上。还是14岁的姐姐，带着他们深一脚浅一脚，艰难地从没有路的"路"上跋涉了7个小时，终于平安到达了都江堰。9岁啊，正是"七八岁狗也嫌"的淘气年龄，对生命的意义能懂得多少？他却懂得要救出身边的同学——这是什么高贵血脉传承的结晶啊！

10岁的小学四年级女孩董玉培，地震时她的班级正在二楼教室上课，楼房瞬间坍塌了，董玉培被重重地摔到地上。清醒后，她活动了一下四肢，右肩膀剧烈疼痛（后来医生检查是肩膀脱臼），其他的感觉还正常。

这时她发现自己肚子边趴着一个二年级女孩，头部的鲜血已经染红了一大片废墟；自己的左手边也躺着一个女孩。小玉培连忙使劲推开自己身边的一些小水泥块，极其艰难地从废墟里爬了出来，此时，小小年纪的她没有自己去逃生，而是转身又去使劲扒开水泥块，救出了那两个女孩。10 岁啊，对血和疼痛的意义能理解多少？她却克服了巨大恐惧和彻骨的疼痛去救同学——这是什么高贵血脉传承的结晶啊！

11 岁的康洁是映秀小学 6 年级学生，地震袭来时正在 6 楼上课，老师立即叫学生们快跑。小康洁先是钻到桌子底下，在经过一秒时间考虑后就从 6 楼纵身跳下，居然没有受伤。她脱险后也没有逃跑，而是冒着生命危险，重新跨进随时要倒塌的教学楼，急切搜寻同学和老师们。看到一些老师被砸伤后不能动弹，她使出全身力气将老师往外拉，实在拉不出来就赶紧跑出废墟呼叫救援，并带着赶来救援的大人们再度冲进大楼，救出了不少师生。11 岁啊，对"勇敢"和"智慧"的意义能懂得多少？她却不仅勇敢而且开动脑子救人——这是什么高贵血脉传承的结晶啊！

12 岁的藏族小姑娘邹雯，是五·一班班长和少先队大队长，生前是汶川县体育运动会短跑第 5 名，发现她的遗体时，她的手还紧紧搀扶着一位同学，一看就知道她是在帮老师组织同学们撤离时牺牲的。如果她不帮老师救同学，以她那么快的速度，自己一个人肯定能跑出去。12 岁啊，对"责任"的意义能理解多少？她却把生的希望留给了同学们——这是什么高贵血脉传承的结晶啊！

13 岁的初中女孩何翠清，地震时原本已经跑出宿舍，但为了救助其他同学，又毅然冲回宿舍救人。一些同学被救出了，小翠清却被卡在倒塌的废墟里。在一片黑暗和余震的恐惧中，她一直给同埋的小伙伴鼓劲，不断鼓励大家"一定要活着出去！"他们不停地自救与呼救，最后终于在被埋 48 小时之后，等来了救援活着回到了世界。13 岁啊，对生与死的内涵能理解多少？她却不仅舍身救人而且能顽韧地坚持与死神搏斗——这是什么高贵血脉传承的结晶啊！

15 岁的初三男孩雷楚年，地震时不是往外逃生，而是冲进教室救同学。跑到自己的教室，发现还有 7 个同学蹲在教室的墙角边，马上带着他们往楼下冲。跑到一半时，他突然发现跟他下楼的只有 6 名同学，还少一个！他又赶紧往楼上跑，留在教室的女孩叫欧静，由于惊吓过度，她蹲在门口一个劲地哭，可能是吓傻了，怎么拉她都拉不动，雷楚年就干脆抱起她往楼下冲。最后几秒，楼塌了，他和七名同学都幸存下来。同样是 15 岁的聚源中学三·二班学生甯加驰，地震时被掩埋在坍塌的教学楼废墟里，在接到女同学曾婧的求救时，毅然让她躲在自己肚皮下，从而救了曾婧的一条命。还有一位 15 岁的平武县平通中学初二男生刘力，在山摇地动的一刹那间，猛然扑在同桌女生曾媛身上，用自己的身体挡住楼上塌下的水泥块，曾媛被救了，但他自己却永远地离开了她。这些 15 岁的男孩女孩啊，对眼前的一片大乱、耳畔的恐怖声响和死神的威逼狞笑能不恐惧？却他们却都能如此英勇又如此镇定、坚毅——这是什么高贵血脉传承的结晶啊！

……

我的眼眶一次又一次被热泪打湿，一次又一次的泣不成声让我写不下去。以上这些小英雄小烈士，是我们已经知道的，还有多少我们不知道的、属于他们小小年龄段的少年壮举，永远地留在了呜咽的蜀山巴水中！苍天啊，在这场疯狂的大破坏大毁灭中，我们的孩子——中华民族优秀的小儿女们，也和他们的父兄一样，用少年的热血，交出了一份感天动地的红色的答卷！

我们要无比骄傲地说：这正是中华民族高贵血脉传承的结晶——

对于我们这个人口众多的民族来说，团结一心是民族的一贯传统；

对于我们这个土地和人均资源少得堪忧的民族来说，舍己为公是民族的一贯传统；

对于我们这个多灾多祸的民族来说，不屈不挠是民族一贯的传统；

对于我们这个饱受内乱和外侮磨难的民族来说，抗争奋斗是民族的一贯传统；

对于我们这个……

也许我们根本没留意到，我们平时的一言一行、一举一动，早都被我们的孩子们看在眼里、记在心上、溶化在血脉里，到了关键时刻，就顺理成章地用在行动上了。俗话说，"有什么样的大人就有什么样的孩子"，是的，我不想再顾忌什么百分之百的真理了，我就想大声地说出这句话："老子英雄儿好汉！"

今天恰巧是"六一儿童节"，此刻在夜下，仰望着幽深庄严的苍穹，细细思忖在孩子们身上发生的这一切，我的心里真有点痛。不，痛得很呀：平时，我们对孩子们是不是太过于严厉了呢？我们老是恨铁不成钢，老是嫌他们进步太慢，老是批评他们努力不够，老是指责他们是"小皇帝"；我们甚至拿他们的缺点去和外国孩子的优点比，而不是恰恰应该做的相反；我们甚至早上6点就逼他们起床，晚上11点还盯着他们做作业；我们甚至不愿看到他们玩，而老是叫他们学这个学那个，学、学、学；我们甚至不懂得要表扬和鼓励他们，树立起他们的自信心，而不应该老是批评、埋怨和指责……

一场大灾难，让我们重新思考：身为大人们，我们做得真不够尽职啊！

同时，一场大灾难，也让我们对孩子们树立起了绝对的信心——

好样的，中华小儿女！

合格，中华小儿女！

绵绵五千年的中华民族，依然是青藤浓荫，老树繁华，生机盎然，后继有人！

我们的家园，祖国的事业，民族的繁荣和富强，尽能薪火相传！

（写完这篇稿子，我突然抑制不住自己感情的潮水，嚎啕大哭起来！多日来积郁在胸的千般心情，万端感受，都在这一哭中喷涌迸发，飞流直下！痛并快乐！祝福灾区人民！祝福我的祖国！）

宜兴有好女

对于我这个土生土长的北方人来说，"南方"是个美丽得永远让我充满遐想、光鲜灵灵的词：南方意味着山明水秀，烟柳画桥。南方隽永着细密的粉墙灰瓦和精致的日子。南方调养出的男士温文尔雅，风度翩翩；还有说话像小鸟唱歌一样好听的女子，据说她们即使吵嘴也是一副莺歌宛转的花腔，让北方人以为是在表演节目……总之，"南方"在我的概念里，即"水是眼波横，山是眉峰聚。欲问行人去哪边？眉眼盈盈处"的天堂。

然而，到了典型的南方城市宜兴，我收获的，却是别样的感触。

（一）

天下宜兴，天堂宜兴，谁人不知宜兴有三宝？一曰景物，善卷洞、张公洞，皇家宫殿般金碧辉煌的钟乳石大岩洞，从公元3世纪就开始经历岁月老人的穿凿，千百年来，既塑造了风景又积淀了文化，早就成为宜兴的名片。二曰风物，宜兴陶瓷名动天下，特别是紫砂壶，要是不姓"宜"名"兴"，就是不正宗，风雅之士都不捧的。

这第三宗曰尤物，阳羡名茶（宜兴古称"阳羡"）已有1200多年种植史，是中国最早享有盛名的古茶区之一，过去有"天子未尝阳羡茶，百草不敢先开花"的民谚，可见它地位的非同小可。如果说古茶是何等标致模样已不可考，那么今天的阳羡绿茶我是亲眼见到了：根根都似乎是"香魂一缕在天外"的妙玉，亦是要用天外的气派和排场侍候的，必须用上等器皿来盛，必须用洁净的杯子来经水，那水还必须是纯粹的山滴雨露——如此惯纵，便产生了"嫁女"的担忧，宜兴人索性在卖茶叶的同时，奉上一只晶莹剔透的玻璃杯，以免其他器具玷污了我这"娇女儿"……

除了这三宝，我们还去游了原始森林一样浓绿遮天的竹海，还有烟波浩渺的太湖，以及著名的禅院道场大觉寺等等，第一等的享受便是空气，它们都捧来了最清新、最湿润、最畅达、最滋味、最诗意的负氧离子，让人大呼"快哉"而"万岁"。听说，宜兴还有数不清的亭、台、楼、阁（如漳浦亭、浮翠亭等，有名的达 31 个），轩、榭、厅、堂（如双楠轩、净山堂等，有名的达 20 个），园林、洞塔（如湄隐园、灵谷洞等，有名的达 22 处），寺、庙、观、祠（如南岳寺、西津庙等，有名的达 52 处），古建桥梁（如长桥、升溪桥等，有名的达 19 座），老街、旧巷（如蜀山古南街、东西珠巷等，有名的达 10 处），碑、坊、墓、墩（如国山碑、《净云枝藏帖》刻石等，有名的达 24 个），遗址、遗迹（如骆驼墩遗址、前墅龙窑等，有名的达 10 处）……如此，宜兴给人的感觉，就好像《清明上河图》那么繁华、繁荣、繁锦、繁喧、繁闹；或者，不如更誉她是一个天然的大博物馆，人文的、历史的、自然的、社会的、风土人情的，无所不包，无奇不有，说她表现了中华民族自古的文明进程，怕也不为过吧？

都好，都好。

很棒，很棒。

不为过，不为过。

可是，不知为什么，我心中似乎还有企盼——也许是我太追求"完美主义"了，几天下来，隐隐的，天边滚着远雷，闪起一片金红，我还一直期待着：

还会有什么发生呢？……

"乱石穿空，惊涛拍岸，卷起千堆雪。"（苏轼《念奴娇·赤壁怀古》）

"目尽青天怀今古，肯儿曹恩怨相尔汝！"（张元干《贺新郎·送胡邦衡谪新州》）

"抬望眼，仰天长啸，壮怀激烈。"（岳飞《满江红》）

"把吴钩看了，栏杆拍遍，无人会、登临意。"（辛弃疾《水龙吟·登建康赏心亭》）

"倩何人、唤取红巾翠袖，揾英雄泪！"（辛弃疾《水龙吟·登建康赏

心亭》)

"风浩荡，欲飞举。"（张元干《贺新郎·寄李伯纪丞相》）

……

对了，就是这种"大江东去"的阳刚之气！南方，不会只有"日长飞絮轻"、"画舫听雨眠"一类的阴柔美吧？

（二）

终于，终于，我的心中所盼，它来了！

而且竟然，是由一群红粉英雄带来的——

（1）在"史贞义女碑"前，浣纱女义救伍子胥的故事让我惊愕不已：

"史贞义女碑"是由大诗人李白亲自撰铭并序的，记叙了春秋战国时期，一位宜兴姑娘的壮举：

相传楚国大将伍子胥在逃离楚国，进入吴国途中，走到宜兴西氿口的虾笼泾，摆渡过氿到了北岸。此时他已三天三夜没吃过东西，又饿又累，实在走不动了。见岸边有个姑娘正在洗涤锦帛，伍将军就上前乞食。姑娘没有可以充饥的食物，便把一盆浣纱用的浆糊端给他吃。伍子胥狼吞虎咽后，问清去吴国的方向拔腿就走。可是突然，又折回身来，求告姑娘不要告诉后面的追兵，不然"我命休矣！"姑娘见他焦急的样子，为了表明自己一定会信守诺言，竟然一头扎进湍急的溪水，以自沉的诀别，标示自己永远不开口……

我惊愕得张开了嘴巴，想了半天，却没有说出话来。无疑，今人活得比古人聪明，无须用宝贵的生命证明自己；但古人却比今人纯粹，为了一个理想、一个诺言，就肯付出宝贵的生命。今人的生活水平不知比古人高出多少，电脑比之结绳，宇宙飞船比之牛车，登月火箭比之嫦娥奔月，简直是恐龙比之蚂蚁，华尔街大亨比之非洲饥民；今人的财富也比古人多得无可计，古人以铜为金，草庐布履；今人拥有股票、基金、期货、货币以及金银珠宝翡翠钻石，还有冰箱、彩电、汽车、电脑、空调、飞机、游艇。但今人更重利，古人却更重义，原始共产主义真的是领衔高级资本主义和初级社会主义……

一时间，我竟不知道怎么解读这件事了——是随着千年的传颂而传颂，还是用今天的实用主义眼光去批评姑娘傻，抑或用西方的人权标准来指责她不尊重个体生命？屈指，3000 年已经过去了，人类在物质上和科技上无与伦比地飞速、神速、加速，已变得完全不可同日而语，却唯有在精神上还是止步不前，甚至退化——我们到底比古代的这位宜兴姑娘，高级了些什么又低级了些什么呢？

"史贞义女碑"原碑现陈列在宜兴周王庙碑廊。当年义救的旧地——今团氿湿地公园内，新建了摹刻的"史贞义女碑亭"，还有那位想象中的浣纱女塑像，当然是惊艳绝伦的美女。碑亭不大，只有一间民居的宽窄，也是普通民女的待遇，砖木结构，四檐两角，下设一圈围栏，虽小巧玲珑而嫣然可爱。作为老奶奶依着栏杆，给小孙女讲述"宜兴有好女"故事的小去处，可人，足矣。

（2）三姑娘庙：讲述着孙权与三位姑娘的故事

无独有偶，宜兴女儿舍生救人的故事，后来在三国时期，又经典地演绎了一遍：

主人公是中国老百姓皆知的东吴国主孙权，字仲谋，当然是英雄人物，以至于他的对手曹操和后来的南宋大将军辛弃疾，都说过"生子当如孙仲谋"的话。但英雄刚起步的时候也必定困窘，不像现在的"当代英雄"们凭借着关系就能横空出世，一步登天。早年孙权在宜兴担任阳羡长时，只有 15 岁，一次带兵上山剿匪，因寡不敌众反被追杀，独自一人逃上一座孤山头，无路可走，更没有藏身之处。正焦急万分，幸遇三位砍柴的村姑，将他藏在柴草堆里，并骗过追来的匪徒，指让他们向山下追去。三位村姑放孙权逃生后，知道匪徒还要回来找她们算账，为了免遭污辱，她们仨竟然紧抱在一起，跳崖自尽而死。

"世界上绝没有无缘无故的爱，也没有无缘无故的恨。"以今天的观点思忖之，是什么信念或曰精神，支撑着这三位樵女甘愿拿出自己的性命，去换回一个陌生官吏的性命呢？孙权跟她们无干无系，也不是救她们出水

火的大救星，这种爱与恨是从哪儿来的呢？

这又是一个舍生取义的神话，古人把"义"看得重于生命，可以义死而不能苟活，那便是当时三姑娘所处的大的精神背景和生活环境——只好做如是猜想吧？

说来，孙权还真是个人品相当不错的人，后来虽然做了人上人，但不奉行"宁我负天下人，不能天下人负我"的极端自私自利哲学，在霸业成功之后，派人重回独山去找寻三位姑娘。当得知她们的死讯，真心悲痛与感动，亲自回独山祭奠，并建造了"三姑娘庙"，为三位樵女塑造了雕像，还立碑镌刻了她们的事迹。这也算是善始善终，对得起三位姑娘了，所以在宜兴留下佳话，一直流传至今。

有人说恶是历史发现的动力，因为恶推动着人去拼搏，去争取，去变不可能为可能。伟人也说过这样的话。也许吧？或一定是吧？但我总想：为什么千百年来所有的颂扬都献给了良善，却没有公开的歌颂恶者？说明人同此心，这是人类精神的共同泊地。不过当然，历史也在以它自己的方式顽强抵抗，做了一明一暗两本账目，明的如"义"暗的是"利"，眼睛擦不亮是你自己的问题。

站在"三姑娘庙"前，可以看得出地处南方的吴国之富庶，年年的GDP一定不低，加上孙权真心舍得拿出纳税人的钱，所以"三姑娘庙"建造得气势宏伟。前后两座大殿，上中下三层，高高地矗立在独山峰巅，宫殿式大屋顶，八角飞檐五座门洞，还配有雕栏玉砌，简直就是大雄宝殿的规格了。南方不像北方那么正统，所有人所有事都必须按照"级别"办事，在经济发达地区，"权"有时也得给"钱"让路，我觉得这样好，能给历史留下点儿缝隙，让风吹过，也让我们从中看到了一些本真。

（3）在岳飞生祠，我听到了岳飞夫人李娃的故事：

然而，宜兴人最引为自豪的好女人，还当属岳飞大将军的夫人李娃。

建炎四年（1130年），岳飞在战事离乱、前妻两度改嫁的情况下，在驻军地宜兴娶渔家女李娃为妻。李夫人吃苦耐劳，能干贤慧，对岳母姚太夫人孝敬有加，对岳飞前妻所生二子岳云、岳雷爱护胜于己出，还协助岳飞将军做好随军家属的安抚工作，受到将士们的称赞和爱戴。同时，因为李娃的缘故，宜兴人把岳飞视为"宜兴女婿"而全力支持之。当建炎三年金兀术渡江南犯，岳家军与之大战于宜兴两氿、太湖沿岸时，文质彬彬的宜兴男儿踊跃参军上阵，浴血奋战，阳刚之气凛然，和岳家军一起，把数万金兵杀得"只剩下金兀术几人仓皇逃跑"。

岳飞将军39岁上受赵构、秦桧所害之后，时年41岁的李夫人带着两房儿媳、两房尚在襁褓中的孙儿女们（岳甫4岁，岳申1岁，岳大娘3岁，岳二娘1岁）充军岭南，在难以想象的艰难困苦中熬过了19个严冬，最终等来了岳大将军平反昭雪的昭书。已年过花甲、白发苍苍的李夫人长跪在夫君灵位前，长长地舒了一口气，在她身后，是已长大成人、生龙活虎的一排岳家儿女。绍兴三十一年（1161年）暮秋的有一天，秋高气爽，高天明丽，李夫人带领着全家从惠州生还，回到京都后，被复原封正德夫人、晋秦国夫人，加封楚国夫人。女中豪杰李娃后来在75岁上寿终正寝，陪伴岳母姚太夫人葬于江西九江。

这样的巾帼英雄，惭愧我才疏学浅，过去还真不知道。现在听到了这么悲壮的故事，就心心念念，就难以释怀，就将心比心！从某种意义上说，比之疆场上的英勇杀敌，也许在庸常日子里的活受更其难堪——夫君岳飞和长子岳云都横遭惨死，天庭幽晦，前路黑阒不知，周边是瘴气弥漫和蛇蝎遍地的险恶生存环境，膝下有一群妇孺嗷嗷待哺，这样的塌天重力，全压在一个女人的瘦肩上，是何等的滋味、何等的不堪！她怎么承受得起？

李夫人的应答是："以吾夫之贤，可使无后乎？"就是这样的信念给了她力量，无穷无尽的力量。加上南方女人特有的聪明、勤快、吃苦、能干，终于把老岳家的香火保存与延续了下来，不仅使我中华民族的千古英雄第一人岳飞、还有岳家的满门忠烈们，巍巍乎、堂堂乎挺立于人世间，也把秦桧等小人永远地推跪在地接受百姓的审判，还使"宜兴有好女"的声名在华夏寰宇广为传颂开来。

顺便交代一句：让宜兴人自豪的是，岳飞就义，李夫人发配后，他们的儿子岳霖被宜兴人秘密接回，安家在太湖边的周铁镇唐门村。后岳霖娶妻于斯，得四子一女，从此世居宜兴，并在唐门村建起了岳飞大将军的衣冠冢和显祖庵。1990 年，周铁镇建湖村党支部书记岳锡春（岳飞第 30 代世孙）捐出了《唐门岳氏宗谱》共 24 卷，是为老岳家的英雄真传。

（三）

"宜兴有好女"这个题目，是它自己跳出来的，之后就在我的脑海里盘旋不去。为什么？实在是因为宜兴的好女人还多着呢，说也说不完。

比如大家都知道的：

西施不慕"一人之下，万人之上"的专宠和特权，不恋皇宫里骄奢淫逸的浮华，追寻范蠡离开越王勾践之后，两人就隐居在宜兴了。凡宜兴百姓都知道，范蠡大夫后来把他的智慧用在了研制陶艺上，西施则用温柔和细腻加以辅佐，经过千百次的试验终获成功，烧出了名甲天下的紫砂、精陶、青瓷、彩陶等等。然后，他们又将制陶艺技教给了百姓，帮助他们发展制陶生产，最终使宜兴成为著名的陶都。

孙尚香和刘备虽然是政治婚姻，但她被哥哥孙权诓回东吴且扣住不放后，终日郁郁寡欢。翌年刘备死讯传来，孙尚香悲痛万分，返回封地宜兴太华山，祭天别祖后，至镇江投江殉夫，7 个侍婢也跟着跳入滚滚长江。用今天的观点，"殉夫"是为封建主义卫道，应该鄙弃和批判的，但宜兴老百姓不干，他们就是要把孙尚香归入家乡的好女人行列，那么就让我们收起利剑，顺从民意吧。

祝英台和梁山伯的故事也是发生在宜兴。善卷洞后面有一古朴的碧鲜庵，庵中立有一块"祝英台读书处"石碑，附近山坡上还有一块"晋祝英台琴剑之冢"墓碑，离此不远的祝陵村，就是祝英台陵墓所在地。直至今日，天公露出特别明丽的笑脸之时，仍能看到一红一黑两只蝴蝶，在附近的山水间相携飞翔，红的是祝英台，黑的是梁山伯。侧耳倾听，从空中还传来音节起伏的清朗诗句："三载书帷共起眠，活姻缘作死姻缘。非关山伯无分晓，还是英台志节坚。"

崔莺莺、张生和红娘的故事原型，发生在宜兴鲸塘的烟山。山下烟林中学后门外，有一座大坟，人称"莺莺墩"，上世纪50年代初，当地农民曾在墩里挖到陶瓷坛罐等物。70年代，又在附近一座密封石窟坟墓中挖出一具棺材，在现场的人都见到一具女尸，穿着艳丽的古服，面目、头发俱栩栩如生，但不一会儿就风化了，极为可惜！

白螺姑娘下凡人间，天天走出螺壳，给贫穷小伙吴堪烧饭，最后和他结为夫妻的美丽传说，是我们大家从小就听到了的，但我们不知道的是，这个故事原来也是发生在宜兴的东氿河边。那故事的最后结局是，白螺姑娘施计把一贯欺压百姓的贪官烧死了，然后让老百姓都登上一张荷叶，随风漂到了宜城，所以人称宜兴为"水浮地"，也称"荷叶地"。谓予不信，请现在就到西氿河边去看一看，那里尚遗西津庙，是为纪念旧物。

以上，是大家都熟知的古代传说。下面还有大家不太熟知的近代宜兴好女人：

傅湘纫是宜兴人傅用宾之女，嫁夫谢泳。她一生最受人尊敬的成就，是教育出了两个著名儿子：长子谢玉岑在上世纪二三十年代，是浙江温州中学闻名遐迩的两位国文教师之一（另一位是词学大师夏承焘）；谢玉岑的绘画也非常有造诣，曾被张大千誉为"海内当推玉岑第一"。次子谢稚柳名气更大，是中国艺术史上记载的现当代著名书画大家，集诗文、书法、绘画、鉴定于一身，名重海内外，与徐邦达并称为"南谢北徐"。

傅学文是邵力子之妻，宜兴市归径乡人。早年在苏州女子中学、大同大学等校读书，1925年赴莫斯科中山大学学习。抗日战争爆发后，她与中国妇女运动先驱邓颖超、史良、李德全、曹孟君等宣传抗日救亡，担任中苏文化协会妇委会副主任等职。1949年全国解放后，曾任民革中央团结委员会委员、民革中央监察委员会副主席、全国政协祖国统一工作组副组长等重要职位。

葛琴是邵荃麟夫人，1907年出生于宜兴丁蜀镇。她1926年就加入了中国共产主义青年团和中国共产党，1927年参加上海第三次工人武装起义，曾与夏之栩、陶桓馥两位女同志一起被誉为革命的"三剑客"。解放后曾任北京电影制片厂副厂长，出版《海燕》等中短篇小说、电影剧本、散文随笔、文学评论等著作多种，是中国作家协会第一批会员。

宗瑛是宜兴徐舍镇美栖村人，她是跟着哥哥出来干革命的。哥哥宗益寿烈士在上世纪 20 年代即投身革命，30 年代曾与陈云一起在沪西区委搞工运，后调入上海中央特科，在周恩来手下工作。1935 年担任红军挺进师政治部部长（师长为粟裕），当年 6 月就牺牲于浙江右泉，时年才 28 岁。哥哥牺牲后，宗瑛继续留在革命队伍里工作，解放后曾任贵州省轻工业厅厅长等职。她的丈夫周林也是一位老革命，曾任中国共产党中顾委委员、北京大学党委书记，教育部副部长等。

……

（四）

还有许多，许许多多。当地朋友一会儿想起一位，一会儿又想起另一位，七嘴八舌，争说巾帼，听得我"耳花缭乱"，两眼放光，心生莲花，好生好生羡慕呀！

他们自己也是越说越兴奋，像是发现了一座价值连城的新富矿，又像是孩童之间有了炫耀和傲视别人的资本，还像是一门新的学科诞生了，更像宜兴的太阳从此永远不落了一样。青年作家蔡力武仿佛比众人更爱自己的家乡，自告奋勇去为我收集这方面的资料，并且真的在我离开宜兴时，把一叠抄写得工工整整的资料交给了我。

而当我离去时，倒恋恋不舍了。心说："能够做个宜兴人，真够幸福的。"

我不愿意再用"人杰地灵"这个词，因为实在被用滥了，大家都已经像歌唱红太阳一样没有了感觉。我想得来点儿新鲜的，让众人留下深刻印象最好，可惜又想不出来，只好望文生义地堆砌了一个新谚语——"女人杰，地灵甚"。相信有觉悟的中国人民都能接受，因为不管男人、女人都知道，是母亲、是妻子、是姐妹、是女性，孕育了人类，使之繁衍生息，绵绵不绝。更因为有了好女人的光辉千秋的照耀，而使满世界都呈现出一派郁郁葱葱。

我这样说话，绝不是什么"女权主义"之类，而是想到了几千年来女性所受到的压抑和苦难。因为压抑，她们的灵心慧质都被扼杀在历史的巉岩之下，人类的文明进程也因此迟滞了几千年吧！而今天，世界已不断进步，文明已不断进步，男人女人都在不断进步，很多很多、太多太多的问题，都被重新提了出来，反思、研究、纠错、校正，向好的方面九九归一——姐妹们，能够生活在今天而非中世纪的黑暗里，也是够幸福的了！

哎咦，真没想到一趟宜兴游历，竟引发了我的如此感慨。此刻，正是南方最好的时日，燕子来时，绿水逶迤，朱朱粉粉，翠峰如簇。金红色的阳光交响乐般流淌着，有时又像是人工做出的多媒体炫光，把她照耀之下的山、水、花、草、树、人、鸟、狗、猫、虫，全都辉映得通体熠熠，发出各种形状的、奇异奇幻的流光溢彩——令人恍然若梦，不知今昔何昔？不知身在何处？不知怎样感恩于人世间的幸福？

思悠悠，爱悠悠，爱到归时无始休！宜兴文友你知否：我已从你们宜兴好女人身上沾了仙气，并且带着一百二十分的满足，完美地告别了宜兴。

今天，是我们矿工的节日

这是我有生以来见到的最"雄伟"的一座人造山——它从脚下突兀拔起，直达云天，犹如积木搭成的金字塔，几条直线切出来的 N 个断面，条条笔直溜平，面面冷峻严肃，完全没有自然生长的大山那样起起伏伏的凸凹，也没有妩媚婀娜的曲线，一看，就知道是现代工业"化"出来的产品。

开始，我还没有注意到它，刚刚告别苍茫的冬天，眼睛和思维还适应着北方寒山的赤裸。可是它特殊的山色到底引起了我的注意，那山体是一色的灰白，像是用水泥抹出来的一座兵器库，上面寸草不生。

"这是一座煤矸石堆成的大山。"旁边的主人又补充了一句："从它的高度，你就可以看出我们在这里挖出了多少煤。"

此地叫桃园，却不生产水蜜桃，也不产蟠桃、油桃、黄桃、胡桃，连猕猴桃也不产。它只出产煤。

真有点儿奇怪是不是，明明是一座煤矿，为什么却叫桃园呢？难道真是 500 万年以前，这里本有一大片硕果累累的桃园，都被咱们喜爱的孙大圣吃光了？

神话传说只能臆想，现实故事却就在眼前：桃园煤矿坐落在安徽省宿州市南郊，是国家"八五"期间建设的中型国有重点煤矿，1983 年破土动工，1995 年正式投产，现在年生产能力为 160 万吨。虽然没有桃花，却是全国文明煤矿，矿区已成为"春有花，夏有荫，秋有果，冬有青"的园林格局；没有蜜桃，其"桃园煤"品牌却享誉华东煤炭市场，挂上了示范矿井的金字奖牌。而它最吸引我的，还是这每年一届的"桃园杯"全国诗歌大赛——年年春暖花开的 4 月初日，当淮北大地处处闪动着粉红色桃花、雪白色梨花和嫩黄色油菜花身影的时节，来自全国的获奖诗人们都赶到这里，兴高采烈地领走属于他们的文学荣誉，今年已是第十届了。

"今天是我们煤矿工人的节日。"主持人这一句激情的话语，顿时炽热了全场的心，亦拉开了 2009 年诗歌颁奖大会的帷幕。

著名诗人、《诗歌月刊》杂志社主编王明韵介绍本届大赛的情况：这是一次真正歌咏煤矿工人的诗会，来自北京、广州、深圳、江苏、湖南、河南、陕西、甘肃等全国各地的诗歌有几千首，大部分出自第一线的劳动者，最后获奖的 35 位作者中，就有 15 位出自全国各个矿区……

掌声中，他们上台领奖了：当白色的奖状被一双双渍满了黑煤粉痕的大手捧住，他们黝黑的脸庞上绽开了灿烂的笑容，使我想起了"人面桃花"这个平日里绝对和他们没有关联的词。台上层层桃李花，阳光深处有大家，这是我们的工人兄弟啊，他们用自己的顽韧，在地心深处与乌金共舞；又用自己炽热的心灵，歌唱出自己的诗情。今天，他们是这场盛典的主角，音乐声中，矿区工人文艺演出队登台，朗诵起他们的诗句：

"我知道，每块煤上/

都有一个人的灵魂/

现在，我顺从它的指引/

接过你传递给我的灯盏/

隧道是漫长的/

道路是漫长的/

我的手指环绕着火焰/

那是来自/

大地深处的火种。"

（《沿着煤的火焰》，作者张建新）

这些同样是来自生产第一线的工人演员们骄傲地站在台上，像灼灼的桃花一样，全力以赴地盛开着。4 月温煦的桃花风，在他们年轻的脸上拂过，给他们施上淡妆，使女孩更加美艳，男孩更加挺拔，中年的返回青春。他们激情地、热烈地、发自内心深处地歌吟着，向着时代的春天高声宣言："今天，是我们煤矿工人的节日！"

不好意思，我突然觉出自己的眼前有点儿恍惚了——我仿佛回到了 30 多年前，在北京东郊我的工厂，那会儿，我是个 16 岁的小青工，也经常这么登台，将旺盛的青春激情迸射。虽然当时整个国家都患上了时代迷狂综合症，"工人阶级领导一切"的口号震彻国中，表面上工人的社会地位也被推上了失去分寸感的高峰；但具体到我们每个小青工来说，还是"肝胆皆冰雪，表里俱澄澈"的，每日里像葵花一样真诚地面对太阳，朗读着我们的青春——每个人都是有青春的，每个青春的理想都是瑰丽的，每个瑰丽的理想都是灵魂深深的颤动，哪怕他只是一个微不足道的小青工。

而今天，诗歌亦在经历了一场迷狂之后，终于也回到了工人阶级和劳动者中间。诗歌依然是一个坚硬的、有着非凡力量的大陆板块，在文学宇宙的怀抱中，呈现出动人的、温暖的、强大的和知心的流光溢彩。"众里寻他千百度"，诗歌的基本群众或曰追随者，还只能是普罗大众，只要能歌吟出他们的生活、情感、经验、心灵和诉求，诗歌——文学——艺术，就是活在他们中间的导师，犹如燃烧的红煤一样，发出熊熊畅畅的光芒！

很长一段时间了，由于种种复杂的和不复杂的原因，我看文学的眼光有点迷离，总也卸不下自我怀疑的包袱。我甚至认定文学和那一座座生机勃勃站立起来的城市、街道、企业、事业等等无关。感谢《诗歌月刊》杂志社，感谢淮北矿业集团桃园煤矿，是工人们的诗歌重铸了我的信心——我们的时代需要诗歌。

文学，也永远如当代著名作家林斤澜所说，是"不死鸟"！

一座晶莹剔透的城市与诗

华灯初上时分往往具有神奇的魔力，我就是在这个时刻走进她的。

第一眼看到这座小城，我就喜欢上了她。

雪已经停了。但节奏没有停，一红二绿的蝴蝶形、兰花形、贝壳形街灯，还有七紫八黄的建筑物霓红装饰灯，在白茫茫的雪地上舞着蹈，就像冬天的大海，忽而惊涛竖立，腾起半空的大浪；忽而又摆出一副裂岸穿空的身姿，做勇猛深沉的英雄造型。整座城市宛如一艘璀璨绚丽的大航母，缓缓夜航，与海，与风，还与诗！

往日的诗，在书店的诗集里，在图书馆的读者手上，在写作者的书案、电脑；

今晚的诗，在新闻大厦礼堂，在瞿弦和等艺术家的朗诵中，在500名与会者的胸膛！

1

这座城市有两个名字，一农一工，一土一洋，一个小名一个大号。

小名叫"鲅鱼圈"，一听就土，就标明是个渔乡。不用解释就能猜到：大概这里的环境气候食物结构等等都特别适合于鲅鱼家族的生长，所以它们千百年来都汇聚在这里繁衍生息，热热闹闹地建国立业，耐耐心心地兴旺家族。顺便说一句，鲅鱼是渤海湾里特有的一种鱼类，长得有点儿像鲟鱼，长嘴尖尖的，带着霸气，肉质十分鲜美，而且刺少，是人类理想的上优食物，因此在北京，我曾在一家餐馆里看到它们被奸诈的商家谎作"中华鲟"高价出售。因鲅鱼而圈子而得名而在这里的人，从理论上推算，只能是渔民，而从古往今来的历史实践上看，也的确是这么回事——从25年前往上数，这个名叫"鲅鱼圈"的小渔村，连大人带孩子，一共有200多口人，全是渔民。

可是现在鲅鱼圈已经有了50万人口，俨然是一座中等城市了！作为环渤海经济圈的内沿、辽宁省"五点一线"沿海经济带的重要节点、沈大中部城市群的核心发展区域，她尽呈鱼跃龙腾之势，城市魅力和影响力日益彰显，所以她就有了大号，叫做"营口经济技术开发区"。如今，营口港已成为全国十大港口之一，吸引着海内外越来越多的目光，胡锦涛、吴邦国、李长春、习近平、李克强等党和国家领导人先后来这里视察，你说她的分量重不重？

2

鲅鱼圈的诗人们都深知这一点，所以他们都用从自己生命中冶炼的诗句，仰天长笑讴歌之：

"你以青山的层峦叠翠为披肩/你以高桥的盘环嵌成玉冠/蓝盈盈的湖水，金灿灿的沙滩，是你轻柔的衣裙/你是世界上最漂亮的新娘。"（阿亚）

"最初的盐碱地/现在是开发区/鲅鱼圈是一匹毛色新鲜的马/火红色或

者绿色/在中国东北辽阔的地图上/打着鼻息，鬃毛簌簌地飘。"（李博）

"鲅鱼圈，我的神话我的梦啊/面对你日新月异的万千气象/我真是爱之不休，亲之不够/而今，你的又一个新的传说开始诞生/我们必将振翅奋飞再上层楼！"（温庶先）

这些诗句，都是从《鸭绿江》杂志和营口开发区文联共同发起的"鲅鱼圈杯"全国诗歌大奖赛中流淌出来的。据说这次赛事兴隆，从全国各地飞来的应征诗歌有 3000 首，有的外地人还专程来到鲅鱼圈实地考察，意欲夺魁。可是我敢说，以上三位诗人准保都是鲅鱼圈人，因为，诗句中对自己家乡的那份真情，是外人永远也达不到的浓烈大爱。

3

前面说过，现在的鲅鱼圈人已经有 50 万之多了。他们操着天南地北的各种口音，跟着开发区的拓荒牛，从四面八方来到这里。他们已经不是北京人、上海人、天津人、重庆人，也不是北方人、南方人、东北人、西南人，而是营口开发区人，是鲅鱼圈人。

初次见面，给我的印象：怎么他们个个都是诗人？

这印象来自"美丽的鲅鱼圈·2010 新年新诗会"现场。能坐 500 人的新闻大厦礼堂，座位全满。开发区五大班子的领导人全部到场。观众中，有脸上还带着稚气的中小学生，有穿着工装的父亲母亲，还有满头白雪的祖父祖母。他们把热烈的掌声送给瞿弦和等北京请来的大艺术家，更把最最发自肺腑的掌声，送给在台上朗诵自己诗作的大哥哥大姐姐。

"诗言志，歌咏言。"诗歌是时代最动听的强音。

正如营口开发区党工委高作平书记所说的那样："随着经济的飞速发展，鲅鱼圈的文化园地也是百花齐放，文人雅士层出不穷。"以诗歌为代表，鲅鱼圈建设者的队伍中，涌现出了一大批作家、诗人、画家、书法家、摄影家……谁都知道，现在的发展决不仅仅是 GDP 的飙升，也不仅仅是港口码头、工厂企业、高楼大厦、公路立交桥；更是文化的筑底，是素质的锻造，是文明的远航。

所以，鲅鱼圈人向往诗歌、追求文学、一心要采撷高端文化艺术的七彩霞光。除了举全区之力举办新诗朗诵会，除了陆续成立了文联、作协、美协、书协、摄协，他们还把北京沈阳的老师们张同吾、李小雨、曾凡华、吕先富、田永元……请来讲课，给开发区的业余作者们送上新一年的第一缕春光。

他们还雄心勃勃地要让诗歌永远留在这片热土上，明年，将与中国诗歌学会一起，在这里的辽阔蓝天上挂起一块大匾——"鲅鱼圈区诗歌创作基地"。

雪花又兴奋地飘起来了。皑皑白雪上面，高大的厂房，繁忙的港口，后现代大玻璃幕墙的五星级大酒店、公寓写字楼和温暖的居民区，还有海，还有风，还有诗，一切的一切，都被这圣洁的白色神话雕刻得晶莹剔透……

第一辑 激扬文字

青春做伴

第二辑
铁板弦歌

青春做伴

澳门的心

一到澳门，我就被澳门的心吸引住了：她里外透明，很朴实，很纯正。

甚至没到澳门之前，早在差不多 10 年之前吧，我就已经很知道这一点了——那一年我们内地和香港、台湾、澳门的女记者在厦门召开交流会，来了两位澳门报界的女记者。在亮亮丽丽的台湾女记者面前，在风风火火的香港女记者面前，在轰轰烈烈的大陆女记者面前，两位澳门的女记者总是很低调，很谦虚，甚至有些羞涩和木讷，逢到要她们讲话时，俩人总是羞赧地笑笑，简单地说上两句，就躲到大家的目光之外去了。那是我第一次接触"澳门同胞"，尽管没有亮亮丽丽，没有风风火火，没有轰轰烈烈，但我对两位澳门女同仁留下了极好的印象，我喜欢她们那种内敛、实在和安静，喜欢她们的少说多做，沉默是金，也从她们身上看到了澳门的心，很朴实，很纯正，踏踏实实，重剑无锋。

可是我现在到了澳门，一时却恍惚了，不知道澳门的心在哪里？

我执意去找一找。

（1）

大三巴牌坊面前人流涌动，热闹非凡。来自全世界的游客，肤色白的、黑的、黄的，服饰红的、绿的、花的，长得美的、帅的、丑的，人人兴高采烈，纷纷在情绪高昂地拍照留念，唯恐辜负了这大美的景观。

大三巴牌坊是澳门最具代表性的名胜古迹，被誉为"立体的圣经"，是澳门的名片。我第一次看到它的照片，是在澳门回归那一年的春天，一位不知名的热心读者，从澳门寄到编辑部一包明信片，上面第一张就是大三巴牌坊。呀，刚看到它的第一眼，我的心就被它天国一般的精美绝伦震撼了，当时人的视野还很原始，互联网之手远远没有像今天这样随心所欲，想看哪儿轻轻一磕"老鼠"，就能够尽情地、没完没了地看个够。我把大三巴的照片夹在自己通讯录本子里，随时随地就拿出来看看，同时在心里做出一个瑰丽的梦：将来有一天，我一定要去澳门，亲眼看一看大三巴。

今天我终于来了！来之前，当然做足了功课：大三巴牌坊是1850年竣工的圣保罗大教堂的前壁，其后面部分遇火已不存。大三巴糅合了欧洲文艺复兴时期和东方古代建筑的风格，巍峨壮观，雕刻精细，单是这座牌坊的造价，300年前就已高达3万两白银，可谓珍贵至极。细细欣赏牌坊上面的石刻，各种圣经人物、花鸟、文字、图案等等象征中西方文化的符号，各得其所在，各显其意义，和谐共处，共生共荣，真是既彰显了欧陆建筑的华丽风格，又结合了东方文化沉稳内厚的传统，体现出澳门在数百年前，就已在探讨中西方文化的结合问题，并且取得了令人惊异的成功。

在后来的参观中，我发现，这也是当代澳门文化特色的一个突出现象：常常是在绿叶低垂的长长的浓荫里，可以看到中西合璧风格的房子，伴有繁茂的花枝从里面探出身影；在香烟缭绕的中国妈祖庙毗邻，亦矗立着天主堂、基督堂、清真寺，还有其他一些民族的宗教建筑；在宽敞的大马路上或一弯一弯的小街角，不时会突然闪出或花枝招展或灯红酒绿的中、西、葡萄牙、泰国、印度、越南、马来西亚等等各种风味的餐厅，都宾客盈门，都欢声笑语；在大街上熙熙攘攘的人流中，更是欣欣然走着汉族、回族、满族、高山族以及葡萄牙人的后裔，他们都是中国澳门行政区同胞，和谐地共同生活在这29.2平方公里土地上……

那么是什么，把这些天涯海角的、迥然不同的文化元素，雕塑在一起的呢？

我向天空发问——我向大海发问——我向大地上的绿叶鲜花发问——

从历史深处飞来的信鸽"咕咕"叫着，告诉我说：澳门除了被侵略、被蹂躏的时期之外，基本上都是一块宁静致远的乐活热土。澳门人心地善良，生活目标纯粹，不贪心，对未来的生活不存非分之想，也不嫉妒别人，所以大家都能和睦相处，这无论是在西方还是在东方，都比较少见。

在我们离开大三巴的时候，牌坊下，支起一张桌子。有天主教会的工作人员站在桌前，开始分发《澳门导游》等小册子。游客们都自觉地排起队，安安静静地领取。我排的那个队伍的工作人员是位中年妇女，我看到她一边分发小册子，一边满脸笑容地对每位游客说："神爱你！"

轮到我的时候，她也是对我一脸灿烂，亲切地说："神爱你！"一瞬间，我的心突然被一股强大的温暖所软化。虽然我不信仰耶稣基督，也明白这位女士是在向我做宗教的宣传争取工作，但当亲耳听到有人对我说"爱我"时，一颗心还是止不住快乐地摇曳起来。

这就是澳门的心吗？

嘿，她对我说：她爱我！

（2）

仔细端详，澳门的每一片大大小小的绿叶上，都有着极其美丽的纹路，像澳门的每一处景点。

不，像澳门的每一寸土地。

不不，更像澳门的每一颗心。

历史的风吹来了，它们在风中起舞。

我到处看见它们。

比起北京的国家博物馆，澳门博物馆似乎既关注国家社会，亦重视人间烟火，有着浓浓的人情味。除了那些庄严的宏大叙事，我还看见了澳门普通人的身影，和他们生活中的诸多情节、细节：比如一个家庭的居家日子，一个厨房的锅碗瓢盆，一个木雕艺人的精雕细刻，一个渔民收获的大鱼大虾，一碗粉面和一锅杏仁饼的诞生过程。我甚至分享到了一个新嫁娘梨花带雨的出嫁喜泪，我甚至听到了一个婴儿唱歌般的啼哭声，我甚至嗅到了一个小杂货店沁人心脾的杂物的混香，我甚至看到了店主人童叟无欺、诚实待客的心……

而当我走进何东爵士捐赠给澳门民众的何东图书馆，一眼就看到一群十五六岁的中学女生正在宽敞的回廊下做作业，几位年纪不等的市民在藤萝架下读报看杂志。这座精美别致的园林别墅式图书馆，主楼是一座南欧风格的三层楼房，前后环绕着绿肥红瘦的中式园林，是一座集历史、文化、建筑艺术于一体的建筑，也是中西艺术结合的典范。1955年何东爵士以93岁高龄病逝，其后人根据遗嘱将故居做成图书馆，期望能帮助尚在努力发展经济的澳门民众提高文化水平。今天，何东老人的心血果然没有白费，他双目炯炯，满心欢喜地看着市民们在读书……

我又走进海事博物馆。它的所在地就选在当年首批葡萄牙人登岸的地方，其造型模仿一艘扬着白帆的三桅船，停泊在澳门的心脏妈阁庙前面。昔日的1号码头已被列作博物馆的设施和休闲场所，供游客浏览以及与大海亲近。本来在进馆之前，习惯性的思维方式让我以为又是一场血雨腥风，却丁点儿没想到，它讲述的重点是澳门与大海之间的传奇故事，还有中国和葡萄牙在海事方面的历史，以及海洋在人类文明发展史上所具有的重要性。它给我的强烈信号是，澳门已经长成一个非常成熟沉稳的成年人了，他的心是爱心，在这颗心里留下的，不是刀光剑影，而是合作，而是发展，而是积极地向前看……

走上澳门历史城区的土地时，我情不自禁弯下腰，仔细端详着脚下的沙粒，感觉有一股天外罡风从远古的深处吹来。据说，这是中国境内"现存年代最远、规模最大、保存最完整和最集中"的历史城区，上面中西式建筑交相辉映，既有妈阁庙、哪吒庙，也有岗顶剧院、玫瑰堂等20多处历史建筑，充分展示出近几百年来，各种文化在澳门这块土地上互相碰撞、交流所结晶出的澳门魅力。另外，只是说它"在2005年被光荣地列入《世界遗产名录》"，似乎太冷静了，没有表达出澳门炽热的心跳；我更愿意听澳门朋友们说起他们的节庆连年，一年12个月，澳门月月有节日，无论是中国的传统节日春节、清明、端午、中秋，还是西方的复活节、花地玛圣母像巡游、圣诞节，或是佛教的浴佛节，以及独具澳门特色的国际音乐节、国际烟花汇演、格林披治大赛车……

哦，澳门的心，天天都浸泡在举城欢庆的日子里。

(3)

第三天，我们迫不及待地集体登车，一往无前。

目标——氹仔岛上的一家蛋挞店。

澳门特别行政区包括澳门半岛、氹仔和路环两个离半岛。澳门半岛北面与中国大陆相连，南面分别由三座大桥与氹仔岛连接。氹仔岛和路环岛则由 2.2 公里的连贯公路相接。不知是谁听说的，氹仔岛这家蛋挞店，不仅全澳门最好，能做出各种口味的蛋挞，能把人香得粘在那里 7 天 7 夜不走，而且还举世无双。我们便来了这次集体行动。

谁知到了那里才看见，那是一个非常小的、貌不惊人的小门脸。甚至说它是一间大厨房也不为过。只有一个门，玻璃擦得亮晶晶的，似乎连一个指纹都不存。东、西、南三面柜台，前店后厂，顾客们只能在门外排队等候——好在，澳门到处花树林荫，海天空阔，无一处不风景，置身其中，如同在公园里流连。

此时，还真有大队人马在排队，极耐心，不仅是肚子里的馋虫勾的，更主要是想体验一把澳门最佳。可是真的太慢了太慢了，比蚂蚁爬还要慢，因为需要一边做一边卖，熟了一"锅"卖一"锅"。

像我这个岁数的人，对"排队"还记忆犹新，更心有余悸。想当年"十年浩劫"中，大陆物资极度匮乏，许许多多的东西都是凭票证配给的，比如过一个春节，每人才配给 3 两花生 2 两瓜子，那还是在首都北京。说来现在年轻孩子们都"嗤嗤"嘲笑，那时候上街，只要看到排队，不管三七二十一，先排上，然后再去问卖的是什么，再回家取钱。我最有成就感的是有一次在王府井百货大楼，刚好碰上从哪国来的一批进口涤纶男裤，我竟然排了 6 个小时，才给老爸抢购了一条，等我喜气洋洋地捧着裤子回到家，父母正着急哪，连说"这孩子（指的是我）上哪儿去了？丢了吗?!"

世事沧桑，白云苍狗。今天，许久许久没排过队的我，居然在澳门又排队。

然而人是物非，人间和心情都彻底换了样，性质完全不同了啊！

这些感受，跟身边的澳门朋友说，他们不一定能体味。不过，要是跟他们说起当年俺们这些大陆"老土"对来自港澳的所有货物，都新奇、都羡慕、都高看一眼、都显摆不已，他们一定乐。而现在的我，自从来了澳门以后，就一直在犯愁：给家人和朋友们买回去点什么呢？如今的大陆什么都有、什么都不新鲜了啊！

我灵机一动：要不，就买这举世无双的蛋挞？哈！

花费了让人心疼的将近一个小时，我们终于吃到了金贵的蛋挞。啊，酥脆绵软，到嘴里就化成一股特殊的浓香，那个销魂啊，真的能把人粘在那里 7 天 7 夜不走哇——可惜我的港澳通行证哟，总共才给了 7 天时间哇塞！我不由得"抱怨"说："这个店老板的观念，太保守啦，他怎么不到处开个连锁店啊？要是在大陆，生意这么火爆，早纽约巴黎伦敦东京的到处开花了，放着大钱不赚，就守着这么个小门脸，我都替他着急！"

澳门的朋友笑了，慢悠悠说："这就是我们澳门人啊，做事讲究一板一眼，不越矩。开店得先保证品质，要是没有扩张的实力，索性不做，也不能砸了牌子哦。"

我有点儿尬。他却不动声色地为我解围道："我们澳门地方小，所以店铺也都开得小。不过呢，看着门脸普普通通的，品质却都维护着不丢。码头那边有一家粉面老店，比这蛋挞店还小，门脸还旧，可是做的粉面那叫好吃啊，连特首夫人都去排队买。但是那家也是这个传统，每天就打那么多粉，不多做，一般到中午就卖完了。"

为什么不多做呢？

"怕影响了质量啊。做多了厨师必然就累了，累了就容易马虎，质量就不一定能保证了。我们澳门人是用心做事的，心思哪怕少一分，都必然会有影响的喽。"

啊，这不由得叫我想起大自然最普通的一件事：一粒种子被播入地下，仁厚的大地用心地孕它生了根发了芽。从此，和煦的阳光用心地照耀它，滋润的雨露用心地浇灌它，风儿用心地梳理它的叶片，白云用心地为它塑造体型，蓝天用心地导引它向上拔节，农民用心地打造它锻造它成就它。就这样，经过长长的、复杂的、艰苦的生长，终于，它也用心地长成了，它变成了百粒千粒万粒的丰收的硕穗——大自然又收获了一个用心生长的季节，人类又收获了一个用心做工的典范。

我也想到了人类社会最普通的一件事：一个生命的种子被植入母亲的子宫，仁慈的母亲用心地孕育了他（她），将他（她）领到世界上来。从此，母亲对他（她）的用心就是终其一生的了：用奶水哺育他（她）成长，送他（她）上幼儿园、小学、中学、大学读书，又把他（她）送上工作岗位，再为他（她）娶妻（嫁夫）生子，甚至还为他（她）照顾下一代儿女……母亲就这么用心地将自己的血肉、体力和精神，一点一滴地灌注给儿女，全部给完了之后就悄声离去了，轮到下一代母亲又继续用心地浇灌，人类就是这么一代又一代用心地递交而绵延繁衍的……

用心就是呕心沥血。

要想把我们这个世界变得更好，无他，大家都必须用心地做事。

成功其实很简单，就是用心地做好每天应该做的事。

用心做事的澳门人——澳门的这颗心啊！

（4）

最后还要庆幸的，是我在澳门学到了一个词——"手信"。

其实对澳门和广东沿海一带来说，这已经是古往今来、世代沿用的一个 long long ago （非常非常古老）的词汇了，可是我真的是第一次听到，所以很新奇。什么是"手信"呢？澳门文友们解释得比较唐诗宋词："手信"就是"驿寄梅花，鱼传尺素"。哦，我似乎懂了，就是古代"鸿雁传书"的那个"书"，是通过手温传达的、寄予着浓烈感情的家信。

可是后来我发现，"手信"还有内涵更为宽阔的俗和雅两种解释：用下里巴人的说法，"手信"就是人们出远门回来时捎给亲友的小礼物。过去走海人重感情，每次归来时，都要把街上叫卖的杏仁饼、牛肉干、猪油糕、光酥饼、姜糖、花生糖等等零食信手捎回家，长此以往，就渐渐地把它们统称为"手信"了。而以阳春白雪的解释，则"手信"最原始称呼为"贽"，《左传·庄公二十四年》："男贽，大者玉帛，小者禽鸟，以章物也；女贽，不过榛栗枣，以告虔也。"意思是说，古代外出访友的邦客必须带着礼物"贽"，男人的贽礼大到一块玉一匹丝织品，小到一只禽鸟，显示的是礼物的贵重；女人之间的贽礼不过是一把榛子、一包栗子或者几枚红枣，表达的是虔诚的情感。

澳门朋友又告诉我：澳门还有"手信"一条街，密密麻麻开着数十家"手信"商店，摆满了澳门特色的"手信"食品，各国游客欢天喜地游走于各个店铺之间，大包小包，把澳门"手信"带回到世界各地……

好形象、好生动、好诗意的一个词呀！这个带着澳门体温的词，非常温暖地感动了我，马上使我想起了家里的老父老母和远在英伦的女儿，此刻，要是能把我的"手信"立刻捎到他们手上，该有多好啊！人世间，最美丽的情感就是亲情。

我深深地吸了一口气，澳门的海云天风，都是甜的呢。我觉得自己的一颗心被浸得柔柔的，软软的，眼睛不由得湿润了起来。我把"手信"二字写在本子上，又存入手机里，并且先自，已把它刻在了心上。

——"澳门手信"，不也是澳门的心吗？

岳莹享堂、三碗清水及其他

这次走汤阴，学会了一个新词——"享堂"。

其实对很多知识渊博的人来说，"享堂"根本就不是什么新词，而是一个早有了上千年词龄的老词。以我在现场的感性理解："享堂"是一片墓地中，走进大门，面对的那间殿堂，里面设立着先人的牌位，供后人拜祭、缅怀、冥想。刚开始听到这个词的发音，我想当然地以为是"想堂"，但王清波先生认真地告诉我，不，不是后人对前人的想念，而是先人享受后代子孙的永恒的怀念。

对，孝敬前人，尊敬前人留给我们的生命及其他，让他们的灵魂在天国安息，这是中华民族世世代代的传统美德。后来回家查找资料，我确切地了解到，"享堂"是对墓地上建筑的通称，包括祖坟和祠堂。

汤水汤汤，我心芳香。汤水汤汤，我心向往。

王清波先生说一口经典的河南话，是汤阴县的岳飞研究专家，编著有《解读岳飞故乡》等著作。此刻，我们正站在汤阴一望无际的黄土地上。

这是中原大省河南省最壮观的初夏时节，同样一望无际的麦地伸展到天边，麦穗初见姜黄，漂亮得一如河南壮观的黄土地，它们正在集体发力，利用初夏的热风装满自己饱胀的渴望，迎来最后的丰收。在这无垠的麦地中间，空出了一个偌大的院落，就是现场的所在——河南省汤阴县周流村中的岳飞先茔墓园，世世代代，"老岳爷"的香火一直在这里燃点、递传。

"老岳爷"即英名流芳千古的岳飞大将军。在汤阴家乡人的嘴里，爷传儿、儿传子，子传孙，祖祖辈辈传到今天，就一律被老百姓称为"老岳爷"了。"老岳爷"早已成为护佑地方的神祇，在这片诞生英雄的土地上，没有佛教的大雄宝殿，没有哥特式的天主教堂，没有道观和清真寺，也没有其他一切拜祭神，只有岳飞庙。这里老百姓的宗教神，他们拜的、信的、求的、亲近的、依仗的，只有"老岳爷"……

说话间，我们迈进了"老岳爷"先茔墓园，走入第一间享堂中。

大殿正面，是"老岳爷"一尊高大粗壮的彩绘雕像，完全民间手法：虎背熊腰，方头阔脸，粉面朱唇，浓眉大眼，威风凛凛，浩然正气。一看就是出自最优秀的民间艺术家之手，手传心声，塑造的是家乡百姓心目中原汁原味的"老岳爷"形象。不过此刻他手上拿的不是刀剑，而是一支刀剑一样粗大的毛笔，拧着卧蚕眉，目视前方，一脸悲愤之色，似乎是想倾诉满腹的辛酸！唉呀，定格在汤阴老百姓心中的"老岳爷"形象，怎么会是这样的呢？

　　每年在这里，有两个日子是神圣的，比过年还过年。一是农历二月十五，二是大年三十，汤阴百姓蒸馍的蒸馍，制衣的制衣，携妻挈子去岳庙上香。是两日，庙中人山人海，万头攒动，成为汤阴最盛大的节日。久而久之，人们，尤其是妇孺，已经不知道这是"老岳爷"的生日和忌日，只知道此乃老辈人留下的传统和规矩，但凡到了这两天，就要去岳飞庙举行盛大的祭祀活动。

　　似水流年……

　　岁月留金……

　　在漫漫漫漫的日子之志书上，就留下了一连串有声有色的记忆：比如在上世纪 30 年代的抗日战争中，日本鬼子的两枚炸弹扔到岳飞庙的后山墙下，愣是不能炸响。又比如上世纪 60 年代汤阴地面上发大水，老百姓纷纷跑到岳飞庙去避灾，结果大水绕庙而过，就是不忍淹进来。还有人们记忆犹新的一场战争，死了不少士兵，而"老岳爷"护佑下的汤阴兵，一个个玩命冲锋、杀敌，屡立奇功，却没有一个"光荣"的……

　　传说是人们心中的念想，信则有，不信也有！

　　汤水汤汤，我心铿锵。汤水汤汤，我心雄壮。

　　我感觉，虽然中华民族的浩荡历史上有着星海河汉那般多的贤人、名人、英雄、好汉等等人物，但在中国老百姓心目中，岳飞是千古第一人；在中国老百姓的口碑上，岳飞是千古第一人；在中国老百姓的知名度，岳飞是千古第一人。

　　一代代华夏子孙，无论男女，谁不是从幼年起，就开始聆听岳飞大将军的故事呢——"岳母刺字"、"枪挑小梁王"、"大战金兀术"直至"风波亭"……各种民间艺术手段，比如评书、小人书（连环画）、剪纸、皮影、绘画、雕塑、各种地方戏，用来歌颂岳飞大将军的也是最多。我现在还清楚地记得小时候看的小人书，上面有岳飞骑着战马，双手舞动大枪，枪挑小梁王的雄姿；也记得看到最后，是岳飞和站在他身后的岳云，俱双手被绑，一脸悲愤，在风波亭英勇就义前的最后形象。及至后来稍长，第一次读到岳飞的《满江红》：

"怒发冲冠，凭栏处潇潇雨歇。

抬望眼，仰天长啸，壮怀激烈。

三十功名尘与土，

八千里路云和月。

莫等闲白了少年头，空悲切。

靖康耻，犹未雪；

臣子恨，何时灭！

驾长车踏破贺兰山缺。

壮志饥餐胡虏肉，

笑谈渴饮匈奴血。

待从头收拾旧山河，朝天阙。"

    当时读罢这首词，我整个僵在那里，感觉体内的血液一点一点被点燃、升温，直至沸腾！岳飞大将军的那种磅礴大气，那种正义凛然，那种对国家和民族至深至炽的爱、对敌寇切齿切心的恨，那种视死如归的尽忠报国之情，化作熊熊烈火，从此就开始在我身体里持续燃烧！最瑰丽的感觉，仿佛自己也抛却了女儿身，回到千年之前的古战场，跟着大将军"壮志饥餐胡虏肉，笑谈渴饮匈奴血。"——这就叫做"民族的魂魄"、"民族的热血"、"民族的英雄之气"吧？这样活着，才不枉一生啊！

    我相信这不是我一个人的感受。

    我恭恭敬敬地走上前去，立正站好，向岳飞大将军行注目礼。

    我身旁，是中国人民解放军少将李存葆。早上出门时，我看见他穿上了军装，扛着将军徽章，全身上下庄严肃穆，连一个皱褶都没有。他慨然说："今天是去拜见岳飞，我得着正装，以示我的敬仰。"

    我们朝岳飞雕像深深鞠躬。

    就在此时，我再次看到走遍汤阴皆如是的一个景象——在岳飞大将军的雕像前，一字排开，只供着三碗清水。

第二辑　铁板弦歌

我终于忍不住问讲解员这是什么意思？

　　那年轻女孩子回答："表明汤阴人民对老岳爷的一种怀念。"

　　我又问："那为什么是水而不是酒呢？"

　　她答："的确是水，不是酒。这三碗清水每天都换，这个院子每天都清扫，都是老百姓自发做的。"

　　所问非所答，显然不能令我满意。

　　但是我不怪她们，她们还是太年轻了。

　　显然的，要寻找这个问题的答案，只能靠个人的悟性，自己去悟。

　　汤水汤汤，我心郁郁。汤水汤汤，我心悲伤。

　　我端详着第一碗清水，心想是了，这是歌颂岳飞大将军的丰功伟绩。八千里征云战月，他一次次从血雨腥风中将胜利高高举起，拯救百姓于水火，托举国家于危难，令敌手闻风而胆寒，亦是敌人永远攻不破的钢铁长城。这一张功勋累累的战功表，如清水一样澄明、清明、透明，不掺有任何杂质。

　　我又端详着第二碗水，心下明白，这是为了彰显岳飞大将军的尽忠报国之心。30年征战一步一个脚印，直至成为支撑南宋江山的擎天柱。朝廷的嘉奖可以不算，视功名为尘与土；百姓的歌颂也可以不计，只算是鞭策前进的不竭的动力；为保家卫国，他把儿子、孙子乃至全家都送上了前线，一片耿耿丹心，天日昭昭。而他自己得到的是什么呢？除了敌人的惧怕，就是百姓的这一碗清水了！

　　至于第三碗水，当我的目光落在它上面，眼眶突然潮热了，心中大恸，塞满悲伤和愤懑。我认定：这一碗清水，是为岳飞大将军洗冤而备下的！

　　谁都知道岳飞是被秦桧恶党害死的，因为找不到任何借口，奸佞们竟然生造出一个"莫须有"的罪名，使岳飞、岳云等抗金英雄没有笑卧沙场，却惨死在宵小们的鬼头刀下。这千古奇冤，虽然后来平反昭雪了，虽然后来令秦桧恶党永远地跪在岳飞大将军的面前，任天下人唾骂；可是英雄已去，白云悠悠，山河破败，回天无术。秦桧恶党所铸成的奇耻大辱，是永远插在中华民族胸膛上的一把刀，伤口永远在滴血，创痛永难平复！

更为重要的是，秦桧虽死，然恶人、坏人、小人们却始终连绵不绝。历朝历代，直至今天，无不是清浊相交，浊者搅浑水；忠奸相搏，小人得其势。恶人、坏人、小人们没别的本事，却专会溜须拍马，巧言令色，把天下便宜占尽，还要像秦桧一样陷害忠良，一个个直把日子过得志得意满，弹冠相庆；而良善人、忠厚人、好人呢，因为不屑于滚到泥里同流合污，即被边缘、被冷落、被挤出主流，甚至被诬陷被迫害而毫无还手之力，只能眼睁睁看着宵小们糟蹋大好河山而悲愤寡欢，空叹报国无门！

唉，这历史的必然悲剧呀，在舞台上、在戏曲中、在小说里，文人们都给其安排了一个除恶安良的大光明结局，可是在现实中，善良而无奈的老百姓们，只能给尔准备一碗清水！

汤水汤汤，我心切切。汤水汤汤，我心激荡！

我扑向三碗清水。

清水亮亮堂堂，倒影中，又映出岳飞大将军手握巨椽，拧着卧蚕眉，一脸的悲愤表情。我肃然一顿，悟出了他写的是什么——

他在写："知音少，弦断有谁听？"

他在写："还我河山！"

他在写："尽忠报国。"

他在写："天日昭昭，天日昭昭。"

这最后的八个字，是岳飞大将军临终在狱案上写的，是他的绝笔。我坚信，就像他心中还有未竟的英雄事业，他心中也一定还有未竟的切齿誓言。那千般悲愤，万端慨叹，想来，应该凝结成四个字——"灭除宵小！"

是的，在历朝历代数不清的统治者之中，其绝大多数都是忤逆民意、宠幸恶人坏人小人的昏君。因为谗言顺耳，因为马屁喷香，因为宵小能使其舒舒服服地堕落。可是呢，春花秋月，小楼东风，最后一个个都落得流水落花春去也的可悲下场。

这样，对我们一生的做人来说，面前就摆出了两种选择：一边是锦衣玉食，香车美女，高官大宅，拍马者前呼后拥——不过这是要付出代价的，比如出卖，既出卖别人，也出卖自己的人格和心理屈辱；比如作恶，既然你有了人生的第一次贪，就会有一生的偷、盗、掠、抢；比如陷害，即使毫无干系，也必然要以清洁为敌，向忠良下手，做历史的逆子，因为青松的存在就是对腐草的蔑视和威逼呀！

另一边是一碗清水，两碗清水，三碗清水。这也是要付出代价的——尽管你饱读诗书，一身本事，并像岳飞大将军一样尽忠报国，赤胆忠心。可是，你既然选择了不坠青云之志，也就必然要像岳飞大将军一样，劳心劳力，呕心沥血，明知其不可为而勉力为之，最后在宵小奸佞们的群殴之下，悲愤填膺，栏杆拍遍，慨然出世！

"汤水汤汤，我心芳香。汤水汤汤，我心向往。
汤水汤汤，我心铿锵。汤水汤汤，我心雄壮。
汤水汤汤，我心郁郁。汤水汤汤，我心悲伤。
汤水汤汤，我心切切。汤水汤汤，我心激荡！"

从岳莹享堂出来，从汤阴回到京城，从一千年前唱到今天，这支绵长的曲子，一直在我心中盘旋，不去——

永新的忠

题记：永新的"忠"非凡地鼓舞了我，这是我在全国其他地方
　　　所从没看到的、重大的、有着民族定位意义上的收获！

对面是一座突兀而起的山崖！

脚下是一条滚滚滔滔的大河！

山崖像一块巨大的盾牌，横平竖立，直上直下，浑身绷紧了钢筋铁甲

的意志，罡风烈烈，要把敌人的金戈挡住！挡住！

大河犹如一支离弦的弩箭，奔腾呼啸，一往无前，朝着信念的终极目标，风雨兼程，绝不停下前行的脚步，哪怕撞过去，粉身碎骨！

山崖叫"幡竿岭"。大河叫"禾水河"。它们的垂直相交处，是一道水流湍急的峡谷，下面有一深潭，深三千丈，也许三万丈，名曰"忠义潭"。

它们矗立在江西省永新县的红土地上——古往今来，这里发生过的所有忠烈故事，清风全记得！

永新男人

此刻，我站在"忠义潭"前，望着轰轰烈烈疾驰的禾水河水，听永新县委书记黄少峰讲起第一个故事：

南宋末年，朝廷上腐下败，气数已尽。凶悍的元兵长驱直入，一路烧杀抢掠，铁骑踏破江西版图。文天祥出使元大营被无理扣押，解往北京。文将军部下的数万抗元义军，尽皆被南宋"求和派"官员遣散。无法，文天祥的次妹婿彭震龙带领几位永新籍将领，回到永新县界，重新组建抗元义军。响应者云集，一时名声浩大，甚至在打了几个小胜仗之后，一举收复了县城。但在强大的元军和南宋无耻降将刘槃的夹击下，很快，县城被陷，彭将军被腰斩，元军屠城三日，血流成河。义军剩下的3000多名将士且战且退，最后被元军围困于"幡竿岭"一带的峡谷中。

义军坚守在峡谷中与元军抗衡，刀砍得卷了刃，箭用光了，就用石头砸向敌人。但强大的元军似乎源源不断，他们也把蛮横的仇恨充斥全身，发誓不把这些义军斩尽杀绝就决不撤兵。元军用精良的武器对付义军士兵的石头、匕首甚至拳头和牙齿，强弱力量对比明显，他们知道自己肯定是最后的胜利者，狞笑着，不断叫嚣着：

"活捉这些野蛮人，把他们剖心挖肝！"

"看他们还敢不敢和我们战无不胜的元军对抗！"

……

可是义军的呐喊也不停地反击回来，像满山怒吼的松涛，像林间轰鸣的炸雷：

"滚回去，强盗！杀人犯！"

"你们才是野蛮人！"

"我们宁死不投降！"

……

惨烈的战斗一直持续到夕阳西下，元军死伤无数，义军也面临弹尽粮绝的最后关头。但是，3000多士兵没有一个动摇的，没有一个投降的，也没有一个怕死的。最终，他们作出了一致的决定：选出一批身体还强壮的年轻战士继续抵抗元军的进攻，其余的人，则一个个沉着冷静地抱起大石块，一步步走到山崖边，纵身跃入深潭。刹那间，风雨如晦，涛翻浪卷，一道道电闪雷鸣中，传来壮士们最后的呼吼声：

"我——是——永——新——人！"

"永——远——不——屈——服！"

3000多人啊，集体沉潭，在中华民族历史上，用"忠勇"二字，刻写出了一块血染的大山之碑。让青天颔首，让白云仰望，让松涛歌吟，让大河鸣咽，让我们这些世世代代的后世子孙，永永远远地崇敬，纪念，缅怀，顶礼膜拜！

顺便交代一段：义军将士集体就义的消息传到十里八乡后，永新的乡亲们放声大哭，切齿痛骂，泪流干了，胸胆开张，商议着一定要给自己的子弟兵们报仇雪恨。又有彭震龙将军的媳表哥贺云宽站了出来，发誓要锄杀奸臣刘槃，拿他的人头祭奠烈士和死去的同胞。但刘槃武功非凡，防范也极为严密，要打败他也是拼命事一桩。贺云宽几次聚集永新的好汉们行动，最终，通过智取将刘槃诱出了军营，合力将其生擒，当场把他的狗头割下。众乡亲们聚集在一起，用黑布缠绕贼头，连夜来到忠义潭边，将其抛入潭中，让那祸害家乡、残害忠勇的奸臣永远向死去的英魂谢罪……

黄少峰书记最后点题一句："这就是我们永新人啊。"

我深深地慨叹，一时无语，胸膛里却激荡着一个中华民族后来人的崇敬。我看见，几百年时光过去了，忠勇的"幡竿岭"上，满山青松愈发绿得深沉墨郁，挺直腰杆，一圈一圈地粗壮着历史的记忆；红土地还是红得明亮，厚重雄浑，每一粒沙石都在用力，用力地耕作着永新的发展。不知道在何年何月，3000多壮士殉难处，立起了一块大石碑，上刻"忠义潭"三个光耀天地的大字；知道的是在当今，永新县人民政府正在计划拨出专款，在此处修建"忠义亭"，以上承先烈，下励后人。

历史，永远是当代人的思想史。

永 新 女 人

"生当做人杰，死亦为鬼雄。至今思项羽，不肯过江东。"

永新女人吃苦、耐劳、能干，同时亦温柔、贤惠、大度，是江西有名的好女人。但她们也同自己的父兄一样，关键时刻，个个拿起来都是一腔忠烈的英雄气。

也是南宋末年，也是元军铁骑杀来，也是奸臣刘槃带着元军破了县城，见人就杀，无恶不作，累累尸首堆积在大街小巷。在逃难的百姓中，有一家4口人，随着大家躲在一间学宫内，后被元军发现，将公公、婆婆都杀害了。抱着婴儿的媳妇清媛因为长得十分貌美，被为首的元将看上，示意手下将其带走，欲行奸淫。清媛以死抗争，一边大骂这些禽兽不如的入侵者。元将拿出银钱、珠宝相引诱，后又以杀死孩子相威胁，清媛均宁死不从。兽性大发的元将命令元兵将孩子抢过去，恶狠狠地刺穿了孩子的小胸膛，可怜婴儿惨叫一声就死去了。清媛见状，大叫一声，拼出全身力气挣脱了撕扯她的三四个元兵，猛的扑向旁边一个元兵的刺刀，只见红光迸溅，刺刀已穿进她的胸膛，这位忠烈的年轻女子立时倒在地下，气绝身亡。元将、元兵俱被震慑得面如土色，一边骂骂咧咧地给自己壮着胆，一边灰溜溜地撤走了。

躲在房梁上的乡亲们看到了这忠烈的一幕，赶紧下来为清媛收尸，此时，清媛的鲜血已经染红了她身下的8块地砖。后来，过了好久好久时日，那8块砖仍然鲜红如初，不管怎么清洗、擦拭，都不褪色。再后来，学宫的新主人用砂石反复磨砺，甚至用火烧烤，结果都一样：砖面上的血色总是红艳夺目——乡亲们都说，那是清媛忠烈不屈的灵魂啊。

历史前行，只有97年寿命的元朝匆匆一晃而过。明朝的200多年也过去了。在永新县的多种史册上，均记载了如下文字：

明末某年，知县派人对学宫进行大修。因地砖均已毁坏，凹凸不平，便在上面铺上数寸厚的灰石，用石灰、泥土筑好。然没过多久，血痕居然又洇出地面，鲜红如新！

清顺治十七年（1661年），知县王登录又派人用同样的办法，在地面上铺上灰石，结果血痕还是和先前一样洇出了地面，颜色依然鲜红。王知县感到十分惊奇，便把这奇异的事情上报到朝廷。顺治皇帝亦为清媛的气节所感动，下旨在学宫内修一座烈妇祠和一座八砖亭，并御赐"贞烈祠"匾一块、"八砖千古"石碑一块。

我始知历史为什么被称为"青史"了：因为它的清正廉明，因为它的刚直不阿，因为它的秉笔直抒，因为它的历尽沧桑而不改其本色。尽管它有时也蒙难、也蒙冤、也蒙羞，甚至头上长出萋萋荒草，身体即将被黄土埋没；但是请相信历史意志的坚定性，也要耐心等待它的沉稳和坚持。历史永远是胜利者，它一定会笑到最后，看到不义和邪恶被埋葬，迎来正义和忠烈被尊崇！

也同样要在这里加上一段，是永新县委常委、宣传部长尹嵘峰接着这话题，给我们讲述的一段红色故事：

苏区时期，南华山上又上演了忠烈的一幕：李明、盛芳、刘彩莲3名年轻的女战士，因抢救伤员而落了队。为了不暴露大部队的目标，她们故意把白匪军引到岔路上，最后却也被步步困在了高高的岩顶。三人也像当年的3000多壮士一样，慷慨跳崖自尽，把永新女性的忠烈形象，永远地留在了这片伟大的河山。

永新人

在最初踏上永新的红土地时，我也和大多数来客一样，以为"永新"

是近年来新改的名字。可是我很快发现自己犯了经验主义的错误，其实，永新从东汉建安九年（204年）建县当日起，就叫"永新"，县名一直沿用至今，已有1800多年的历史积淀了。

这里面的故事，又和永新人的忠信有关：

很久以前，在永新这块吴头楚尾的丰腴之地上，居住着由尹姓等5大户牵头的黎民百姓。东汉建安八年（203年）秋，孙权派周瑜率领大军平定庐陵"山越"（即匪患）之后，来到这里，见是个屯兵休养的好地方，就下令军队在此安营扎寨。周瑜的军队纪律严明，对百姓秋毫无犯，深得当地人民拥戴。谁想天时不利，雨季来临，连日的瓢泼大雨让不少将士无处栖身，周瑜急得束手无策。南城尹姓族长立即把本村的男女老少召集在一起，派出健壮青年马上出发，联络全县各地子民第二天一早赶到现在的沙市与南城西北，为周瑜将士搭建帐篷。翌日清晨，数百子民全都按时赶到了，将士们还没弄清他们的来历，众人就动手干了起来。等到惊动了周瑜，派人打探之际，一座座整齐划一的茅棚已经搭建完成，并围成了一个偌大军营。周瑜被感动得流下了眼泪，召集全军列队，向风雨中被浇得水淋淋却没有一个溜走、忠诚守信的永新百姓三鞠躬。

之后几天，山洪暴发，禾水河两岸面临着灭顶之灾。周瑜又一次惊奇地看到，族长一声招呼，河堤上立刻聚集了众多乡亲，齐心协力护卫大堤。后来等持续了半个月的洪灾退去后，两岸村庄受损严重，周瑜第三次震惊地看到，又是南城老人一声号令，全县众多百姓都赶到灾区，帮助重建村庄，补种庄稼，不到10天时间，被毁坏的村庄又崭新地出现在大河两岸了。

三次神话一般的行动，让周瑜看到了这里子民们忠诚守信的乡风，也使他看上了他们笃实善良的品格。于是，周瑜向孙权汇报，孙权也深受感动，最终决定在这里建县。起名的时候（204年），他引用《礼记·大学》里的"苟日新，日日新，又日新"，用"永新"概括当地黎民百姓的团结协作、除旧布新精神，同时祝福永新县永远呈现出崭新的面貌……

直到1800多年后的今天，永新的传统仍然是把"忠信"二字放在做人做事的首位。黄书记、尹部长，还有我们所碰到的县里干部们都不断说起，永新人的特点是团结，互助，守信，负责任，一诺千金；干部们勤奋黾勉，工作上互相支持的多，拆台捣乱的少；即使是在外务营生的打工者们，也特别抱团，相濡以沫，有时仅仅凭着永新乡音，就能给陷于困难中的老俵以支持，有钱出钱，有力出力，所以永新人在外面的成功者比例，远远高于其他地方的人。

这使我大感意外，亦大为欣慰！原因是我走的地方多了，确实发现中国人普遍存在着的内斗毛病，嫉妒的、拆台的、诬告的、使绊儿的、陷害的、看笑话的、盼着别人倒霉的、落井下石的、气人有笑人无的……致使我们的工作中，最大的阻力不是遭遇自然力，而是来自人为的阻障。记得最让我伤心而念念不忘的，是那一年去美国，听当地华人朋友倾诉衷肠，他们竟然也说道：如果两个美国人在一起工作，基本上是互相加劲，琢磨着怎么把工作干好；而若是两个华人在一起，很多却是互相拆台，互相到美国上司那里诋毁对方——哎呀呀，那一刻，我真是感到从外到内的悲哀，从头到脚的冰凉！

所以说，永新人的"忠信"也好，"抱团"也好，非凡地鼓舞了我，使我对中华民族的自信心有所增加，也使我更加敬重永新——说句不怕得罪人的大实话，这是我在全国其他地方所从没看到的、重大的、有着民族定位意义上的收获！

忠勇，忠烈，忠信，三个有关"忠"字的词汇里，竟然小心翼翼地珍藏着这么多有关永新的悲壮故事。同时，永新人民的性格里，还有忠义、忠诚、忠笃、忠敦、忠厚、忠实、忠心耿耿等许多优秀品德。难怪搞教育出身的黄少峰书记一有空就翻阅古籍，反复研究，琢磨了好几年，最后终于总结出了永新人的特点：

一"字"以蔽之——忠！

永新

却当然，还是"数风流人物，还看今朝。"

今天，仰望高高的"幡竿岭"，从那铺满鲜花和绿草的小路上，笑吟吟的，神采飞扬的，陆续走来了贺子珍、贺敏学、贺怡三兄妹，他们身后，跟着王恩茂、王道邦、旷伏兆、张国华、左齐、马辉、李真、江燮元、张铚秀等41位共和国的开国将军；还陆续走来了爱国爱家乡的书法大家刘郁文、中国乐坛一代先贤唐学咏、著名畜牧兽医科学家盛彤笙、著名古建筑学家龙庆忠、著名计算机专家洪加威等杰出的永新名人；更陆续走来了意气风发的50万永新儿女。

他们高举着"忠于祖国"的手臂的森林，于21世纪的大创新、大发展之中，拽住时间的浪漫主义衣襟，立足绝佳的现实主义机遇，努着全身的劲头，发狠地干：

——倾力发展绿色生态农业；

——倾力发展新型工业产业；

——倾力扩展"中国绿色名县"的绿意；

——倾力加大"中国书法之乡"的队伍；

——倾力打造中国文化大县；

——倾力推动"红、绿、古"三色旅游；

——倾力提升全县的GDP产值；

——倾力提高永新人民的生活水平；

……

我突然看见，高高矗立的"幡竿岭"山崖，已不再是一块血雨腥风的盾牌。它变成了一个巨大的墨块，弯身舀起"忠义潭"的清水，在永新这块2195平方公里的大砚上，徐缓而有力地研起墨来。旋顷，奔腾疾驰的禾水大河也不再是一支弩箭，它变成了一管256千米长的巨笔（禾水河长256千米——作者注），它们合力在中华大地上奋笔疾书……

笔墨纸砚千古情，忠烈忠信亦忠勇。铁骨不让青山志，中华盛传永新忠。

"苟日新，日日新，又日新"！

东固英雄谱

我站在赣中西部半空的云端上。

白云滚滚，波翻浪涌；青天碧碧，大气磅礴。东面，是连绵百里的井冈山脉，万刃如森林的刀枪剑戟，"刺破青天锷未残"；西面，是苍茫七百里的罗霄山脉，群峰像千万挽在一起的手臂，"倒海翻江卷巨澜"！

是的，这里恰是中国两大英雄山脉的中间连接点，左边是名扬天下的井冈山，右边也是一座英雄山，它的名字叫"东固"。

降落到地面上，东固山在江西省吉安县青原区境内。无论是鲜花缤纷的春天，还是跳鸟齐鸣的夏季，抑或是万叶霜红的秋日和苍翠依旧的冬月，只有深入到它的腹地，才能看到山峰的气象是怎样的奇伟，山势的气魄是多么雄健。你会不由自主地发出慨叹："这样壮阔的大山，人类怎能跟你比肩？"

然而，就在并不久远的80年前，在这座大山的逶迤小道上，曾走着一群气冲霄汉的英雄。他们高举着红旗，背着梭标、大刀和土枪，还有从白匪军那里缴获来的步枪、机关枪，穿林海，跨莽原，和敌人周旋在这茫茫的大山中。在朴素而本色的东固革命斗争纪念馆，我第一次惊奇地看到了以下一段记载：

> 土地革命初期，赣西共产党人赖经邦、高克念、刘经化、曾炳春、李文林等，领导开辟创建了以东固为中心，地跨吉安、吉水、永丰、泰和、兴国五县边界的东固革命根据地。这块曾被陈毅元帅誉为"东井冈"的江西早期革命根据地，为江西苏维埃革命运动的兴起和发展、为中央革命根据地的创建和巩固，乃至为

中国革命，都作出了重要的历史性贡献。

这是什么意思呢？

原来，1927年大革命失败以后，在吉安城内工作、学习的东固籍共产党人赖经邦、高克念、刘经化、曾炳春等先后回到家乡。9月，他们在东固敖上召开会议，完全靠自己对时局的清醒分析和对地方情形的深刻了解，果断作出了"依靠东固险要地势和良好的群众条件，开展武装斗争、建立革命根据地"的正确决策，并迅速付诸行动，顺利实现了将革命重点由吉安向地处偏僻、敌人统治力量薄弱的东固农村的转变。可以说，东固革命根据地的开辟创建，几乎是与毛泽东率领秋收起义部队向罗霄山脉进军、开辟创建井冈山革命根据地同时进行的。

1929年1月，毛泽东、朱德率红四军从井冈山突围游击赣南时，途中与追敌国民党军李文彬第21旅交战失利。此后，红四军被敌军尾追堵截，粮弹缺乏，饥寒交迫。2月2日军部在寻乌县圳下，又遭国民党军第15旅袭击后，部队更陷困境。生死存亡的关键时刻，毛泽东主持召开前委扩大会议，决定前往东固根据地去和江西红军会合。到达东固后，红四军得到了一星期的休整补充，伤病员得到妥善安置，精神上亦受到江西红军红二、四团和东固人民高昂斗志的巨大鼓舞，使全军将士对革命必胜的信心大增。老同志们回忆说："东固根据地是红四军创建中央根据地征程中最重要的加油站。"

我在李文林烈士的遗像前久久驻步，久久注视着这位以前闻所未闻的先烈。他的名字，在毛泽东当时的著作中，是和"朱德·毛泽东式"、"贺龙式"、"方志敏式"的割据方式相提并论的。1929年4月13日，毛泽东在于都县城以红四军前委名义，给在井冈山地区坚持斗争的湘赣边界特委写的一封信中，详细介绍并高度评价了东固革命根据地秘密割据的经验。毛泽东写道：

"在全国或一省总暴动以前政权的形势（式）和武装的组织

第二辑　铁板弦歌

75

大需讨论，依照两年的经验，在全国至少有一省用总暴动方法推翻统治阶级的政权以前，小区域苏维埃政权公开的割据是有害而无益的，如湘潭、醴陵、平江、永新、莲花、遂川不仅失掉群众，连党也几乎失掉完了，不仅不能解脱群众若干的经济痛苦，农村城市的经济基础一齐毁败完了，即此问题即是使群众失掉而有余。这番我们到东固则另是一种形式，反动势力已驱逐了，权力完全是我们的，但公开的政权机关和固定的赤卫队都没有，邮路是照常的，商业贸易是照常的，边界所受的痛苦此地完全没有，敌军到来寻不到目标，党的组织和群众的组织（农民协会）完全秘密着，在接近总暴动之前，这种形式是最好的，因为这种形式是接近群众而不致失掉群众，武装群众不是守土的赤卫队而是游击队，而二十五支枪起手的七九两纵队，现改为江西红军独立第二团，差不多抵得上四军的三十一团了，他的战术是飘忽不定的游击，游击的区域是很宽的……他们消灭了很多的靖卫团，打败了三十六旅的二十七团，他们经常是一角五分一天士兵伙食，从不发生经济问题，他们与省委特委的关系很密切，交通也方便，敌人完全奈何他们不得，用这种方法，游击区域可以很广，即是说发动群众的地点可以很多，可以在许多地方建立党和群众的秘密组织……"

毛泽东对"李文林式"割据模式的评价和肯定充分证明，东固割据模式和经验，使中国共产党关于中国革命道路的探索得到了极大的丰富。

李文林烈士的面相很好，白白的圆脸，目光和善，像一位典型的文弱书生。可是他当年打起仗来，也是林冲一个，同时韬略过人。我和他四目相对，不由自主地脱声说出："历史从来都是坚如磐石的。"

当年东固根据地创建的平民银行，今天仍然还在，3 年前中共中央宣传部拨款维修，建成了革命教育基地。这是一座二层中西合璧式小楼，灰顶、白墙，紫红色木质窗棂，带有上世纪 20 年代"洋为中用"的典型风格，在当时算是相当时尚的建筑。1928 年，为了打破敌人的经济封锁，活跃根据地的经济，中共东固区委决定沟通与白区的贸易，成立"东固平民银行"。当年 10 月，东固党组织筹集基金 3000 银元，将银行办了起来，到 1929 年又扩大基金 8000 元，发行纸币 2 万元，对粉碎国民党反动派的经济封锁起了很大的作用。当时，苏区群众非常支持平民银行的开办，纷纷筹集资金，有的妇女还把结婚时陪嫁的银手镯、银项链、银耳环、银戒指等往平民银行送……东固平民银行印制了中国工农政权的第一张纸币，纸币分一元、五角、一百文、二百文四种，流通于东固根据地以及邻县地区。1930 年 10 月，毛泽东、朱德、陈毅亲临视察。1931 年东固平民银行发展为"江西工农银行"，后又与闽西银行合并为"中华苏维埃共和国国家银行"。

进入大门，但见前厅后厂式的格局基本没变样，营业柜台、办公窗口、造币用的印刷机等等都还在。墙上挂着一些老照片，介绍的是当年在这里工作的人员：有一位消瘦的老人给我留下了深刻的印象，他就是这座房屋的主人，当年带领全家都参加了革命，同时把家产也都贡献给苏维埃政权。他的老伴和儿子穿着围裙，趴在一台简陋的机器前，在忙碌着印制钞票。有几张褪了色的苏区钞票被保留了下来，沧桑地镶在玻璃镜框里，票面上，中间是镰刀、斧头、五角星，还有列宁头像。

讲解员大方地扯开嗓子，为我们唱了一曲红军时期的江西民歌，声如裂帛，高亢、激情、温暖、明亮。唱的是："苏区干部好作风，自带干粮去办公。日着草鞋干革命，夜打灯笼访贫农。"

歌毕，她满怀深情地介绍说：东固党员干部和广大人民群众在艰苦卓绝的革命斗争中，为伟大的苏区革命精神和苏区干部好作风的形成，作出了重要贡献。1934 年，中央苏区开展了轰轰烈烈的节约运动，时任中央土地部副部长的胡海同志，第一个从家中自带粮食到机关吃，节约口粮支援前线。在他的带动下，中央苏区家住本地分了田的干部，纷纷"自带干粮去办公"。这一佳话，成为苏区干部艰苦奋斗、廉洁奉公的典型事例。75 年后的今天，也是对党员干部进行廉政教育的最生动的教材。

　　然而让人壮怀激烈的是，当第五次反"围剿"斗争失败、中央红军主力长征后，东固成为公略、万泰、兴国三县红军游击战争的中心区域。1935 年春，国民党军大举清剿东固，时任中共公万兴特委书记的胡海和中共江西省委代理书记曾山所率游击队被敌军打散，分散突围时，他们取出一面书有"艰苦奋斗"四字的红旗，一分两半，胡海拿起"艰苦"那半面，曾山拿起"奋斗"那半面，二人相约：革命胜利后再将分开的红旗合拢。痛惜哉，胡海在突围中不幸被俘，被关押到南昌国民党监狱，坚贞不屈，被敌人杀害。同时整个东固根据地的干部和群众，先后被残酷杀害了几千人，一时血流成河……

　　这被用熊熊烈火和滚烫的热血书写的革命历史啊——在东固的每一时刻，分分秒秒，我都感到崇高和伟大，喉咙里一阵一阵地发紧，有呜咽想一飞冲天！80 年了，东固山头上的白云，散了又拢了，铺展成共和国的五彩云霞；东固大地上的青松，倒了又立起，皴染出新时代的郁郁葱葱。从风雨如晦，到阳光明媚，红旗满地，欢歌笑语；复到当空霹雳，雨打芭蕉，讳莫如深；又转而走到今天的高山为岸，深谷为陵——东固，充满着崎岖艰险的东固啊，终于走出了历史的阴霾！

宁海方孝孺

　　虽身为弱女子，却总也改变不了阳刚的心性，一听到悲壮之人之事迹，就心动，就激动，就热血沸腾，就按纳不住地想要提起春秋笔！

　　此一番是在浙江宁海县，听到明朝第一大儒方孝孺的故事。上世纪 30 年代，鲁迅先生在其《为了忘却的记念》一文中，把方孝孺、柔石等纳入他的笔下，一并称赞他们身上表现出了"台州式的硬气"。

　　方孝孺（1357—1402 年）是明初著名政治家、文学家、思想家，宁海县大佳何溪上方村人，号逊志，时人尊称"正学先生"。明史记载："孝孺幼警敏，双眸炯炯，读书日盈寸。日坐一室不出门庭，理趣会于心，虽钟鼓鸣、风雨作不觉也"，被誉为"读书种子"。后师从"开国文臣之首"的翰林学士宋濂先生，是最优秀的学生，"濂门下知名士皆出其下。"出仕后，方孝孺曾任翰林侍学、文学博士，主持过京考，成为明代名满天下的第一大儒。通观其一生，他学术纯正，博学多才，品格严谨，生性耿直，"恒以明王道、致太平为己任"，不仅是明朝、也是中国历代知识分子中的第一等人物。

天下熙熙，才人众众。方孝孺打动我的，还不是其渊博深厚的学养和超越众人的才华，而是他的气节，即鲁迅先生赞誉的"硬气"——方孝孺是中国历史上（大概也是世界历史上）唯一被"诛十族"的人。此乃为何呢？明清以后的多种版本都有记载，有的状写得活灵活现，如亲临现场。读之，真让人血脉贲张，壮怀激烈：

明太祖朱元璋死后，皇太孙朱允炆继位为明惠帝，惠帝听从兵部尚书的削藩建议。驻守北平的燕王朱棣（后来的明成祖）以"清君侧"为名，发动"靖难"，挥军南下。惠帝也派兵北伐，当时讨伐燕王的诏书檄文皆出自方孝孺之手。

燕军攻破京师后，文武百官多见风转舵，投降燕王。但方孝孺拒不投降，被捕下狱。朱棣想借用方的威信来收揽人心，屡次派人到狱中劝降，还希望由他撰写新皇帝即位诏书，但方坚决不从。最后，朱棣强行派人押解方孝孺上殿，方披麻戴孝而入，悲恸至极，哭声响彻大殿。

朱棣上前招抚方孝孺，告诉他惠帝已死，劝他辅助自己即位，就像周公辅助成王一样。方厉声质问朱棣，那为何不立惠帝的儿子或弟弟为君呢？朱棣无可奈何，只好命人把笔墨投到方孝孺面前，强迫他写诏书。方拿起笔写了"燕贼篡位"四个字，即掷笔于地，骂道："就是死了，我也不写诏书！"朱棣即威胁他说："你不怕被诛九族吗？"方硬邦邦回答："即使诛我十族又怎么样?"朱棣怒不可遏,命人用刀把方孝孺从嘴角直割到耳朵,方满脸是血,仍忍着疼痛怒骂不绝。

最后方孝孺被打入死牢。朱棣果然要"诛十族",派人大肆搜捕方的亲属、门生和朋友,共抓住873人,一一押解到方孝孺面前行刑,"孝孺十族之诛,有以激之也。愈激愈杀,愈杀愈激,至于断舌碎骨,湛宗燔墓而不顾。"方孝孺的弟弟方孝友将要被杀时,方看着弟弟,泪流满面,其弟却对其吟诗曰:"阿兄何必泪涓涓,取义成仁在此间。华表柱头千载后,旅魂依旧到家山。"方孝孺亦强忍悲痛,作赋对曰:"天降乱离兮孰知其由,三纲易位兮四维不修。骨肉相残兮至亲为仇,奸臣得计兮谋国用犹。忠臣发愤兮血泪交流,以此殉君兮抑又何求。呜呼哀哉庶不我尤。"

最后,方孝孺被腰斩于南京聚宝门外。传说行刑后,他还以肘撑地爬行,以手沾血,连书了12个半"篡"字才断了气。方孝孺的妻子和儿女自知躲不过,都是自杀而死的,还有数千人遭株连而投狱和流放充军……

惨哪!

壮哉!

中国过去有一句老话"人死灯灭",我发现其实严重不对。有些时候,应该改成"人死灯耀",如方孝孺。

在宁海的几天时间里,在方氏故里村,在各个博物馆、纪念馆、机关、学校、街道,在老百姓的口碑中,到处都光耀着"方孝孺"三个字,着实令人感到宁海人民对自己这位乡贤的敬重、热爱和自豪。

那一日,我们走进千年古村前童古村。600年前,古村就办起一座书馆"石镜精舍",曾两度邀请方孝孺莅临讲学,使书馆名声显赫,风靡一时。在乡亲们的带领下,很快,我们就在那绿荫蓊翳、小桥流水的古韵里,在一大片"鸡犬之声相闻"的灰色农舍群中,看到一处宏阔的大院落,便是当年"石镜精舍"的所在。

四四方方的大院落，中间是空的平地，上面对应着大天井，四周一圈是有顶棚的宽大回廊。回廊下，东西两面各是一排房间，北面是古戏台，南面是敞开式的看台。这里也是村人族人平时聚会、议事的"议政厅"。由于宁海多雨，回廊的顶棚非常重要，其本身就是房屋的一个组成部分，不但修建得宽大厚实，而且雕梁画栋，甚至还在屋顶上立起几尊祈福、护佑的神像；即使外面下得豪雨如注，也丝毫不影响人们看戏、走动、喝茶、聊天、侃大山。中间的大天井更是建得大智大慧，不仅保证采光的通透亮堂，还能观看天相和风景，无论是朝云初曙还是午间金阳，或者晚霞流彤、深夜繁星，坐在院中的任何一个角落，都能尽收到眼中、胸中。

乡亲们骄傲地告诉我们，当年方孝孺在这里讲学时，从周围十里八乡，从宁海、台州，从全国各省，都有学生追随。盛景时，回廊下挤满了学生，院子也是满的，就连下雨也浇不灭他们求学的炽热。"石镜精舍"的名字也是方孝孺给起的，取自附近有一石镜山，其峰峦峭壁间高悬着一块巨大无比的石壁，每当雨雪沥沥而下，石壁被濡润，晶莹通亮，经太阳一照，光芒四射，宛如石镜一般。精舍以"石镜"来命名，蕴涵深刻，喻意好学弟子们要以石为镜，精读圣贤，求知若渴，好学上进，而此亦刚好是中国传统的励志督学之法。

最后，让我大感惊讶的是，这个建筑群竟然是方孝孺亲自设计的。比照今天大学里分科的越来越细密，别说做建筑的也要细细分成中式的/西洋的、室内的/室外的、主体结构的/局部系统的，建筑本体的/环境景观的等等；最让人不解的是医院里面即使一个科别，比如外科吧，也得分成脑外、胸外、骨外、肛肠外、手足外、基本外等等，等等，互相不能僭越也没有能力僭越，大夫们会越来越理直气壮地对病人说："你那个病得找××去，我不会看！"当然，这也许是现代人的生活越来越精细，致使现代科学的分工越来越微观，但我还是忍不住在心里暗暗感叹：今不如昔哪——今人比之古人的博学，差远矣！

不过我亦明白，这感叹也就是空发发而已，当然还是生活在今天比较好，好多了。比如古代就没有今天的数码相机不是？只能看到方孝孺的石刻画像，同其他古人的待遇没什么两样，仅仅是一些线条组成的大致轮廓，既看不出英才大略，也看不出骨硬如钢，更看不出他如大海般波澜壮阔的内心世界，给我平添了一点儿惘然若失的小小遗憾。

回程的一路，照样都是浸润在江南那可人的浓绿里，"青山依旧在，夕阳依旧红"，但是心情却重了，很埋怨自己学识太少，过去怎么不知方孝孺的这般威武不屈，这般感天地、泣鬼神呢！同时也埋怨起电视文艺工作者：真是说不过去啊，世上已有那么多帝王戏、才子佳人戏，听说还有人又在着手隋炀帝、金兀术等的电视连续正剧，可是至今，却没人想起应该歌颂一下方孝孺这样的中华民族硬汉，岂不悲哉？

回到北京，我把这点宁海之行的收获讲给朋友们听，不料得到的回答更让我错愕。一位朋友告诉我，网上还有人认为方孝孺很错误呢，说"如果不是他和朱皇帝死扛，也死不了那么多人啊。"天啊，这是说的什么昏话啊？照此说法，那中国还能有民族英雄岳飞、文天祥吗？还能有革命党人谭嗣同、秋瑾吗？还能有无数为了我们今天的幸福生活而抛头颅、洒热血的革命先烈吗？在我们中华民族的辞典里，也还能有"气节"、"崇高"、"伟大"等等词汇吗？就说某些国人奉行的是"好死不如赖活着"吧，就说某些80后、90后是享乐的一代吧，但我们不能做数典忘祖的事，更不能从此丢掉中华民族的魂魄啊！

人格大师季羡林

——敬送季羡林先生

远在万里之外，早晨爬起身，打开电脑，突然惊呆了——噩耗：敬爱的季羡林先生去世了！时差7个小时，算来先生驾鹤西去已5个小时，想到从此再也见不到先生亲切的面容，不禁泪流满面。唉，季先生，您说过的，在去往八宝山的路上，您决不加塞，因为您还有许多工作要做；而且就在两个月前，有友人去看您，还说起您在医院的近况。现在，怎么没有一声道别，您说走就走了呢?!

"昔人已乘黄鹤去，此地空余黄鹤楼。黄鹤一去不复返，白云千载空悠悠"!

高尚无瑕

新华社第一时间发布的简短消息里，给了季先生三个头衔"著名学者、国学大师、北京大学资深教授"，虽然这是最简练的盖棺论定，但"大师"是最不能省略的。季先生一生勤奋黾勉，每天清晨4时半即起，或读书或著述，90多年来天天如此，用他自己的话说是"从不敢懈怠"。从此"水滴石穿"的工夫做起，一生创获良多，最后得《季羡林文集》24卷，逾千万字，内容广博精湛深厚，包括印度古代语言、中印文化关系、印度历史与文化、中国文化和东方文化、佛教、比较文学与民间文学、唐史、吐火罗文、散文、序跋以及梵文与其他语种文学作品的翻译——真正是著作等身，真正是名至实归的、享誉海内外的东方学大师。

然而，就在人人争说大师之时，我却想到：季羡林先生首先是一位人格大师。

"山外有山，人外有人"，世上能人、强人、高人、超人、才华横溢人、功成名就人多矣；单以著作字数论，超过季先生的也还有人在。但为什么只有季先生这么毫无诟病地、一致地受到民众的普遍尊敬和真心爱戴呢？无他，第一位的因素就是先生高尚无瑕、几乎是至人、完人的品格。

我是上世纪80年代中期开始接触季先生的，至1991年他为我们"光明日报·文荟副刊"所搞的"永久的悔"无奖征文写来开篇，始得熟稔，从此近水楼台，聆听教诲，得益良多！季先生那篇文章叫《赋得永久的悔》，4500字长文，一天时间写成，把他对母亲的深爱写得至真至纯，一时感动国中千万读者，至今仍时常被读书人提及。分明是他文章写得经典，然而他却把功劳归于编辑"题目出得好"，这就是季羡林先生的一大特点：他总是把功劳归于别人，看人也总是先看到别人的优点。

——对他的前辈学人是如此。比如他在许多文章中，都满腔感激地怀念着胡适之、汤用彤等先生，还有他在德国留学时的老师们。他给我们副刊撰写的文章中，就有一篇长文《我的老师汤用彤》，记述的是上世纪40年代以降汤先生对他备加拔擢的恩情，一草一叶，点点滴滴，尽述备矣。

——对与他同时代的大师亦是如此。我曾多次听他盛赞许国璋、张中行、启功、任继愈诸先生，夸他们的学问，更赞他们的人品。许国璋先生去世时，他在第一时间写来了5000字的《悼许国璋先生》。后来他又应邀为我们写来了《我眼中的张中行》，称赞张先生"是高人、逸人、至人、超人。淡泊宁静，不慕荣利，淳朴无华，待人以诚……我常常想，在现代作家中，人们读他们的文章，只须读上几段而能认出作者是谁的人，极为稀见。在我眼中，也不过几个人。鲁迅是一个，沈从文是一个，中行先生也是其中之一。"

——对晚生后学和文坛新人也是如此，赞扬起来从不吝啬。比如他夸李国文先生的随笔写得好，有哲理，是能让人在脑子里留下印象的文章。还夸贾平凹的散文有他自己的风格。最让人惊讶的是在他95岁的高龄上，有一次夸邵燕祥先生的诗好，有文采，有思想，有意境，说着竟然随口背了出来，而这还仅是听秘书给他读了一遍，就背了下来！

——对普通人，他更是如此，这方面的例子也更多：比如在北京大学久久流传着这样一件事，一个来报到的新生抓住一位穿蓝布衣衫的"老工人"，让他给自己看着行李，说完就匆匆离开了，旁边的人目瞪口呆，原来那就是季羡林先生！但季先生一点儿也没生气，一直负责任地守候到半个多小时后那新生回来。还是在北大，多年中，季先生的家门永远对学生们敞开，直到上世纪90年代以后校方出面干预为止，当时季先生还为"学生们见不到季爷爷了"而自责和难过了很久。即使对伤害他的人，季先生也像菩萨一样慈悲为怀，"十年浩劫"中，对批斗自己的学生，他从没怪罪过，还开导身边的人"要原谅这些涉世不深的孩子们"……

20多年来，我一直在暗自体味着季羡林先生这些明月清风般的言行。

逐渐逐渐，我觉得自己看见了先生那颗钻石一样晶莹剔透的内心：所有那些留在他口头上和著作里的感激、怀念、提携、慈悲与爱，皆发自他宅心仁厚的内心深处，就像鲜花一样芳香；就像绿叶一样茂盛；就像沱沱河的万千条小溪，从唐古拉山不声不响地一路走来，漫漫潺潺地走了98年，最后，汇成了一条奔腾澎湃的大爱的长江，让后人永远铭记在心上。

守正不挠

然而，季羡林先生又绝不是到处点头的"滥好人"，他一生坚持原则，即使到了晚年也不动摇。不了解的人以为他后来完全变成了聋子的耳朵——摆设，那真是太外化太概念地看待他了，其实他一直保持着知识分子高贵的独立思考的精神，始终秉持着自家观点，绝不随波逐流，人云亦云。

令我印象最深刻的是先生的两句话：

一句是全国人民都知道的名言："真话不全说，假话全不说。"我私心体会，这话里既有着人生无奈的悲凉，却也蕴含着刚直不阿的硬气，每每让我想起上世纪80年代末春夏之交的一天，我和一群文友去先生家寻求精神支撑。在他那满壁都是古书的小小书房里，我看到先生的脸色极为严峻，声音也异乎寻常的坚硬，他一边焦急地倾听我们介绍外面的情况，一边简短地说上几句，满心里全是为国家为民族担当的决然。

第二句是在千禧年到来的时候，季先生发表了他对新世纪的看法，提出21世纪将是东方文化精神回归的世纪，东方文化将会重新成为世界文化的主潮。这好似晴空一声惊雷，一时引起大哗，有很多中外学人都反对，甚而嘲笑；季先生身边的人也都很惊愕，私心以为先生是一时兴起，随便说说的。不料随后，季先生又反复几次发表此观点，还写成文章，坚持发表出来，白纸黑字，立此存照。现在，短短9年还没有过完，新世纪的曙光还辉耀在东方，世界的格局就已经悄然初变，人们再也不敢对季先生的观点大大咧咧、却之不恭了。

就文学创作问题，我自己也有过两次深刻的记忆：一是有一年中秋节，我受命请季先生为光明日报的"中秋专版"写一段话。在电话那边，季先生问希望写些什么？我信口答，中秋节，就是图个团圆图个吉祥，比如"家和万事兴"等等都行，这是现在最流行的政治词汇了。没想到季先生却不同意，说是"家还没和哪。"哎哟，我立刻明白了，他老人家的意思是说台湾还没有回归祖国的怀抱呐——多么睿智、多么博大的心胸，而又反应出先生随时随地都在独立思考，他的思考又是多么的伟岸啊！

还有一次是上世纪 90 年代中期，中国散文界大力呼吁散文革新，"新论"不少，其中还包括一些西方的新潮理论，确实使人有"乱花渐欲迷人眼"的惶惑。当时已很少有人固守着传统散文的路子写，以为陈旧，以为缺乏现代意识，以为没有出路。但是季先生挥笔一篇又一篇，《清塘荷韵》、《九十抒怀》、《三个小女孩》、《站在胡适之先生墓前》，等等，竭力作足传统散文的所有优势，让我在深深叹服的同时，也坚定了对传统散文的信心。季先生还给我写来一封信，直接手把手教我：

> "常读到一些散文家的论调，说什么散文的诀窍就在一个'散'字，又有人说随笔的关键就在一个'随'字。我心目中的优秀散文，不是最广义的散文，也不是'再狭窄一点'的散文，而是'更狭窄一点'的那一种。即使在这个更狭窄的范围内，我还有更更狭窄的偏见。我认为，散文的精髓在于'真情'二字。"

这独特的真知灼见，使我猛醒，无论对我的审稿、编辑、个人写作还是评论，都有醍醐灌顶般的教益。

多年来，每次见到季羡林先生，他都是佛像一般的平静。老人本来就话不多，对于没有意义的话题更是沉默缄口，简直木讷得像一棵老树。但是，你要是认为他是事不关己，高高挂起的和事佬，是只会哈哈笑的弥勒佛，是只会唱赞歌的拍掌派，那你可就大错特错了！季先生是位有原则的知识分子，对许多重大问题都提出过自己的意见和批评，只不过他不是采取怒目金刚的方式，而是绵里藏针，微言大义，让你自己省悟。比如他在

青春做伴

《纪念郑毅生（天挺）先生》一文中，就有这么一段：

> "我于 1946 年来北大任教。那时候的北大确实是精兵简政。只有一个校长，是胡适之先生，并不设什么副校长。他下面有一个教务长，总管全校的科研和教学。还有一个秘书长，总管全校的行政后勤。再就是六个学院的院长。全校的领导仅有九人。决不像现在的校长一走廊，处长一礼堂，科长一操场这样伟大堂皇的场面……"

这是典型的"季式文笔"，大师自有大师的风格，不是"噼噼啪啪"就砸过去了，先把你批个体无完肤再说；而是提醒，是劝解，是循循善诱，帮助你自己提高认识，慢慢把弊病改掉。季先生是对的，小到一个人来说都是"江山易改，本性难移"，更何况国家的和世界的大事，绝没有一早晨起来就到处都是蓝天白云，整个地球哪儿都是一片灿烂阳光的。

大儒无声

极为可贵的是，季先生也绝不是"两耳不闻窗外事"的书斋式学者，相反，他相当入世，胸中承载着天下万物，时刻守望着民族、国家和世界，还有大自然。这是他一生为人的一个基点。特别是晚年躺在病床上，他闭着双眼，也不吭声，你以为他在小寐，其实他是在思考，思考的都是宏观世界的重大问题。待考虑成熟了就择机提出，毫不考虑对自身会否带来负面影响什么的。他的老秘书李玉洁老师曾有一次跟我感叹："老先生想的跟别人都不一样，有时还特别超前。你就见他闭着眼睛，皱着眉头在那儿想，我们跟都跟不上。"

比如最让人震惊的，是 2001 年 9 月 10 日，季羡林先生出席全国政协会议。发言时，他突然讲起 21 世纪的中国和亚洲一定会上升，而美国则早晚要倒霉，因为它一天到晚做国际警察，尽管最富有和强大，但当今世界谁也不能强加于人，因而，多行不义就必然要走下坡路……仅仅过了十几

个小时，大会的简报还没来得及出来，就从美国传来了举世震惊的
"9·11"事件，许多昨天还认为他讲话不沾边的人，这回是把季先生佩服
得五体投地。

而李玉洁老师更想起早在20多年前，季先生就曾大谈"和谐"："中
国传统文化的根本就是和谐。人与人要和谐相处，人与大自然也要和谐相
处，必须珍惜资源，保护环境。"他还援引歌德曾经怎么说，恩格斯曾经
怎么说，梭罗曾经怎么住到瓦尔登湖过简单生活等等。当时，中国正处于
一切为经济大发展让路的阶段，"和谐"与"环保"在中国还没有形成概
念，所以人们跟不上季先生的思想，有人表示不耐烦，认为他老糊涂说话
没把门的了，还有人公开批驳和反对。可是无论如何，季先生就是不松
口，一再坚持说"不和谐就不能稳步前进。"今天，当时间驾着巨翅轰轰
隆隆地飞到眼下，人们回头再看来路时，不禁感慨者再："老马之智可用
也"（《韩非子》），季羡林先生以自己独立思考的原则性，坚持了多么睿
智的真理啊！

而现在，季羡林先生远去了，我们对他高尚的人格认识得更清晰也更
深刻了：他坚持的就是中国文化传统所推崇的知识分子精神，古称布衣精
神，亦即圣贤精神。这是从五千年中华民族文化精神之树上开出的灿烂花
朵，是从孔孟、老庄、诸子百家、竹林七贤……无数知识分子薪火传承下
来的高贵文脉。这个文脉讲究的是"仰不愧于天，俯不怍于人。""君子之
爱人也，以德。""见贤思齐焉，见不贤而内自省也。""君子贵人而贱己，
先人而后己。"……这是我们中国的国魂，是中华民族世代相传的精神支
柱，是我们民族振兴、国家富强的立国之本。

关于大师

写到这里，还有一点要补充的，就是我对季羡林先生究竟是不是"大
师"的看法。这也是先生辞世以来的几天里，许多人纠缠争论的问题，连
香港的报章上都出现了此类文章，还有不少人为"中国永远不再有大师"
而焦虑。

关于"大师"的桂冠，早在 2002 年，季先生就公开声明自己不是"国学大师"，不是"学术泰斗"，也不是"国宝"。他殷殷真情，言辞恳切地说："我是什么大师？我是一个农民的儿子，是一个'土包子'。"后来对有一位官员突然称他为"国宝"，他也"极为惊愕"，内心不安，公开表态"不能接受"。

就我对季先生近距离的接触而言，我感觉，这实在是先生的真心话，是杜鹃啼血，是布衣本色。尽管了解季先生的人都知道他的学问到底有多深厚——他在上中学时就能用英文写小说了；他在清华上学时就已是校园里的知名学生；他直到耄耋高龄还能熟练背诵数百篇古典诗文；他最终修炼得懂 12 国语言，在东方学的许多领域都有建树……可是他从来不提自己的这些辉煌，还老是拿着自己的短处去比别人的长处，这样越比就越觉得自己的学问境界还差得远。在中国，凡真正的学问大家，都是"学然后知不足"的人，季羡林先生也是走在这个队伍中的一员。

所以我斗胆认为：所谓"大师"，不过是人们心造的一个神话而已！大师有标准吗？没有。大师有硬件指标吗？没有。大师有谁批准而后生效吗？没有。但大师又是一定存在的，世界需要他的存在：大师是人的心，是民族的图腾，是社会的参照；大师是大海的呼啸，是山岳的回声，是春天的明媚；大师是历史的价值判断，是民心的众望所归，是人类发展的锦绣前景；同时，大师也是一种不能推卸的使命和责任，担负着榜样、偶像、木秀于林，众矢之的……和引领民众前进的重担！

还是让我们引述民国五大批评家之一李长之先生的话吧，在半个多世纪以前，他就对文学批评家提出了要求十分苛刻的"行业标准"："书评家……水平要高于作者，除了要有锐利的眼光、热烈的感情和伟大的人格，还需要有哲学、美学、社会学、伦理学的知识。文论家要精通语言学和文艺史学，掌握美学或诗学，连生物学、心理学、政治经济学、历史学这些东西，也要越广博越好。"

这还只是对批评家的要求，遑论大师？但我觉得，我们完全可以把"要有锐利的眼光、热烈的感情和伟大的人格"横移过来，而且"伟大的人格"是要放在首位的。

我眼中的季羡林先生，首先就是一位人格大师。

敬爱的季羡林先生，感谢您一直顽韧地坚持着自己，一直坚持到了98岁高龄，使我们得以跟在您身后，就像跟在一座巍峨大山的身后。今天您去了，我们都来送您上路，祝您一路走好！

冯纪忠：远去的大师

这两天心里老是恓恓惶惶的。冥冥之中，老有一个声音催促我："今年已经有那么多位文化老人走了，冬天又是老人的鬼门关，你快去上海看看冯老先生吧。"

然而，还是晚了！

就在我准备动身时，传来噩耗：冯纪忠先生因肺炎不治，2009年12月11日在上海华山医院去世，享年95岁。

心痛。悔恨。泪水。呜咽。悲哉！

斯人已去，他的音容笑貌，丝丝缕缕，一起涌上心头，不停地闪回。一幕幕场景，活了一样地在我眼前浮现着。

94 岁的获奖者

2008年12月27日。深圳。"中国建筑传媒奖·杰出成就奖"颁奖典礼现场。全场因94岁的冯纪忠先生的到来而动容。一方面，冯纪忠也许是全世界建筑奖项的最高年龄的获奖者；另一方面，这个奖显然来到得有点儿迟了——不是颁奖者的迟到，而是这位德高望重的建筑大师，被我们中国人认识得太迟了！

冯纪忠先生是中国老一代著名建筑学家、建筑师和建筑教育家，中国现代建筑奠基人，也是中国城市规划专业以及风景园林专业的创始人，是中国第一位美国建筑师协会荣誉院士，生前担任同济大学建筑与城市规划学院终生名誉院长。他1934年进入上海圣约翰大学学习土木工程，此为他建筑生涯的起点。1936年转赴奥地利维也纳工科大学学习建筑专业，5年后毕业，是当时两个最优等的毕业生之一，同时还获得了就读博士期间的德国洪堡基金会奖学金。1946年，冯纪忠先生用了差不多一年时间，才历经艰辛，辗转回到了祖国。1947年起执教于同济大学及上海交通大学，在漫漫60余年中，为中国培养了一代又一代建筑师、规划师和景观规划设计师，真正的桃李满天下。他的学生里面，当选为中国工程院院士的不止一人两人。

由于种种原因，冯先生的著述和设计作品不算多，但他的论文《空间原理》和设计作品"上海松江方塔园"，却代表着中国建筑的一种新文人建筑思想和设计理念，其深邃的建筑哲学思想融入建筑教育和文化传播系统中，对当代中国建筑发展具有深远的影响；此外，在他绵绵90余年的一生中，无论命运如何蹭蹬坎坷，九曲十八弯，却始终也没放弃"坚持服务于公民"的人生理念——这两点，是他毫无争议地荣获首届"中国建筑传媒奖"的原因所在。

沸腾的会场上，人们为迟暮然而精神矍铄的冯老先生的到来，起立，鼓掌，喝彩，欢呼。为了表达对大奖的尊重，一直坐在轮椅里的冯纪忠，一定要步行上台领奖。94岁高龄的老人，不顾一天飞机旅程的疲惫，在女儿冯叶的帮助下，坚持着一步又一步，登上了一级又一级的台阶，终于在台上站定，亲手接过奖状，并致了长达5分钟的答辞。他说的是："今天我获得这个奖，我觉得很惭愧。希望能够得到大家的原谅，我在很多地方做得恐怕是很不够的。"

他庆幸自己能够在94岁的高龄，当众重申自己毕生追求的理念："所有的建筑都是公民建筑。特别是我们这个时代，公民建筑才是真正的建筑。其他的建筑如果不是为公民服务，不能体现公民的利益，它就不是真正的建筑。"

他强调，这个理念，他已经坚持了几十年，甚至一辈子都是遵从这个理念走过来的。因为，"这样的理念，能够使得中国建筑走向世界顶尖的水平。"

"与古为新"

1946 年回国之后，冯纪忠在执教的同时，还参加了当时南京的都市规划等项目。新中国成立后，他先后参与了上海都市规划，设计了武汉"东湖客舍"、武汉医院（现同济医学院附属医院）主楼等在业内产生了重大影响的建筑，并在同济大学创办了中国第一个城市规划专业，设立了风景园林专业的方向。

上世纪 60 年代初，冯纪忠提出"建筑空间组合原理"（空间原理），并在教学上加以实施，不断地往学生们的心灵里撒种、育苗、培土、浇水、施肥……这样的远见卓识，使得几十年之后，改革开放背景下建筑大发展的中国，因有了这样的超前理念和这批领军人才，而"科学"了大量城市乡村，挽救了大量文物古迹，节约了大量人民税收，少缴了大量"学费"，少走了大量弯路，其功劳真是难以计算出来的"大大"焉！

1976 年粉碎"四人帮"，"文革"结束，之后的改革开放逐渐为中国带来了巨变。冯纪忠亦终于等来了一个施展自己设计理念和才华的机会——1978 年，上海市政府决定在松江郊县古文物宋代方塔遗存处建立一个遗址公园，特别聘请冯纪忠主持方塔园的总体规划，冯先生欣然接受了这一任务。他倾其一生的才华，让自己的建筑理念精华在方塔园里一一实现。方塔园的原址是一个宋代古塔，里面还有明代的影壁，但这两者并不在一条轴线上，处理起来很棘手。冯纪忠提出"与古为新"四个字，在尊古、古上加新使之成为全新的原则指导下，运用现代园林的组合方式，将古建筑与大广场的大地面、大水面、大草坪等相互贯通地组织在一起，使之成为包容了历史而又崭新的现代空间。这种空间是东西古今相通的，是贯通生命境界的通透化的意动空间。

工程完工后，轰动四方，人们争先恐后地涌进方塔园，去领略这个当代仙境般的东方新园林。当时上海在建的一些园林都是沿袭苏州古典园林模式，很少具有时代感，而方塔园既能满足现代大量游人的使用，又孕育着浓厚的历史文化和传统神韵，所以好评如潮，甚至很快就远播到海外。

然而谁也没想到，1983 年的一场思想清理运动中，方塔园竟然受到批判，有人匪夷所思地指斥冯纪忠，说他给方塔园地面铺就的石块是"资产阶级精神污染"的"罪行"，是"放毒"，应该"用水泥铺路才对"等等，一时间，这些"文革"用语使冯纪忠的精神上受到非常大的压力。然而就是在这样的困境中，同时在工程费用吃紧的情况下，冯纪忠又因地制宜，运用最普通的材料如竹子、茅草等，搭建了茶室何陋轩，使它成为方塔园里最大气美质而又与周边环境相谐相和的一个亭子。这画龙点睛的一笔，使已经成为仙境的方塔园"帝子乘风下翠微"，又回归了人间。武汉大学城市建设学院首任院长赵冰评价说："何陋轩的形态是受了当地民居的启发，但它的曲线又恰恰是西方巴洛克式的，东方传统和西方古典完美地结合了起来。何陋轩虽然不大，但开启了新的空间概念，是和包豪斯典范、巴塞罗那世博会德国馆一样重要的建筑。"

中国美术学院建筑系主任王澍指出："冯纪忠先生一直以提倡现代主义空间研究影响中国建筑界，但方塔园着力的不只是空间。在空间之前，是旷远之意的直觉选择，而对旷远空间的着力，则颠覆了明清园林的繁复意涵。"他还断言说，方塔园可能成为中国建筑的一把尺子，无论谁撰写 20 世纪 80 年代以来的中国建筑史，方塔园都是无法绕过的。

方塔园标志着冯纪忠完成了现代建筑的全新超越，在建筑及园林领域开创了崭新的时代。同时，他也通过上海旧区改建探索着旧城改造的新方法，继续他在规划领域的拓展。这给冯纪忠赢得了国际声誉，1986 年下半年，美国建筑协会授予冯纪忠"美国建筑师协会荣誉院士"称号，贝聿铭大师发来了贺电。

"要做点事"

贝聿铭是冯纪忠上世纪 30 年代在上海圣约翰大学的同学，两个家庭背景相似的好友，却走上了截然不同的人生道路。1915 年冯纪忠出生于河南开封的一个书香世家，祖父冯汝骙是清代翰林，历任浙江、江西两地巡抚；父亲毕业于政法大学，有着深厚的中文根底，使他从小就受到中国传统文化的熏陶。

家庭的影响使得冯纪忠从小就兴趣广泛，喜画画、爱话剧、勤书法。在国外留学时，他的水彩画作品常常被老师称赞，有一次表扬说像法国印象派，他却说："不，印象派像我，像东方的色彩。"他还很欣赏梅兰芳、程砚秋等人的京剧，曾说"我最喜欢程砚秋，如果与卡雷拉斯、帕瓦罗蒂、多明戈比照的话，我还是喜欢程砚秋。"他晚年精研中国古典诗文，把文学和建筑学的研究联系起来一起做，比如运用《楚辞》所述的意象考据中国最早的园林史料，视角独特，颇有建树。这种生活热忱和对文化艺术的学习，最终都反映在他的建筑思想和设计实践中，体现为理性与感性并行不悖，东方与西方融会贯通，现代与传统兼容并蓄。贝聿铭大师曾多次在国际场合说，他非常佩服冯纪忠的才华。

但是冯纪忠最让人尊崇钦佩的，还不是这些累累成果，而是他最终恪守了一生的"做事先做人"的君子情怀。中国最优秀的文化传统给予他的，首先是报国，强国，让古老的中国腾飞。当年他选择学习土木工程，就是深深感到中国所迫切需要的是科学和技术；他学成归国，也是抱着一腔年轻的热忱，想要通过自己的双手强壮祖国。

在众多学生中，所有人都众口一词地赞美冯先生高洁的人品，乃至于跟着他做学生，都是"人生的一种幸福"；哪怕只跟着他做一次设计，也是"终生难忘的幸事"。他 27 年前的学生、现在同济大学建筑与城市规划学院景观学系主任刘滨谊回忆说：先生为人低调、平实，从不关心自己的俗事，是真名士自风流。虽说那时他已年近古稀，可还是不辞劳苦，对学生亲自点拨，每周 1—2 次改图，风雨无阻。治学更是严谨，对很多看似简单基本的问题总是要刨根问底，常以充满好奇心的童真面对世界，这样做的结果，往往是发现了很多被大家习以为常的错误……

凡跟冯纪忠接触过的人，也无不被他深深吸引和感染。深圳画院副院长严善锃曾与冯纪忠有过一次 3 个小时的访谈，事后评价说："在冯先生的身上，集中了传统的中国文人和西方现代知识分子的一切优秀品质：他是那样的从容不迫、文质彬彬，那样的温良恭谦让，但又是那样地坚忍不拔和始终不渝地保持独立人格。他既博学群览、学贯中西，又能剖析毫厘、擘肌分理。他深知传统的伟大，也更知通变的重要。他和他的至交——林风眠先生一样，理应得到中国学术界的重新认识。我认为，他们的思想和他们的艺术对我们今天的这种破坏性的'建设'，有一种警策的作用。"

　　而在女儿冯叶的眼中，冯纪忠是"世界上最好的爸爸。他有大爱，好的建筑师都是需要有深挚情感的。"冯叶有一段文字特别让人动容：

　　"小时候，感觉爸爸很亲切，特别喜欢我，很多话可以和他讲。我总觉得他太辛苦，每天大清早就去上班了。从我们家到同济大学，路上得等车换车，要一两小时，公交车很挤，6 点钟就得出家门。那时我家没请保姆，妈妈常常要在外边教些课，当时我还比较小，得等着爸爸晚上回来，给我煮饭吃。那时爸爸有个小小的包，里面全都是文件，天黑了，看着特别瘦的他拎着包，累得摇摇晃晃回来了。他把包放下，就开始做饭。在那个小厨房里有个小桌子，是妈妈从旧货市场上买来的，四角有点生锈，也是摇摇晃晃的。他煮点东西，我们就在那儿吃饭。我就跟他叽叽呱呱地，讲学校一些啰哩啰嗦的事给他听，他就耐心地和我聊。然后爸爸就开始擦桌子。我家是一厅一房间，没有间隔，爸爸擦完桌子说你睡吧，就又拿着他的书稿，进小厨房去了。我有时候半夜会醒，就看到那厨房的门缝还透着灯光，啊！他还在写，后来我知道就是在写《空间原理》，备课等。我记得最清楚的，是每一次爸爸在上大课前，都要很紧张地备课，他要等我们都静下来，睡下了，才在厨房那个小桌前开夜车，很紧张地备课，每一次都整晚不睡，他说他要有新的想法讲出来……这就是我爸爸。"

冯纪忠本来在维也纳有着颇为优越的生活和工作条件，他的很多学友都成为享誉国际的建筑大师了。但冯先生不计较个人得失，不为名利、物质、环境所动，甚至经受批判、批斗、打压、边缘化等种种挫折亦不改其报国之心，其"要做点事"的人生大境界，每每想来，不由不让人潸然泪下。他是中国最优秀知识分子阵营中的一员，是鲁迅先生所称道的"中国的脊梁"——正因为有着这样的民族脊梁，我们中华民族才有了绵延五千年的历史，才有了老树发新花的现代繁荣，才有了自立于世界民族之林的凿凿根基！

南有冯纪忠

从上世纪90年代后期直到去世前，冯纪忠从境界的体验探究入手，彻底完成了空间规划设计的东西方贯通，并以诗论为核心构建了现代空间规划设计的完整体系，展现了未来世界空间规划设计的新视野，从而不但提升了中国建筑界在世界格局中的地位，也为世界建筑业界整体水平的提升作出了属于中国的贡献。

虽然可以说是中国建筑界年纪最大的建筑师了，冯纪忠却是一个不断超越、不断向前疾走的、具有现代精神的建筑师。他从早年维也纳建筑学派的教育背景中走来，在东方文化博大精深的根基上挺立、生长、茁大，最后成为一株屹立于世界东方的巍巍大树。"这种超越，是与他早年的维也纳建筑教育背景，与他自身深厚的东方根基相关的；更是和他所处的东西方冲突——融合的时代背景，以及作为知识分子，其所投身建筑实践的中国现代苦难的历史息息相关的。所有这些，锻造了他不断超越的意志，也正是这种意志，使他完成了现代建筑的自我超越。"他的学生赵冰如是解读自己的恩师。

赵冰进一步强调说，今天，在大师远去的时刻，我们把这所有的一切看得更加清楚。我们更清楚地看到了冯纪忠的现代建筑思想在中国所进行的艰苦卓绝的实践，更清楚地看到了其在实践中不断发展壮大的轨迹和未来的指向，也更加清楚地看到了源于欧洲的"建筑现代主义"在中华全球化中所完成的如长征般的自我转型和超越。

2007 年 11 月，为庆祝冯纪忠执教 60 周年，也为推动冯纪忠学术思想的研究，他的学生和友人们在深圳举办了《冯纪忠和方塔园》展览。同年 12 月，又召开了"首届冯纪忠先生学术思想研讨会"。

中国艺术研究院建筑评论家王明贤说：中国建筑界，北方有以古典学派著称的梁思成，而南方的冯纪忠则为中国引入了现代建筑理念。冯先生是一位百科全书式的学者，他的建筑作品是东西方融合的范例。由此，出现了"北有梁思成，南有冯纪忠"的说法。

这说法很快就流传开来，附和者众，大家还提出了很多论据：

——"更注重现代和历史的融合，建筑与规划的结合"，这一维也纳学派的现代建筑理念，最早是被冯纪忠引入中国的，由此改变了中国建筑规划的全貌。

——1952 年冯纪忠在同济大学创办城市建设与经营专业，不仅在中国是第一，即使在当时的全世界也仅仅只有三四家。这些工作为中国的现代建筑思想传播和现代化的规划建设奠定了走在时代发展前沿的理论和实践基础。

——从 1955 年到 1986 年，冯纪忠执掌同济大学建筑系近 30 年；从 1947 年到 2009 年，总共执教 63 年，带出了中国几代建筑界人才。虽然他个人一辈子也没评院士，但他说，自己这辈子最得意的作品，就是带出了这么多的学生。

——冯纪忠倡导"活"的城市规划理念，即城市不能把古建筑当成博物馆保留，而是应该和人的生活有机结合起来。从而，使中国的园林建筑走出了泥古的羊肠小道，插上了新时代的双翅，在 E 时代的蓝天翱翔。

——何陋轩在外在空间体验中，以巴洛克式和当地传统民居中的开放曲线的动态，使空间在光影的变化中运动起来了，真正在建筑意义上达成了"时空转换"，使得这个建筑开创了一个新的时代，也完成了世界现代建筑的真正的自我超越。

——今天再看方塔园，就会发现它不仅仅是中国的优秀建筑，而且是

第二辑　铁板弦歌

20 世纪世界建筑史上的罕见杰作，为当代世界建筑发展提供了新的思路。

……

可惜的是，我们又一次犯了中国人总在不断重复的那个错误：当一颗举世罕见的硕大珍珠最饱满的时候，人们吝啬给予它恰如其分的肯定和赞美；只有当珍宝离我们远去以后，各种荣誉、赞誉和盛誉才滚滚而来——可是，晚不晚了呢？

"亡羊补牢，犹未为晚。"不少建筑界人士在呼吁：冯纪忠在国内建筑界的地位被大大低估了，应该立即开展对他学术思想的系统研究。还有人遗憾地哀叹："中国最后一位建筑大师走了。"

对这句话，我倒是不敢苟同。仅就我狭隘的视野和接触，现在中国建筑界和其他许多学界一样，后来的老中青年学者长江后浪推前浪，虎虎有生气，一个个做得风生水起，卓然灿然，比如齐康、戴复东、邹德慈、马国馨、崔恺、赵冰、王澍、朱小地……我不太懂他们的专业排名，也不是说他们就是一代大师了，但我屡次看到了他们风华正茂的身姿，看到了他们孜孜矻矻的努力，看到了从他们一辈的手上站起了中国当代的无数城市、乡镇和广厦——我对他们一直有一种被赋予了生活大美的感恩之心！何况，还有吴良镛等大师健在，中国建筑界不乏人才。我想说的是：重要的是尊重和爱护人才，创造最和谐最良好的环境，使一颗颗珍珠在生命力最饱满的时候，焕发出熠熠光彩！

蔡国强：我想要相信

西班牙小城毕尔巴鄂市的纬度和中国长春市差不多，但由于欧洲大陆板块幸福地承受着大西洋暖流的抚慰，则气温和北京不相上下。一大早，金色的阳光就到处飘洒，把周遭皴染得如同西班牙女郎一样明媚；天空则蓝得幸福满溢，仿佛欧罗巴男人一往情深的眼睛。几乎所有的花儿都在热烈地开放，赤/橙/黄/绿/青/蓝/紫，除了种种不认识的洋花之外，也惊喜地发现了在中国常见的蔷薇、木槿，还有王室一样高贵的广玉兰。

然而今天，毕尔巴鄂的人们对此视而不见，他们的注意力都集中在内维隆河南岸的古根海姆博物馆——有一位中国的艺术家蔡国强来到这里，展示他古老而又极具当代先锋意识的装置艺术。建市700多年来，毕尔巴鄂市民们没见过这些新奇的东西，甚至，华人艺术家来这里办个人展览也是亘古未有。

这个名为《蔡国强：我想要相信》的展览，规模超大，共占用了11个展厅，分为"火药草图"、"爆破计划"、"装置作品"、"社会项目"四大类别。蔡丰富的创作灵感取源于中国古代神话、军事历史、道家与佛家思想、宇宙论、火药技术、中药和当代国际冲突等等，其别开生面、壮观而又辉煌的艺术震撼力，将毕尔巴鄂市民们的胃口吊得七上八下。

荣耀——走进古根海姆

在当今中国，你若说"蔡国强"这个名字，90%的人未必知道，他们也许还要想他是不是歌星蔡国庆的什么亲戚？可是你若说"就是那位做了29个奥运大脚印的艺术家呀"，这回99.5%的人就都知道了——中国人都非常佩服他，喜爱他，为他而骄傲！

其实，蔡国强早就在世界上出大名了，是国际艺坛上的著名艺术家，过去20年来活跃于全球众多的国际展览、双年展以及公众庆祝活动，并在许多国家的重要美术馆展出作品，深受关注。他还跨领域与多国科学家、服装设计师、建筑师、作曲家、舞蹈家、电影导演等合作，其艺术表现领域涉及装置艺术、行为艺术、观念艺术、多媒体艺术等当代最为前卫性的艺术范围，成为国际当代艺术领域中最受瞩目和最具开拓性的艺术家之一，连续多年被英国权威杂志《Art Review》评为全球艺术界最有影响力的100位人物之一。

这个《我想要相信》的大型展览，是2008年2月在美国纽约古根海姆美术馆拉开首展帷幕的，为期 3 个月的展览，竟创造了该馆艺术展的历史最多参观人数。第二站巡回至北京中国美术馆，作为 2008 年北京奥运文化活动项目之一，亦引来了大批中国观众，尽管他们中的不少人还不习惯接受当代先锋艺术，有的展品看得似懂非懂，但给他们心灵留下的新鲜感和记忆，也同"大脚印"一样鲜明和深刻。此次来到西班牙毕尔巴鄂古根海姆美术馆，是该展览的第三站，也是场面最大、场地最能展开的豪华级展示，同时，也是蔡国强这个专题展览的收官之作。

还得先介绍一下什么叫"古根海姆"？古根海姆基金会的总部设在纽约，是一家世界顶级的连锁式博物馆经营集团，已在全球建设了包括纽约、拉斯维加斯、毕尔巴鄂、维也纳、威尼斯在内的 5 家古根海姆博物馆。想要在它们中的任何一家展出，都必须是国际一流艺术家的作品。此次蔡国强的深入且全面的回顾展，是古根海姆基金会首次为华人艺术家举办的个人展览。

还有必要介绍一下毕尔巴鄂古根海姆博物馆，它也是一个令人难以置信的传奇故事：西班牙毕尔巴鄂原来只是一个小镇，在 13 世纪—19 世纪的 600 年间内，曾以港口、造船、铁矿兴盛，后来逐渐湮没于历史的喘息之中。1997 年，美丽得不可思议的古根海姆博物馆在这里落成，很快就被称为"地球上最美丽的博物馆"，成为全世界艺术界人士心中的圣地，毕尔巴鄂随之繁荣兴盛起来，竟发展成为西班牙非常重要的一个旅游胜地。"艺术挽救了一座城市，艺术也养活着一座城市"，当初我听到这种说法时，只是微笑，觉得这是艺术家们的夸张；可当我从比尔堡回来，跟国内外几位名家，比如中国学者叶廷芳、法国画家林鸣岗等说起我去看了古根海姆博物馆，他们马上露出十分向往的口气，我始相信了它的魔力。

当古根海姆博物馆出现在我眼前时，尽管我有着充分的思想准备，但还是被它震撼得停止了呼吸——第一眼看到这座当代最前卫的博物馆，人人都会被它奇崛的造型所震撼，因为，它根本不属于现实的任何存在，而是未来世界的一个神话：它的造型像是一朵盛开的金属玫瑰，又像是一片热带雨林，还像天涯海角的一座岛屿，还像天空中的一团云锦；更有欧洲人称它为一艘巨轮，以和毕尔巴鄂市悠久的造船业传统相呼应，同时也承载起欧洲人对艺术的迷恋与梦想。它的设计师是天才的美国建筑大师弗兰克·盖里，这个矮个子的白发老人，慈祥、平和，微笑起来很像邻家大叔，可是他的作品一向以惊世骇俗的造型、叛逆的结构、钛金属等崭新材料的运用而颠覆人们的想象力，因而他被称作"建筑界的毕加索"。殊荣的是，蔡国强展览的开幕式，一向特立独行的盖里也亲自赶来捧场了，他们握手、拥抱，有一种惺惺相惜的感觉在。

《我想要相信》将在这个美丽静谧的西班牙小城展览半年时间。毕尔巴鄂市政当局、市旅游局等方方面面对它充满了期待，盼望它也能像纽约和北京的展览一样红火，为毕尔巴鄂带来几十万游客，也为度过当前的世界性金融危机提供一个暖色的福音。

炫——蔡国强的魔力

刚一走进古根海姆的大门，不期然之间，突然就撞见十几米高的玻璃大堂里，从地面到高空，腾空盘旋着 8 辆白色汽车，一辆跟着一辆，在大堂里激跃翻腾、连续运转，构成了一幅汽车爆炸的无穷尽循环图。每辆车身都在一闪一闪地放射着箭簇一样的金色火花，像礼花，像流弹，像电焊的落缨，像当代人节奏急促而匆忙闪过的生活。这个作品名为《不合时宜：舞台一》，什么意思？一百个人可以有一百种理解和阐释，蔡国强自己笑而不答。但据说，早在 2004 年的一个展览上，当古根海姆总部负责人看到这件作品的雏型时，就被它拨动了心弦，立即决定邀请蔡进入古根海姆博物馆。

第二件让我印象深刻的展品是《撞墙》，这是在一间二三百米的大厅内，有 99 匹和真狼同样大小的标本狼，排着队，奔跑着向前方一面透明的玻璃大墙冲去，前面的被撞得头破血流，后面的踏着尸首照冲不退，甚至没死的又立即归回大队再次冲锋。置身于这样上百匹奔狼的大场面中间，与狼共舞，同声同气，真够刺激的。有人出来解读：中国有句俗语"不撞南墙不回头"，它们是撞了南墙仍"其九死而犹未悔"，象征着人类的生存——在战争、瘟疫、自然灾害、自我灾难面前，不畏葸，不退缩，仍永往直前，生生不息。姑且这算是一种说法吧，但当然还有其他多种理解，比如，你也可以解释为贪欲，为了功名利禄、荣华富贵、香车美女或仅仅要拥有颐指气使、骑在别人头上拉屎的感觉，就明知不可为而强自为之，一定会被撞得头破血流的……当然，歌颂性还是批判性还是其他什么性质，随你自己的认识而认识，多译性历来是优秀作品的底线，越丰富得说不清楚的艺术品，才越是耐人寻味的佳作。

第三件让我震撼的作品叫《延伸长城一万米》，这里展示的仅是一件草图，真实的作品已经完成在当年的中国西部：断壁残垣的一段长城脚下，蔡国强用他拿手的爆破装置手段，让疾速飞驰的中国火龙把长城延长到了一万米——虽然只是一万米，距当年的万里长城尚且短得多，但请设想，当导火索被点燃的那一刻，当风驰电掣的火龙呼啸着前行的瞬间，那巨龙在辽阔的时间和空间中所爆发出来的辉煌、壮丽、绚烂、惨烈，其中的含义真是再清楚不过了，谁能不热血沸腾呢！

展览还辟有一个"北京奥运"主题展厅，呈现蔡国强在2008年北京奥运开幕式上所展现的创意。大型火药草图《历史的足迹》首度在中国以外的地区展出，作品全长33米，高4米，以围绕半圆形展厅的方式呈现，散发出巨型作品的无与伦比的魅力。该展厅也同时展出了奥运开幕式《天安门上空的大脚印》的多幅连续摄影作品，让观者重新回味北京奥运现场的震撼。同时，奥运开幕式的焰火艺术录影，以及蔡国强早期的焰火代表作录影，也在展厅内循环播映，自是生生不息。

我在大屏幕前坐下，静静观赏着蔡国强的一件件火药爆破作品。用蔡夫人吴红虹的说法，"搞艺术真的是需要天分的，蔡国强确实有这个天分。"同是艺术家的吴红虹说，蔡国强好像是一个永远童心的小男孩，脑子里老是生长出各种各样稀奇古怪的想法，包括月全食时候，在月球上用火药炸出万里长城的一条线；在美国内华达核试验基地点燃自做的"爆破筒"，创造出蔡氏"蘑菇云"；在富士山顶扎一个大塑料袋，利用山顶气体吹出一个金字塔；在柏林墙原址进行爆炸，掀起的尘土又形成一座人为的

"柏林墙"……给我印象最深刻的一件作品,是在一条铁道旁,并行挖掘装置了一条爆破火索,当一列火车风驰电掣呼啸而来时,这边和火车等量点燃导火索,结果是火龙和火车同时在大地上滚动、奔跑,瞬间又消失在莽莽苍苍的时间和空间之中,其场面的壮观瑰丽真有如童话,其奇特的想象力和创造力更给人带来震撼和启发——原来世界是能够以这样的方式显现的!原来艺术是可以这样抵达的!原来创造是可以无穷无尽的,只要我们拥有一个永不停歇思索的大脑,和一双善于发现的眼睛!

我笑了,笑得极其灿烂。每当一个焰火炫动起冲天的舞臂,我就像看着自己的胜利成果一样,不无得意地想:好样的蔡国强,你真是把咱们文明古国的火药艺术运用到家了!这样烈焰飞腾的场面,就是中国人也着迷,更别说老外了——把他们"炸晕",哈!

倾听——蔡国强如是说

蔡国强坐在我对面,听我如此说,也笑了。

他瘦高,狭长的脸型更增加了他的高度,一对随和的眯眼轻松愉悦地望着我,友善,亲切,如影随风,大象无形。我喜欢他的处世姿态,本色待人,一点儿也不端着,是几斤几两就出示几斤几两,不吹大泡泡也不自我萎缩。一时,我觉得和他早就很熟稔了似的,所以也很放松地对他说:"我以前不喜欢先锋艺术,原因是我觉得很多年轻艺术家不是出于艺术本心,而带着表演的成分,他们的艺术是虚假的,做作,说服不了我。但这回看了你的作品,改变了我的一些观念。"

他温和地一笑:"中国的现代艺术刚开始。我也是试着从个人做起,而我比较幸运。"

蔡国强 1957 年出生于福建泉州。父亲是一家书店的经理,喜欢书、画、书法、古籍,工资从不拿回家,全部用于书。在父亲的熏陶下,蔡小学时就读了大量古书,受影响最大的是《史记》;初中时又赶上"文革"后期出版的那批内部"白皮书",基本是外国现代派小说,留下深刻印象的有《推销员之死》、《等待戈多》等等。"那时我就理解到了两点:一是知道了人类的痛苦啊、希望啊等等是共同性的东西，都是有血有肉的，外国人和我们中国人一样；二是对一件事物的描述，可以有多种表现方法，比如除了我们熟悉的传统的现实主义，还可以有别的……"

我觉得这一席话对我的采访很重要——文学功底和文化功底，对一个艺术家来说，可以视为试金石。为什么我们总觉得有些年轻"先锋"并不先锋？无他，就在于他们没有厚实的文化底蕴，创造不出优秀作品，又想暴得名利，就"剑走偏锋"，企图弄出一些个惊世骇俗的"先锋艺术"以迅速抵达。他们不知道，真正的现代艺术也是呕心沥血之作，是在传统艺术大树之上开出的新花，好比文学，像赵树理那样土得掉渣儿的文字，是必须在能写出华丽美文的基础之上的螺旋式上升；好比书法，若写不好正楷，其他任何"创新"也都只能是鸦鸦鸣。

另外，理论素养也很重要。蔡国强是经过高考，1981 年考入上海戏剧学院的，经过 4 年寒窗的专业训练，又苦读了大量古今中外名著。受益匪浅的，还有上戏老师的"另类"教学，学生们经常被训练把一段音乐或一首诗歌转换成空间形式表达出来，这给蔡打开了抽象、逻辑、形式、方法、多边和逆向思维等的天堂之门。后来，他用故乡的鞭炮（火药）打底，糅合进西方现代派的某些前卫元素，经纬相交，蹚出了他的火药爆破艺术之路。再后来，他又留学日本，比较参照，他山攻玉，陆续做出了焰火艺术、行为艺术、装置艺术、多媒体艺术、寻找地球和外星球对话的艺术，以及许多看似无艺术、无法命名和无法归类的艺术，等等。2001 年，蔡国强为上海亚太经合组织会议策划了多媒体大型景观焰火艺术晚会，首创中国政府把官方外交活动与当代艺术相结合的范例。

他的每件作品都实践着他的艺术理念："艺术就是要解放自己，自由自在地创造，从而影响世界。""艺术家的才气在于他的诚实、诚恳，做自己能做的事，不依从别人的方法循规蹈矩。"同时，"艺术要让人民理解，用朴实的方法引起他们的共鸣。"

过去我们往往以为，先锋艺术家们是只关注艺术形式本身，而不大关注社会政治经济发展人文思想等"经国大业"的一群。蔡国强不，他认为艺术家的标准是："作为一个艺术家，面对所生活的环境和社会背景，应保持一种真诚的开放和自由的心态。作品应该与当代的问题有互动性。"吴红虹说蔡"最喜欢政治，每天要看报，有时坐在那里一看就一两个小时。对国际关系、中美关系、两岸关系，对国内的新闻大事，都很看重。"确实，在蔡国强的作品中，有不少触及全球敏感话题的内容，比如《柏林墙》即是他到德国访问，看到作为实体的墙拆除之后，在东德人和西德人之间，心理的"墙"还强大地存在着，哪怕只是以一种"烟雾"的形式出现；又比如《草船借箭》，借三国故事隐喻当今复杂的国际政治，当东方的力量兴起，国际力量的平衡被打破时，旧的强权对新的强权必然要有所恐惧和担忧，而新强权对其自信和膨胀的难以把握和伤痛感，即一种文化要接受另外一种文化的时候，它在价值观上受到的冲击也是遍体鳞伤，像德国和日本即如此。可是最终，这种遍体鳞伤又能转化成自己的武器，就像是诸葛亮借来的箭。

当然，蔡国强又非常强调"作品的形式语言是否对艺术史和美术本体有所贡献。假如这些问题没有很好的艺术形式的表现，就只是一个泛社会问题，不会成为艺术问题。"他说，"我们不要总以为自己的文化很不国际、很不现代，而非要去找一个国际性的话题。所谓的国际性是什么？其艺术形式有吗？任何文化的国家化都建立在对自身文化的深刻理解上，而追求艺术的现代性，达到语言的共享，才能确立国际对话的位置。"

正是蔡国强的这些有深度的文化思考，说服了我，使我平心静气地坐下来，不再以嘲讽和排斥，而是以欣赏和学习的态度，来细细体悟现代思潮艺术的优质了。

重新上路——好运

像他随意的为人一样，蔡国强亦始终保持着艺术上的低调。每当他做成一件使人震惊不已的作品，批评家们挖空心思地进行哲学的和文化的深度解读时，他自己却总是轻描淡写地说："我做这些是因为好玩。做这些事不容易被别人当做艺术，越不容易成为艺术的东西，我越想去做。"

这是小男孩的赤子之心？还是避免木秀于林？抑或是艺术之路难于上青天，说话做事必须留有充分的余地？

我知道，文学和艺术有一个规律是相同的，即开始进入很容易，所谓"初生牛犊不怕虎"。但后面一定会经历"人生得意须尽欢"——"随手拈来皆文章"——"枯坐焦对庭前雨"——"无限风光在险峰"几个阶段，越往后面路越难走。吃别人嚼过的馍难看，吃自己嚼过的馍难堪，超越自我是古往今来所有艺术家们的光荣与梦想。故在蔡国强现在的高度上，他面临着一个巨大的转身问题。尤其是在西方艺术界，只承认当代英雄，你今天大红大紫万人追捧，不代表你明天后天永远能风光。

当我和吴红虹谈及这个问题时，她显然也在为此而焦虑。她说，已经有很多同期的艺术家销声匿迹了；也有当初红极一时的艺术家做不下去，改行做了别的。可是，当我跟蔡国强谈起创新问题时，大出意料的是，蔡却依然很散淡地说："要自然而然，不要操之过急。"

他看到我一点儿也不掩饰的惊愕表情，微笑了，补充说："中国文化给我的一个大影响是态度，是'无法是法'。起初我就是想做什么就做什么，感受人生的变化同时也诚实地接受创作上的变化，努力把握这变化的魅力，现在我依然保持这态度。艺术不在于哪种最好，而在于最恰到好处，不要故意做。你在发展，中国文化也在发展，世界也一直在发展变化。"

我沉吟不语。事后，我反复思索蔡的这段话——这几乎是我所接触到的成百位文化人中唯一的"另类话语"。有道理乎？是大境界的表现乎？还是他尚未抵达？不过，最终，我判定蔡国强是一位内心有着强大力量的艺术家，他明晰，自信，不脆弱，知道自己的目标。因此，他还能往上走。

我问他的最后一个问题是关于展览的题目："《我想要相信》，有点儿犹抱琵琶，欲言又止。是相信呢还是不相信？你想要相信什么呢？"

他还是没有豪言壮语，只是说："还没有相信。同时，这也是一个双关语：（1）整理自己作品的思想。对看不见的世界的兴趣，对宇宙、超自然能力的好奇，对现实国际社会、政治的怀疑，对人类未来的想象，我相信有好的存在，但现在还没有；（2）开了一个窗口，留下一个空间，让观众自己消化这个问题。总之，这个题目很适合我的展览。艺术不光是呼吁，还要告诉后人这个时代人们的摇摆和求索。"

就在我将要完稿本文时，从毕尔巴鄂传来了好消息：《蔡国强：我想要相信》在开展的首个月，就打破了该馆过去3年来的观展人数纪录。主办方发来伊件："以过去的传统，介于复活节与暑假的这段时间向来是淡季，但今年在复活节后的观展人数，已创下本馆新高。此外，该展览在西班牙国内外媒体的报道和大众的接受度等方面，亦达到盛况空前。"

好啊，让我们向蔡国强祝贺！并再次为他祝福——好运，走好！

青春做伴

第三辑
好山好水

青春做伴

精致扬州

（一）

来到扬州，突然了悟出一个风牛马不相及的问题，即传统的中国文化人，为什么都有名，有字，还有号？

引发我做如是想的，是因为我发现：扬州名"扬州"，字"精致"，号"瘦西湖"，还有别号"月亮城"。

名"扬州"是现在，历史上还有一串曾用名：邗城、广陵、江都、邗江、江阳、维杨等，可知其历史之深。扬州已有近2500年的建城史，春秋时期在这里开的邗沟是人类第一条人工开挖的运河；汉代在这里开矿铸钱、煮海制盐，最早开发了它的经济；隋代炀帝开通了扬州至余杭的南运河；唐宋时期扬州是东南第一大都会；明代扬州成为盐物中心和漕运咽喉；清代的扬州是世界上10个50万人口的大城市之一……

号"瘦西湖"好理解，因城内美景瘦西湖而得名，清钱塘诗人汪沆《红桥秋禊词》云："垂杨不断接残芜，雁齿红桥俨画图。也是销金一锅子，故应唤作瘦西湖。"

别号"月亮城"亦是得名于诗，见唐代诗人徐凝《忆扬州》："萧娘脸薄难胜泪，桃叶眉长易得悉。天下三分明月夜，二分无赖是扬州。"这里的"无赖"即无奈之意，恐怕跟"举头望明月，低头思故乡"有亲缘关系。还有一位名气更大的诗人杜牧，写了一首《寄扬州韩绰判官》："青山隐隐水迢迢，秋尽江南草未凋。二十四桥明月夜，玉人何处教吹箫？"据说，每年中秋之夜，泛舟五亭桥下，15个桥孔洞洞相连，每孔中都有一轮明月荡漾其中，一时晃花人眼，不知哪一只月亮最大，最明，最圆？

只有字"精致"是我给起的，故要放在最后说：天下之阔大，汉字之浩瀚，为何单单曰"精致"？实乃因为不论谁问起对扬州的印象，我都脱口"精致"二字——也实在是找不出更恰切的字眼来概括扬州了。

（二）

扬州的表情极尽精致，首先表现在山水上。其实这里无山，全是"芳草萋萋"的绿洲和"玉鉴琼田"的河湖，连高一点儿的小土坡都少见，所以杜牧才勉强地用了"隐隐"二字。这里重要的是水，显赫的是水，让扬州美丽于世间的也是水。

瘦西湖也算不瘦，只是东被一弯石桥隔开，西被几只秀楼遮蔽，南被大明寺的香烟迷濛，北被一群群野鸭和水鸟划破；加上没有作大浪的长风，湖水像一面面大镜子、小镜子般无语凝伫，就使得天安地静，云、树、沙、堤都平和内敛，在给人的感觉上，怀抱就显得瘦小了。而此"瘦小"即彼"精致"，小巧玲珑是也，谁见过又胖又大的家伙被誉之为"精致"的？

扬州的内心极尽精致，其美味是一重要表现。记得汪曾祺先生在哪篇文章中，形容一位妇女会做菜，是"一根咸菜也能做出山珍海味"。当时读之，以为是文学的夸张，这多年来一直都是这样认定的；此番到得扬州，始知不虚，扬州人真有天下第一等功夫，能叫石头也开出花来。证据不用提什么狮子头、烧鹅仔、大闸蟹、鲈鱼刀鱼甲鱼们，单只说最简单的烩三丝，就能把人吓噤。

那天早上，我们专门到扬州著名的冶春茶楼早餐。王府花园一样的清雅环境中，桌、案、几、凳、衣架、屏风，皆红木雕花，精巧剔透。第一道菜就是烩三丝：

每人一只五寸盘子，里面是白白细细的豆腐丝，配以红的肉丝绿的菜叶，像是水墨风韵的雕塑。这道菜，以前在北京也见过吃过，屡次听说著名可不知就里？这回听当地朋友一讲解，着实吓了一大跳——原来这一堆细细的豆腐丝，竟然是用一块豆腐干，人工切出来的。那高不过一公分、宽窄不过寸半的、软软的豆腐干，需横刀片出23层，然后换竖刀切，最后切出来的就是横竖皆如小火柴棍粗细，堆成一座小山的白丝了！如此的刀工，如此的机巧，如此的心情，天下没有第二个了，你说扬州精致不精致？

我也算知道了为什么汪曾祺是美食家了，也才理解，在他笔下怎么会有那么多做菜的精美文章。记得上世纪80年代的有一天，我随着文坛一群人去汪先生家。那时汪府还在北京劲松，房间极小，几乎要胀破。汪先生亲自下厨，为大家做炸酱面。一般北京人吃炸酱面，都是买5毛钱肥瘦肉馅，佐以葱丝、姜丝，和着黄酱煸炒，一旦炒出油来就大功告成了。而汪先生的炸酱，内掷虾仁、干贝、肉丁、蘑菇丁、木耳、黄花，还有什么不记得了，反正一共是8样，味道当然鲜美无比，举世无双。今年汪先生已驾鹤西去整整10年了，在他的家乡扬州属下的高邮，竟然出现了好几家汪家菜馆，依着他的描绘，整出了全套的"汪家菜"，且大受来客追捧。一方水土养育一方人，一位名家又报答了养育他的土地，人之根永远在家乡，有家乡的人不虚无缥缈，不无依无靠——这是大城市的人永远也不可比肩的。

（三）

扬州的性格也极尽精致，最有说服力的是扬州的男人和女人。

女人不叫"女人"，而被唤作"玉人"，不仅貌美如花，肌肤光滑如玉，而且个个都既会作诗又会吹箫，莺声燕语，柔媚缠绵，别说能叫男人一见而销骨，二见而诺诺，三见而为之顶天立地；就是各地来的女人们，也是一见爱怜三分，二见倾心五分，三见艳羡七分，心中还不免要生女娲的气：都是你造的水人，怎么就如此偏心扬州女子，叫她们既剔透又玲珑，还有才学，把天下的美女都比得黯然失了色！

她们的心灵也很美，没看见当街吵架骂人的，没听到满口污言秽语的，没碰上"种族歧视"的——几次在街上问路，全是喜鹊一般的笑答。有一位70多岁的婆婆，红颜已褪，爱心益浓，甚至拉着我的衣袖，一边抑扬顿挫地吐着吴侬软语，一边把我领到路口，然后直着身子看着我渐行渐远……

扬州的男人也精致，一个个文质彬彬，温良恭俭让，年轻的像宝哥哥那么细致多情，体贴入微；中年的像郑板桥一般风流倜傥，木秀于林；老年的像汪曾祺自成一体，淡泊明志，随遇而安。汪先生一生平和，与世无争，只是埋首把自己的文字侍弄得尽精尽致，最后被岁月雕刻为扬州男人的极品。而在扬州，就是当官的也温柔，不那么对下属颐指气使，动不动就"老子毙了你！"他们讲起话来也有文化，历史的、现实的、古人的、今人的，头头是道，妙语连珠，他们深得科学发展的精髓，抓住机遇，稳步前进。他们知道，不是靠背背语录就能"急得批"（GDP）了，更不是喊喊口号就能度过金融危机的，要创新发展，得精细地谋划，努力地干活，精致做得。

同行的蒋子龙副主席乃河北沧州人士，即林冲发配的地界。自古燕赵多慷慨悲歌之士，所以蒋主席发表感言，话语中多少有点儿惋惜扬州男人阴柔有余。扬州主管文化的王玉新副市长却不苟同，说我们就是要突出阴柔美的优点，这本来就是扬州地域文化的特色嘛。

而我以为：扬州男人的精致，不伤大节。看他们平时一个个温文尔雅，说话都不高声，唯恐惊动了王榭堂前的燕子似的；可是骨子里却藏着刚烈，在历史的大关头就显现出来了——比如，当年跟随着史可法抗清，为人类史留下了永远的"扬州十日"。

一说是 1645 年（南明弘光元年，清朝顺治二年），多尔衮统领着清军杀到扬州。南明将领史可法率部进行了殊死抵抗，致使攻城的清军伤亡极大。后清军换上南明军队服装诈称援军，没有经验的史可法轻信了敌人而下令打开城门，清军于阴历四月二十五日攻进扬州城。怒火中烧的清军烧杀抢掠，奸淫犯乱，无恶不作，进行了连续十日的残酷屠杀。据幸存者王秀楚著《扬州十日记》载，清兵一个个犹如禽兽，索钱要物之后就杀人，连老妪和婴儿也不放过，当时大街小巷血流满地，到处都是尸骨，后来仅仅被收殓的尸体就超过了 80 万具！尤其令人发指的是，后来此书长期被清廷禁止，导致大部分人对此大屠杀事件一无所知，直到清末有心人士将此书由日本带回，"扬州十日"事件才广为世人所知，并成为辛亥革命的舆论动员资料之一……

今天的扬州，又发展为 460 万人口的繁华大都市了。朗朗青天之下，琼花白，桃花红，到处是尖顶翘角的秀楼和熙熙攘攘的人流，昔日那撕扯灵魂的恐怖呼喊当然早已烟消云散。然而，我望着眼前这些阴柔的男人和如花的女人，心下停不歇琢磨：这就是他（她）们吗？热血在他（她）们精致的日子和阴柔的血管里，是怎么燃烧的啊？

（四）

"幸福指数"的硬件标准，不一定包括香车宝马、绫罗绸缎、佳肴珍馐、福禄寿喜，但一定要有安逸、称心、友谊、和谐、自信和乐观等几条。扬州人又加上一个"精致"，简直就是登峰造极了。如是，他们自我感觉良好，以为"天下在扬州"，就是完全可以理解的了——人生而为人，活在世间，谁不追求过好日子呢？

想到此，我就问《扬州日报》王根宝老总，还有周保秋副总编等：你们的报纸很少有批评报道吧，扬州人民的幸福生活指数这么高，投诉的肯定少，批评也就少呗？

他们点头称是。王老总并且说："我们扬州这么好，所以我哪儿都不愿意去。尤其是每次上你们北京，喉咙发干，嘴裂手裂；加上到处都是高楼大厦，满大街都是人，搞得心慌意乱，特别不舒服。只有赶快逃回扬州，心里才舒下这口气。"看着他眼睛一眯，一副怡然陶醉的表情，我又只有点头的份儿。

周保秋副总是才女又是美女，说话做事一向低调。她谦虚地说："扬州老百姓的确比较满足。但市领导总在强调要克服小富即安的思想，我们还得努力开拓创新。"

这要看怎么说。比如说北京人吧，其实也是很典型的"小富即安"。拿房产做例子：凡地道的北京人氏，一般都只有单位分配售给的一套房子，而外地来到北京工作复安家的，则 10 年 20 年下来，基本都有了两三处房产。其实大家挣的是一样的工资，北京人把余钱往银行里一搁，不管了；而外地人呢，拿少许钱付了首付，然后银行按揭，房子到手后出租，拿租金再去按揭下一套房子……这里面不仅有理财意识，更有开拓进取的精神。然而，当我把这一现象跟身边的北京朋友们说起，他们感慨也感慨，唏嘘亦唏嘘，可还是没人打算去做一把——"又没什么生存压力，要那么多房子干吗呀，还嫌不累！"

人生苦短，一共才几十年，放着良辰美景不欣赏，放着美味佳肴不享受，只年复一年地打拼、挣钱，即使挣出金山、银山来，又有什么意义呢？我揣度扬州人就是这么想的？

这么想也不无道理，都怪扬州的美景太迷人了，扬州的空气太圆润了，扬州的舒适度太让人想放下身段，眯起眼睛去享受人生。若换了我，虽不至于迷醉在"早上肉包水（吃汤包），晚上水包肉（泡澡）"之中，但肯定也是流连长堤，向花问诗，对鸟索词，整日里歌吟弹唱，夫复何求呀？

何况，扬州人其实一天也没停下前进的脚步，而且还干得很猛。GDP连年往上走，2007 年全市实现地区生产总值 1311 亿元，小康综合得分 96分。特别让我留意的是人均生产总值 29400 元——记得上世纪 70 年代末我在北京一家工厂做工时，当时上海同类企业的人均产值是每天 5 元钱，一年是 1825 元，犹让我们惊羡不止立志比学赶帮超，要知道我的工厂是当时全中国设备最先进、技术最高端、产值最顶尖的大型现代化电子企业。30年巨变，虽然今天的什么天文数字都已经不惊奇，可北京也还没有达到扬州的高度啦。

（五）

我只是觉得，扬州人不能忘记一些事情，比如"扬州十日"的惨烈和刚烈。

可是我几次问起，都没得到回答，复又几次提及，还是没得到响应。

弄得我以为这是扬州人忌讳的话题，只好缄口。后来却被告知，扬州人对隋炀帝颇多褒词，正有人准备弄电视连续剧，并问我以为如何？

我不隐瞒自己的观点：反对。第一，隋炀帝的荒淫无道，历史上早有定论，在一向为尊者讳的中国封建史册上，都秉笔记下了他的恶行，肯定是有它的道理的，难道今天需要我们为其翻案吗？第二，难道要在"大禹因第三者不进家门"之类的无德之论后面，再来一出荒诞不经的"时髦戏"吗？第三，时下我们的视野中，皇帝戏已经多得不能再多了，中国历史上 322 个有记载的帝王，差不多都被扒拉过，难道还嫌老百姓不"喳"吗？

我认为不如去拍"扬州十日"，还有与其齐名的"嘉定三屠"。在当今的世界格局中，虽然"全球化"，虽然"和平发展"，虽然"共赢"，但民族气节还是要歌颂的。因此，离开扬州的时候，从不会作旧体诗的我，从胸膛深处涌出了《扬州阴阳对二首》：

（一）

个园季石石石透，
二十四桥桥桥瘦。
美人笙歌花万点，
才子诗笔波千绉。
早春二月香雨悠，
一抹淡痕浑身秀。
红桥过罢问鸳鸯：
天下美景尽在否？

（二）

人人尽说扬州好，
花天月地锦楼娇。
我却难忘三屠城，

百年血泪雨潇潇。

长堤日笑夜呜咽，

一棵杨柳两株桃。

吴侬语软筋骨硬，

西湖不瘦波不小！

诗很浅显易懂，只需加注有二：（1）扬州"个园"乃全国四大名园之一，其内有"春夏秋冬"四季石，为假山造物，石石玲珑剔透。（2）"二十四桥"乃扬州名胜，1176年，南宋著名词家姜夔过扬州，看到金兵不断进犯而遭破坏的扬州一派荒凉残破，不胜感慨，写下了千古的《扬州慢》，其中有句："二十四桥仍在，波心荡，冷月无声。念桥边红药，年年知为谁生！"由此，"二十四桥"也被称作"红桥"。

百里杜鹃盛世红

——贵州毕节国际杜鹃花节感怀

题　记

这举世无双的百里杜鹃花带奇观，是大自然的精心选择——上苍之所以让它们在毕节地区落地、生根、开花，生生不息，千秋万代，一定是有着它最充分的道理，只不过现在还不被我们所知晓。

这也是我千里迢迢，从北京来这里赶花事的一个原因。

（一）

毕节地区位于贵州西北部的乌蒙山区。杜鹃花风景带位于毕节下辖的黔西县、大方县交界处，绵延百里之长，传承千年有余，不知是哪一年，有一位想象力丰富的人，送给了它一个"高者出苍天"的美誉——"地球的彩带"。

这蜿蜒百里的花带，是贵州西北部次生地带性植被保存得最好的一部分，上面自由自在地生长着马缨杜鹃、露珠杜鹃、银叶杜鹃、问客杜鹃、水红杜鹃等41个品种，占全世界5个亚属中的4个；而且花色多样，有鲜红、粉红、金黄、淡黄、雪白、淡白、紫色、绿色等等。据说最为难得的是一棵树不同花，即同一棵树上开出不同颜色的花朵，已被发现的达7种之多，有"世界级国宝精品"的美称。

根据以往的经验，大凡看景，能看出两种结果：一是失望乃至大呼上当，此有"看景不如听景"的谚语为证，庶几还是大多数情形；二是名不虚传，当看到正如盼望的、甚或比期冀的还要好时，那时真兴奋真跳跃真激动真不能自已。我们到来之前，已作足了准备工作，未见其面先闻其声，已从资料上看到：每年春天3月下旬至4月末，是毕节杜鹃最盛的花期，各色、各形、各品、各质的杜鹃花争相怒放，一时间，漫山遍野，地动花摇，铺山盖岭，天光花影，把个寂静的毕节大丘陵地带，装扮得花事繁闹，花语喧响，花蒸霞蔚，花彩缤纷，据说，人都能让花醉倒了！

那么理所当然的，我们就盼望着醉卧花丛了。

3月28日，是毕节"国际百里杜鹃花节"开幕的正日子，我们就这么满怀期待地往花区赶，心里充满了遐想。从黔西县城出发，当汽车行驶行了1个小时左右，有人惊喜地大叫起来："花！花！"猛抬头，杜鹃花树果然开始在公路两旁出现了！

初见，还是几棵、几十棵、几百棵，厚度是一排、两排、三五排。但见一株株花球造型的高树上，一捧捧花朵俏然挺立在枝条上，正应了"花在枝头春意闹"。由于隔得远，还看不清花形，只觉得每个朵都很大，有的简直有皮球那么大，不像杜鹃，倒非常像国色天香的牡丹花。

随着车子的行进，花树越来越多了，差不多都是两三米高，树干细的如电线杆，中的如水桶，粗的就宛若水缸了，枝枝杈杈团生在一起，组成一个个大花球、大花冠、大花伞。奇怪的是，每一株的脚下，都像经过人工栽培似的，是一个聚宝盆形状的大沙坑，里面不生草，只存水，就像我们在城里看到的、经花工挖掘和栽种的花木一模一样。这样的大沙坑，依据着疏密得当的比例，一棵棵、一排排、一片片，一个山头一个山头地蜿蜒在百里之阔，像极了先锋艺术家们摆弄的大地行为艺术。而据介绍，其实它们都绝对是自然生成的，全赖花树们自己对自然环境的优胜劣汰。这说法可信，不然，绵延百里的花树和花丛，从脚下一直到天边，目之所及，铺满了远远近近的山冈坡地丘陵，其阵势，其声响，其壮阔，其直冲云天的大气派，除非老天爷，谁能有这么大的能量为之？

树上的花朵，红的、粉的、白的、远古的、近代的、今天的，有的热烈，有的冷艳，有的平和，有的狷介，有的英雄无觅孙仲谋，有的天生丽质难自弃，真像是"不尽长江滚滚来"！说来，这里山高坡陡，河谷深切，地形破碎，土地贫瘠，是典型的喀斯特山区，20 年前，此地还是中国西南贫困带的核心区域，被联合国确定为"不适合人类居住的地区"。1987 年，毕节地区的人均生产总值只有 288.9 元，农民人均纯收入仅仅 184 元，人均产粮不到 200 公斤，有 147 万人和 120 万头牲畜饮水困难，水土流失面积达 60% 以上，森林覆盖率仅 8.53%，人口自然增长率却高达 21.29%，一半以上的青壮年是文盲半文盲……唉，那时候的杜鹃花即使再艳丽，又有谁看，又有何用——念空自花开花落，年年知为谁生！

现在，经过 20 年的发展，怎么样了呢？这是我此行要了解的最主要任务。

（二）

我们不得不下车了。眼看着开幕式的时间就要到了，可是我们的车仍被堵在路上，就像小蚂蚁在绝望地爬。车太多了，差不多都是小车，私家车居多，宛若断了链的套环似的，把公路切割得断断续续，支离破碎。咦？贫困的贵州、贫困的毕节，你从什么时候开始，也患上了塞车的现代文明病？福耶？祸耶？

主要是人太多了，满山遍野，都是往中心会场赶的人，有少数城里的旅游者，更多的是当地的乡亲。我注意地观察：农民们的穿着还是比较一般，大都是蓝布或黑布衣裤，上面有皱折，有渍斑，鞋子上也沾泥带土，像刚从田头干活归来，当然无法跟长、珠三角地区西服革履的农民们相比。可是孩子们穿得不错，新衣服新鞋新帽子，鲜亮颜色堪比杜鹃花的红、黄、粉、白、绿，小手里或拿着吃食，或举着气宇轩昂的充气塑料玩偶，一个个兴奋得哇哇大叫，小脸涨得通红，一个个比赛着动人。突然，我看见一位彝族老阿嫂，穿着镶嵌着民族花边的蓝布衣，头上戴着同样风格的花头巾，背着一个传统的彝族竹篓，兴冲冲地赶路。她的出现提醒了我，这里居住着汉族、彝族、苗族、回族、白族、满族、侗族、蒙古族、布依族、仡佬族等 36 个民族，少数民族人口占总人口的 28%。

杜鹃花在彝语里被称为"索玛花"，这里面当然有动人的传说：

在很古的时候，有一位美丽的彝家少女叫索玛，她是大土司普勒的三公主，她的聪明令世人折服，她的勤劳让乡亲们钦佩，她的美丽让山鹰忘记了飞翔，她的歌喉让百鸟陶醉。有一位牧羊的彝族小伙阿哲勤劳善良，他像天空飞翔的雄鹰，矫健的身影让日月惊叹，他的勇猛能叫野兽退让。索玛爱上了阿哲，他们私定终身，但普勒决不让他们成为夫妻。在一个月亮蓝蓝的晚上，这对有情人逃离了家园，逃到了人烟稀少的九龙山上。他们用清甜的泉水酿出了芬芳的咂酒，索玛唱起了最美的酒歌："云和雨相见的时候，彩虹干一杯；太阳和月亮相见的时候，星星干一杯；姑娘和小伙相见的时候，天地干一杯；亲朋好友相见的时候，彝家敬你三百杯。"他们和各族同胞和睦相处，受到人们的尊敬。但好景不长，头人阿支罗泥看上了索玛，在采野果的路上害死了阿哲，逼迫索玛与他成婚。美丽的索玛誓死不从，并跳下山崖为阿哲殉情。她的热血变成了火热的马缨杜鹃，年年祭奠情郎；他的灵魂变成了美丽的杜鹃鸟，声声呼唤着自己的姑娘。从此，漫步花丛，你就能听到"阿哲、阿哲"那凄楚的叫声。从此，有彝族居住的地方，就有美丽的杜鹃花。

彝族是一个勤劳、善良、勇敢的民族，起源于公元前5500年。彝族先民六祖分支后，其默部德施氏进入黔西北建立政权，开发土地，兴家立业，并且在繁衍生息的过程中，创造了与甲骨文齐名的彝族文字、先进的太阳历法和灿烂的民族文化。今天在毕节地区，彝族还是一个大支，民族服装也是数一数二的华贵和漂亮，可惜他们只有在节日和盛大活动时才肯亮一亮风采。哦，我忽然明白了刚才的一路上，怎么会有那么多歌厅、饭店、商店、旅社的名字都叫"索玛"，原来，那都是彝族同胞经营的。

在这一片各族群众共居的土地上，还有一些特殊的物事和名词，能引起人的无限遐想，比如远古岩画、古黔青铜器、鸡卜星历、地戏、阳戏、傩戏、侗族大歌、苗族蜡染、彝族披毡、洞天湖地、花海鹤乡……它们若隐若现地闪烁着各民族文化的神秘光泽，让人浮想联翩，恨不能多生出几只脚、几双眼，跑遍周遭的山山乡乡，尽情看！

不知不觉间，浓郁的地域风情，多彩的民族文化，仿佛弥漫在空气中的花香，丝丝缕缕地，慢慢润进了我的心房。急急地行走在各族乡亲们当中，我渐渐感到，自己也变成了他们中的一分子，内心快乐无比。

（三）

还好，当我们急煎煎赶到会场，开幕式恰在宣布开始。

八门披着红花的火炮发射出隆隆的花弹，向高空呼哨着报喜去了，一阵雄壮的烟雾散去之后，大型文艺演出《索玛花开》拉开了帷幕。让人始料不及的是，其专业、豪华、铺张、艳丽、大气的阵容，即使在北京国家大剧院演出，也会让人高看一眼的——舞台搭在山间的一大块平地上，有电子大屏幕做虚的灯光背景，营造着气氛；还有充满着民族文化元素的实体布景，随着剧情的推进不停地转换着，演员甚至可以从高高竖立的傩面具上面走下来，一直走进观众中间。身穿多彩民族服饰的姑娘、小伙子们，欢快地穿插着队形，歌唱、旋转、跳跃、腾跃，像从山间飘过来的山鬼，像从太阳里走下来的东君……

故事的情节大体是这样的：阿谱是一个彝家女孩，有一天梦见彝家儿女祭祀花神的宏大场面，她感到这是一个节日来临的征兆，便同爷爷一起来到索玛花开的地方。而从远方归来的阿哥与阿依姑娘在多年前就已有了约定，即在今天，阿哥将在这个索玛花盛开的地方迎娶阿依。久未返乡的阿哥，灵魂深处依旧荡漾着对故乡的眷恋，终于，他和朝思暮想的阿依重逢了。众多彝家乡亲赶到，为二人举行了盛大的婚礼，他们唱起了彝家情歌，被歌声征服的人们一步步向着歌声的发源地追寻，用心倾听，听到了索玛花开的天籁之音。与此同时，阿谱和爷爷，还有各族群众也纷纷聚集到百里杜鹃景区，共同向阿哥和阿依祝贺，并为杜鹃花节献上自己的一份祝愿……

小女孩阿谱的梦是一个多么瑰丽的好梦啊，它的象征意义不言而喻——祈福，为彝家，为各族人民，为百里杜鹃，为山山水水，为五谷丰登、丰衣足食的好生活！梦是心头想，梦是理想主义的座右铭，梦是现实主义的狂欢节，梦是通往心愿实现的金桥！

在演员们载歌载舞的表演中，电子大屏幕不时地出现一个个震撼人心的画面：

——1985 年，胡锦涛同志就任中共贵州省委书记后，先后走遍全省 86 个县（市、区）深入调研，在此基础上，提出了把毕节地区作为"开发扶贫、生态建设"试验区的战略构想。

——1988 年 6 月 9 日，经国务院批准，毕节试验区正式建立。

——1988 年下半年开始，毕节试验区逐步实施了"开发与扶贫、生态建设与经济开发、人口数量控制与推动人的全面发展"的三个有机统一，走出了一条体现改革试验构想、逐步取得重要突破的奋进之路，走上了人口、资源、环境相协调的发展正轨。

——2007 年，毕节试验区生产总值，已经从 1987 年的 17.8 亿元增加到 335.45 亿元，年均增长 10.5%；财政总收入从 1987 年的 1.96 亿元增加到 55.06 亿元，年均增长 18.15%；绝对贫困人口从 345 万减少到 49.89 万，农村贫困发生率从 65.4% 下降到 7.1%。

——2008 年，全区实现生产总值 467 亿元，完成财政总收入 69.58 亿元，全社会固定资产投资 170 亿元，城镇居民人均可支配收入 12286 元，农村居民人均纯收入 2756 元，森林覆盖率上升到 36% 以上，人口出生率下降了一半以上，20 年少生了 139 万人！

什么叫伟大？此即是。

什么叫光荣？此即是。

什么叫正确？此即是。

当我们走上了正确的科学发展之路，当我们把蕴藏在各族群众中的伟大力量激发出来，就一定能够创造出改变人民和民族命运的奇迹。那么好了，令世界瞩目，叫历史喝彩，让后辈人为今天的我们骄傲，是为无限风光，是为最大的光荣！

（尾声）

演出还在继续，天上／人间。神仙／百姓。杜鹃花／民族舞。理想／现实／梦……各种喜庆的元素叠加在一起，幻化成眼前的霓裳羽衣，花样翩跹。一阵山风吹来，香气氤氲，传来十里八乡同时上演着的一台台好戏——

黔西县洪水乡解放村："走进金色农家"乡村旅游活动；

大方县奢香博物馆："大方县农民画展暨农民画发展研讨会"；

黔西县化屋苗寨："情歌唱，芦笙悠"欢乐化屋苗族花坡节；

百里杜鹃金坡景区："世界的花园"世界百名青年百里杜鹃行文化交流活动；

黔西县城：中国企业家杜鹃花都投资考察项目推介会；

黔西县体委："相聚花都，以武会友"武术散打擂台邀请赛；

百里杜鹃景区："亲近自然，生态之旅"野营体验活动；

百里杜鹃普底景区："花中西施"毕节地区首届杜鹃花选美大赛；

······

经济发展起来了，生活好了，人的心情就舒畅，乡亲的情绪就高涨，做事就有兴趣，各种民间和民族的歌啊、舞啊、节日啊，就层出不穷，前方就有奔头，前途就有方向，生活也就变得越来越丰富多彩。而这一切反过来，又聚拢了人气，又扩充了旅游项目扩大了旅游规模，又变单纯的土地里刨食为多种经营并举，又能再促经济的大发展。如此，就从恶性循环变为良性循环，从叶到花，从人间到天堂，从吃也愁穿也愁到享受生活，从凄风苦雨到暖阳高照，从贫寒山寨步入到初步的幸福生活指数之中······这样"一步登天"的例子，像杜鹃花一般多啊：

——20年前，毕节市清水铺镇南关村，人多地少，过度开垦，水土流失，生态脆弱，百姓贫困，越穷越生，月月年年都是"难关"；今天的南关村已是四季花开、鲜果挂枝，游客纷至，乡亲畅笑，上级满意的小康村，不久前已正式更名为橙满园村。

——韦寨村是黔西县林泉镇的一个小村落，已被挂上"社会主义新农村信息化示范点"的金牌，村民们通过远程教育，学会了养殖技术，搞起了养鸡/鸭/猪场；又通过网上获取种植技术，搞起了蔬菜/果树/花卉的规模种植，还学会了在网上销售，仅此两项，收入大幅度提高。GDP上升，文化生活也随之升华，村里已建起农民休闲中心和老年活动中心两个公共娱乐场所。

——赫章县野马川镇是有名的樱桃之乡，该镇也是"社会主义新农村综合信息示范镇"，已建成了新视通、远程教育、视频监控系统、影信通等系统，为建设新农村、培养新型农民搭建了信息平台，构成了高效快捷的政府服务体系，真正让乡亲们"足不出户，便知天下事；鼠标一点，财源滚滚来"。

满山满坡的杜鹃花红红火火地开，哗哗啦啦地笑，今日兴会更无前。

她们知道：仅仅 20 年一瞬间，毕节，这个昔日"中国最贫困的地区"，这个"不适合人类居住的地区"，这个"中国最穷的改革试验区"，已经迎来了改革开放的初步成功，已经摸索出了一条适合区情的快速发展之路，已经看到了满天辉煌灿烂的晨曦。

> "云和雨相见的时候，
> 彩虹干一杯；
> 太阳和月亮相见的时候，
> 星星干一杯。
> 脱贫的乡亲和财神爷相见的时候，
> 干部干一杯；
> 杜鹃花和盛世相见的时候，
> 各族乡亲敬党中央三百杯！……"

大洼秋五色

　　大洼县属辽宁盘锦市辖域，往日称之"南大荒"，今日誉为"湿地明珠"。从北京火车站上动车，东北蛇行，仅 3 小时即抵达。

　　还在我们这个"著名作家看大洼"采风团一行刚坐稳在动车的包厢中，我就惊悉自己犯了一个天大的错误：

　　先是邓友梅夫人韩舞燕大姐忍不住披露，大洼乃友梅先生的伤心地——"文革"期间，友梅先生被重新戴上右帽，就是押解到大洼劳改的，差点儿把命丢在那里！

　　接着，满头花白疏发的邓友梅先生，亦强忍悲愤和痛楚，撕开了那道伤疤：

那时的大洼是一片荒原，老右以及各种"反革命分子"们被押解到达时，连栖身之处也没有，只能自己动手割芦苇搭窝棚。周围数百里根本没有人烟，跑出去就会迷路，死在外面。冬天之寒冷彻骨罄竹难书。夏天之蚊虫撕咬罄竹难书。孤寂、落寞、凄凉、绝望、苦难，罄竹难书。张志新烈士就是在那儿殉难的……

我惊悚，一身冷汗！我知道，因为此九死一生的遭遇，多少年来，友梅先生甚至连辽宁省都不去，生怕重新跌落到旧日的噩梦里。可是此番，我却冒冒失失地请他来担任采风团团长。不过，他这回来了，没有拒绝，我又觉得自己十分明了他的心境：大洼，回看血泪相和流的大洼，毕竟是他生命羁旅中刻骨铭心的故地啊！

这次组团来大洼，是应了大洼县委宣传部张焕庆部长的委托，来为大洼县 60 年的巨变鼓与呼。此前，我也没来过这片土地，甚至孤陋到都没听说过大洼。难道这个渤海之滨、辽河贯穿的小县，果如邓友梅先生讲述的那样荒蛮可怕吗？

辽远的北方，历来是人们传说中的恐怖之地。闯关东，闯关东，过去，那都是在关里实在活不下去的人才流落的地方。相传，新中国成立之前，那是土匪、兵痞、强盗、响马、杀人犯、恶人出没的地界……

一路上，忐忑不安的阴郁撩拨着我的神经，我的心就如脚下的火车撞击声，"轰隆，轰隆"地起伏不停：昔日"南大荒"的大洼，今天会好些了吗？

下了火车，坐上的竟是一辆簇新的日产中巴。随着车轮一公里一公里地向前奔驰，我紧紧包裹着的心，慢慢地像含苞的花瓣，一层一层地绽放开来，最终，笑逐颜开。我看到，我们大家都看到了：今天的辽宁省盘锦市大洼县，已然变成一座高楼林立、商厦兴隆、中央广场与街心花园相荣相生、自然景观与人文景观相得益彰的现代化新城！

哪里还有荒甸的旧影？哪里还有凶狠的蚊虫？哪里还有呼啸的北风和鞭人的箭雨？

更哪里还有迷路、危险一说？更哪里还有凄寒、孤寂之感？更哪里还有"发配"、"改造"、"专政"一类旧疾恶病的丝丝缕缕呀？

换了人间！换了人间！！换了人间！！！

3天参观下来，感慨万端，无限思量。现在提起笔来，尤心神恍惚，情迷五色，不由得将今日大洼归为红、绿、黄、白、黑五章，分别实录之——

红

舞蹈家动情地说："这是一出美艳绝伦的舞剧啊！你们看，绵延数百里的红海滩是它舞动的身影，起起伏伏的珊瑚草是它飘摇的魂魄，而默默高举着它们的大地，则是世界上最阔大的舞台。"

音乐家狂喜地说："这是一阕气势磅礴的交响乐啊！你们看，万千碱蓬草的盛开是它生命的欢唱，千万红翅叶的摇曳是它激情的弹奏，而默默高举着它们的大地，则是指挥家、演奏家们的手和心。"

书画家神往地说："这是一幅浓墨重彩的油画啊！你们看，草瓣的颜色像云霞一样要多灿烂有多灿烂，叶枚的层次像红霞一样要多丰富有多丰富，而默默高举着它们的大地，则是留住历史的大画布。"

影视家感慨地说："这是一部演绎了千年的长篇连续剧啊！你们看，形态各异的草枝是一个个生龙活虎的男人，金红丹红橙红紫红赤红的叶片是鲜明生动的女人，而默默高举着它们的大地，则是先祖们栖息、生活的家园。"

诗人热烈地说："这是一部千古流芳的史诗啊！你们看，绚烂如锦绣的草丛是它瑰丽的诗句，葳蕤又茂密的叶子是它浓烈的诗意，而默默高举着它们的大地，则是有关生存和传承的伟大主题。"

哲学家高度概括地说："这多么像一部鲜活的人类发展史啊！你们看，小小蓬草历经千年的风霜雨雪犹然生机勃勃，茎和根像钢的茅铁的剑一样矗立不朽，而默默高举着它们的大地，则是一位洞悉世事的老者，以穿越古今的经验和睿智，审视着世世代代、子子孙孙的每一言，每一行，每一举，每一动。”

我说：“你们每个人都说得多么好啊，形象，瑰美，诗意，更有文化的高度。而这举世无双的百里红海滩奇观，则是大自然的精心选择——上苍之所以让它们在大洼地域落地、生根、竞长，生生不息，代代年年，一定是有着它最充分的道理，只不过现在还不被我们所知晓。我自己主观地认定：这也应该是我们人类的生存状态。在这宇宙最美丽的星球地球上，顽韧自强，生生死死，把自己的壮美毫无保留地奉献世间吧。”

绿

虽然已过了仲秋时分，然而不知是季节失去了感觉还是它故意模糊了自己的生命节律，大洼的所有树木、芦苇和草地，还都是一派深深浅浅的绿色，看着真让人喜悦！

随着年轮的螺旋式上升，绿色已逐渐地取代了缤纷的鲜花，沉郁到我生命的平台。杨树的一片阔叶，柳梢的一枚叶笛，甚至路边一棵平凡的狗尾草，都能引我长久地注视，并从中嗅出生命的壮阔诗意。

此番来到之前，本以为出了山海关的大洼，早已彻底是一派黄叶摇落的北国秋光了。不承想，树叶既未摇落，草丝也没衰黄，鸟群恋恋不肯南归。一望无际的、壮阔大美的东北大平原上，除了金灿灿的稻穗，最养眼的就是田垄、路畔的绿树们：杨树是卫兵，高耸着了望的眼睛，热烈地守候着丰收的大地；枫树是仙女，跷起风情万种的尖尖手指，把一颗颗绿色的小五角星撒向天空；国槐是信使，不断派出雪白芳香的名叫“槐花”的小邮差们，奔赴到大地的各个角落去传递丰收的喜讯；柳树是舞蹈家，在大洼的宏阔舞台上婀娜腾跳，忽而就拉住了我们的衣角，兴高采烈地讲述着大洼的新鲜故事。还有，满眼皆是的人植灌木、花球、草地，尽皆都在惟妙惟肖地模仿着各种雕塑，有的是大地上的珍珠，有的是时间的钟摆，更多是大洼人民心中的英雄群像……

不过大洼最激动人心的绿，还属芦苇荡。正是一年中最成熟的岁月，芦苇们都拔节到两米三米还要高，通身呈现出沉雄老道的苍绿，像是阅尽人间春色的老人；芦花们则在欢快地开放，紫红色花朵闪烁的是夏天的热烈，宛如尚在贪恋舞台的少女。置身它俩之中，可以听见它们在风生水起地唱和，有时是群情昂扬的大合唱，也有时是情意绵绵的爱的独唱。风儿嫉妒了，强行挤进来做第三者，把芦苇们推向一边，芦花们却不肯就范，"哗啦啦"地梗着身子，刚烈地抵抗着。我想去摸摸伊们的柔骨有多韧，不料船儿一顿，搁了浅，是也不允我们打扰吗？

绿有疗养身体和澡雪精神的大魔法。绿是生命的底色。无论是满眼的绿还是绿的星星点点，绿总能让我们眼睛一亮，心头振奋，生长品质。平凡的绿，朴素的绿，基础的绿啊，在我们身边，绿色的多与少，决定着生活质量的高与低。

黄

大洼丰收的喜讯，是万万千千兴高采烈的稻穗传递过来的。或者可以说，那一望无际的、黄澄澄的稻田，是大洼最贴切而美丽的名片。

"福兮祸所伏，祸兮福所依"。荒原的大洼地，盐碱的大洼地，过去水患成灾的大洼地，今天成了"春播一粒籽，秋收万颗粮"的聚宝盆。大洼稻即闻名中外的盘锦米，其米粒圆体大，一咬满口油，二嚼似奶酪，三品留恋不绝，光嘴吃白饭为最佳境界。据说中品的就已是30多元1市斤，上品之价贵可想而知。

大洼是张学良将军的家乡，这盘锦稻是上世纪20年代末张将军引进，并派人教授给农民种植起来的，从此成为大洼农业立世的滥觞。至1990年代，"全国十大杰出青年"李晓东又科研探索出稻田养蟹的立体高效生态模式，并大面积推广成功，使稻田平均亩产由原来的500元增加到上千元。而且，稻田养蟹不能施化肥，也不能打农药，河蟹的排泄物就是增加水稻产量的有机肥料，致使盘锦米成为真真正正的纯绿色大米。现在，这一模式已在全中国所有沿海水稻产区普及推广，正在给我国的农业革命带来又一场大变脸。

正值秋香蟹黄肥，大洼一景惹人醉。这一景，即满县满乡满村镇，摊摊点点如遍野的秋菊，到处都是卖河蟹的人流。尤其公路两旁，销售"盘锦中华绒毛蟹"的窝棚排着长队，此窝棚当然不是邓友梅们当年的彼窝棚。但见一个个白色泡沫塑料小箱像行为艺术一样，被摞向高高的天穹，我知道，里面趴着的一只只大河蟹已经等得不耐烦，"嗒、嗒、嗒"地敲击着箱壁，要求立即就跟上新主人去周游世界。于是，有脾气躁急的旧主人恼了，烧开水，立即就把闹事的大蟹丢进锅里，待体大如拳的河蟹逐渐由青而红时，醇厚的浓香就像酒一样快速地窜向广袤的田野和天空，把天地都醉了去。等掀开后面的蟹盖，黄澄澄的蟹黄一下子抢入眼帘，谁还能抵抗住这丰收的诱惑？又是一咬满口油，二嚼似奶酪，三品留恋不绝，你直觉得，连这香味儿都是黄澄澄的……

白

在大洼看白云是个好去处。东北大平原，一马平川，一望无际，地阔天高，心清气朗。无遮无拦的白云，高垂着，低挂着，飘摇腾跃，油画一般瑰丽，神话一样迷离，里面藏着数不尽的故事，还有诉不完的爱恨情愁……

不过主人告诉我们，大洼的白色魅惑，不在此时，年年春三月，那才是真正的美——铺天盖地的仙鹤飞回来了，丹顶的、黑顶的，白颈的、灰颈的，体大如人高的，纤秀似芦苇的，"腾身却放我向青云里"，整个天空全是一片白皑皑雪原了！

还有白鹤、白鹳、白鹭、白天鹅、白额大雁，陆陆续续，都激情地自南方迁徙回来。一时间，苇场，滩涂、湿地、农田上，甚至就连城市的街道上、居民的院落里，都落着各种各类的鸟儿。那阵势，比起单一的白云，又不知丰富了多少个层次！

所以，大洼从 1993 年起，又有了一个别名，曰"湿地鸟类和植物国家自然保护区"。全保护区内共同欢快地栖息着 266 种鸟儿，其中国家一级保护鸟类有 9 种：黑嘴鸥、丹顶鹤、白鹤、白头鹤、东方白鹳、黑鹳、金雕、遗鸥和大鸨，它们的前五强，又都是白马王子和白雪公主。

在湿地博物馆旁边的"鸟语林"园内，我看到了几只最为珍贵的黑嘴鸥。顾名思义，这种体大如鸭的海鸥一律是黑嘴白体，羽毛油光水滑，纯洁如白雪。它们已是濒危水禽，全世界约略仅存 6000 只，其最大的繁殖和种群分布区即在大洼，可说是大洼人民的心头肉。眼前这几只黑嘴鸥是受伤而被救助的，已在园内疗养了不少时日，再过一个多月，就可以随着大队鸟群飞赴南方过冬了。

饲养员端来一盆小鱼。我用夹子夹起一条，喂给身边的丹顶鹤，姿容高贵的大鹤伸来长长的黑喙，仪态万方地接过，细细嚼，慢慢咽。再夹起第二条时，可就不好了，一大群膝盖高矮的扁嘴白鹭，竟然像痞子似的围住我，不择手段地争抢。人家高贵的丹顶鹤呢，平静地避到一旁，轻蔑地看着群鹭们散德行。我心头一动：这是我第一次看到"鹤立鹭群"的大美，不也是人世间高贵君子与卑下宵小的演绎吗！

一瞬间，很多幅有关仙鹤的图画、图片、录像画面，在我脑子里飞翔起来——哦，高贵的丹顶鹤，你是代表大洼纯洁民风的白色精灵吧？

黑

如果说黑色在别处代表着负面的阴暗、狰狞、不义、邪恶、陷害、谄媚、谗言、坑蒙拐骗、落井下石、杀人越货……那么对于大洼来说，黑色却是光明的使者，是刺破荒原的骁勇，是财富的掘金机，是当代英雄。

邓友梅先生那时怎么也不会想到，他曾经栖身的那个破窝棚下面，那泛着"斑秃"的贫瘠土地底下，其实是富得流油的宝地啊！今日大洼的田野上，满眼皆可看到英雄雕塑一样的"磕头机"，像勤劳的啄木鸟，在日夜不停地噙油，一下，两下，三下，三百下，三百亿下……汩汩滔滔，汇成辽河油田年产 1200 万吨的石油大河。

这是多么宝贵的一笔财富啊！为了它，这个世界曾燃起了多少战火，生出了多少阴谋，推行了多少霸王条款，强暴了多少弱小民族，又阻遏了多少良性发展的机缘，一次次将人类拖向了苦难的深渊！

黑色的石油是黑色的金子，是黑色的血脉，是黑色的希望，是黑色的光明。有了它，又能开启多少汽车、火车和飞机，推动多少大工程上马，促进人类科学文明的进程，甚至几乎能直接推动天地人心的进步。可以说，在当今世界，谁掌握了它，谁就是说话管用的龙头老大。

大洼的黑色，大洼的幸运之神！

然而，我怎么突然又在大洼，迎头撞见了另一重黑色啊？

夕阳落下，暮色低垂，冷色调的苍茫中，一座凝重的巨大花岗岩牌坊，"轰隆隆"地出现在我们面前。横额上，是一排黑色的大字"甲午末战殉国将士墓"，一下子就把我们拽回到114年前那场令人扼腕、令人痛心、令所有中国人永志不忘的黑色战争中！

中日甲午战争的最后一战，就是在大洼县田庄台镇进行的，史称"甲午末战"。这场战祸只有短短的3天时间，却把商贸繁盛的中华千年古埠田庄台，化为一片黑色的废墟，至今，犹能看到这里那里残留的累累战痕。当时清军在有血性的爱国将领宋庆、马玉昆、龙殿扬、李家昌、程允和、刘凤清等的率领下，做殊死一搏，最后有312名将士捐躯，永远地留在了黑色的火焰中。虽然时光已远远逝去，可是他们的灵魂，仍盘旋在锈迹斑斑的土炮上，停留在死不瞑目的土枪上，徘徊在黑重沉雄的大称砣上，不肯离去……

"生当做人杰，死亦为鬼雄。"虽身为弱女子，但在所有的悲壮面前，我总是不能自已地壮怀激烈，忠愤填膺！迈庄严步进入牌坊，迎面就看到一尊高伟的清军无名将士雕像，纪念碑一样屹立在墓园当中，他手持大刀，仍在奋力拼杀，一阵罡风吹来，鼓角之声声、厮杀之声声、怒吼之声声、刀枪剑戟的碰撞之声声，依稀可闻。继而又看到掩埋着清军将士遗骨的巨大坟冢，以及矗立在它后面的半圆形巨幅锻铜浮雕，浮雕上隽刻着长达3000字的《甲午战争田庄台之战始末》墓志铭，字大如斗，字字燃烧。最不能忍住的是眼泪，最不能按捺的是怒火，最不能忘怀的是"落后就要挨打"，最不能耽误的是"振兴中华"的前进脚步——有泪如倾！

这一个黑色的大洼，亦是中华民族的百年缩影，血与火，雷与电，歌与风！更是悲歌击筑、警钟长鸣、促国人大干快上的鼓点声声！

离开大洼那天，我起了个绝早，腾身跳上半空，驾长车踏驭高速白云。再次置身蓬勃燃烧的红海滩，再次滑进绿韵悠扬的芦苇荡，再次飞过金灿灿的广袤田野，再次问候众白马王子和白雪公主，再次拥抱富饶丰腴的黑土地。我用一颗热烈的心，应和着大洼的晨曲；我摆起虔诚的身姿，塑造最美的祝福；我拿出全副精气神儿，尝试着从五色情迷中走出来，做了一个拿得起、放得下的告别！

大洼的宏伟计划是：5 年到 10 年以后，建成堪比苏沪杭，比肩威尼斯的东方辽滨水城。到那时，这座从大洼腹地诞生起来的新城，将是一座新的大连港营口港，将复制著名的伦敦桥巴黎桥，将搬来苏州的拙政园留园，将建成关外的北京大学清华大学，将开辟湿地公园红海滩公园芦苇荡公园，将集海韵、河风、湖泊于一城……情迷五色的韩小蕙呀，十年计划早知道——待到千桥拱立时，你当复来到。

清明广远唱大风

我对清远，心仪久矣！

清远是何方神圣？

清远籍贯中国广东省，今年刚好是弱冠年纪。这个早在褓褓里就爆出大名的边远小县，现在经过 20 年水里火里的反复冶炼，仍然是红旗不倒、挺立华夏的改革大名家，而且还生长为"中国百强市"，其城市增长竞争力排名全中国老二，了不起啊！

我曾问过清远为什么叫"清远"？10 个人差不多有 10 种回答，也就是说，都加进了他们各自的感情色彩。对"远"字基本上没有争议，家址在粤中北部山区，相对于中央政府来说，远隔着千条河流万重大山，的确是远矣哉——史载文起八代之衰的大文豪韩愈，曾在清远做过县令，当时整个县城只有9户人家，大概是中国有史以来最寒瘆的小县了，不用说，韩昌黎肯定是被一贬再贬才去到那远在天边的小任上的，清官嘛，等待他们的大多都是这般命运。而对于"清"字的解释，则"仁者乐山，智者乐水"了，有人说这是中原文化直落的结果，"清正廉明"、"政和风清"、"清明广远"，这些都是封建帝王最爱标榜自己的字样；不过也有人说这"清"字取自当地，风清、水清、民风清朴，这远离政治中心的偏隅之地，不是"清"远又是什么远呢？

那人家又问了：韩小蕙你一个土生土长的北京人，惦记人家清远干什么呀？问得好！的确，我在清远既没有亲戚，也没有朋友，真是没有一点个人的瓜葛。但我一直记忆犹新的是，30年前我刚考入大学没两年，就从《人民日报》头版看到一个消息：广东省委、省政府决定在全省推广清远县实行"超计划利润提成奖"的做法，党报并称这一改革做法为"清远经验"。我当时特别兴奋，因为我是从长达8年的青工任上离岗的，对当时的工厂太了解了，在我们厂乃至全中国的各个工厂里，无论男女，无论老少，大家过的都是准军事化生活，8小时上下班，干一样的活儿，按年头拿一样的工资，想多挣一分钱也是危险的资本主义狂想。这就严重违背了自然规律和科学发展规律，当然不能激发出工人们的劳动热情，导致劳动生产率在极低水平郁闷地徘徊，也让大家觉得活的没什么劲。我们这些工人们，包括工程师们、车间主任们以及更高层的工厂领导者们，都盼望着能来个什么改变，于沉默中盼惊雷啊！可是，谁敢？那是罪该万死的"资本主义复辟"，大帽子若真是戴在你头上，你就甭想在工人阶级的光荣队伍中混了！

感谢清远，终于得改革开放风气之先，带头突破了这种万千个和尚没水吃的大锅饭局面，全国有多少人的眼睛都亮了起来，把心灵的窗户打开，遥望岭南，盼望那改革的鹅毛大雪滚滚而来！后来我听说，当时全国各地有2万多人冲破重重障碍跑到清远去取经，甚至还包括鼻子尖尖的"老外"。清远这个又偏远又清朴的山区小县，一下子成了被热议的中心。最终，在争论了不少时日后，被有关理论界人士定位为"中国工业改革之父", 与被称为"中国农业改革之母"的安徽小岗村一起, 永远地记录在新中国的发展史册上。清明广远唱大风!

2008 年孟冬, 拜"改革开放 30 周年纪念活动"之福, 我终于踏上了清远这熟悉而又陌生的热土。此时, 北京已是狂风呼啸, 万千凋零, 温暖的清远却正是宜人的好季节, 嫩黄色的砂糖橘和小金橘像珍珠一样缀满枝头, 玫瑰色的紫荆花和三角梅似千万面小旗帜向你招手, 最雷人的还属满世界浓情厚意的绿叶, 到处都在你眼睛里翩跹, 简直把人的所有感觉都染成绿色的了。

我想打破秩序, 提出先去看看当年"改革之父"的工厂。当地官员显得踟蹰, 言说岁月沧桑, 那时的大多数工厂都不在了, 如今只剩下两家很小的厂子, 一家是酒厂, 另一家是小水泥厂, 在今天都很不具有现代技术含量, 不如去看大工业吧? 我执意, 因为在这个世界上, 不以成败论英雄, 不以大小说价值。更何况, "大"从来都是相对的, 是由"小"的胚胎里孕育、长大的, 而后才能驰骋疆场, 金戈铁马。

还行, 当年那家带头搞工业"包产到人"的清远酒厂, 现今还保持着良好的发展势头, 预计今年的产值将突破亿元, 贡献国家税金 3000 万元。这够惊人的了, 这也当然是一直坚持改革的结果, 从当年的"超计划利润提成奖", 到"计件工资", 再到 2003 年转制为民营企业, 凡是阻碍了生产力发展的, 就革; 凡是有助于科学发展的, 就改, 使这株已有 80 多年酿酒历史的老树, 一再绽放出葳蕤的现代新花。

我来到一排半人高、李逵一样粗壮的大酒缸前面, 看着那朴素得几乎看不出花纹的粗大纹路, 忽然间想和它们对个话。别看它们普通得像土地一样不起眼, 憨厚得一声也不吭, 更不会谄媚上司忽悠公众呼隆社会欺世盗名, 可就是它们, 披五千年文明的霞光, 穿越历史的狼烟, 一路筚路蓝缕、风尘仆仆地走了来。它们的智慧启发了一心想要重新崛起的龙的子孙, 它们的勇气激发出中华民族的英猛顽韧, 它们的不事张扬、埋头苦干、克勤克俭而又精干、巧干、会干的深厚内力, 犹如五岳之上的每一棵青松、每一块石头、每一个生命一样, 清明广远, 与天地精华共荣共生。

鹅黄色的晨曦照亮着粤北民居式的厂房，那本来就独特的元宝形歇山房顶上，还顶着一个马头墙顶子的小小通风屋，使它们更像是民间老艺人扎制出来的工艺品，有点儿土气，憨头憨脑，然而构思精到，匠心独运，一看就是农业文明的代表作——在当代中国，长期存在着轻视农业的风气，什么事情一沾上"农"字，好像就意味着落后、愚昧、保守、黑糊糊，绝对与时尚、现代、辉煌、金灿灿……搭不上界。对边僻而又"农"的清远，更是长期的不屑多看一眼，以为它只是个远离中心的省略号罢了。不过，今天看来，也许应该庆幸这种完全彻底的误读，天高皇帝远，少框框，多创新，胆大包天搞改革，一心一意求发展，农村就包围了城市，经济基础决定了上层建筑。

所以，虽然我后来在清远参观了英德海螺集团、广东双汇食品公司、根本农业科技扶贫公司红不让集团等等大型现代化工农业企业，看到了它们那些拥有国际先进水平的技术设备，还有像中国书法一样漂亮潇洒的流水线；但我依然一点儿也不轻视那家曾为中国改革作出过开创性贡献的清远酒厂——就像那年我去长江源头沱沱河，虽然震惊于它的细小和羸弱，可是却立即认可了它，并且从此以后，一直把它珍藏在心间。

小井庄随想

人从地面上往天空看，觉得地面是平的，天空是弧形的；从天空往地面看，觉得地面是平的，天空也是平的。人从现代往古代看，觉得古人是愚昧的落后的，今人是聪明的先进的；古人从古代往未来看，觉得古人和今人一样聪明和先进。万事万物都是这样，互相打量的时候，由于空间和时间不同，结论就不同，甚至有可能大相径庭。

（1）

比如，今天再看上世纪 70 年代末中国农村那场"包产到户"革命，与 30 年前的认识，就完全彻底不同了。今天是鲜花、掌声和一片赞美声，而 1978 年那会儿，还是大批判、围追堵截，还有匿名告状信。

在小井庄的"中国农村包产到户纪念馆"，我看到了那封匿名告状信。此时，它已经老实巴交地安卧在玻璃展台里，静若处子，不再到处惹事。信封是牛皮纸的普通信封，平平展展的，上面只有上下两行、7 个毛笔楷体字："安徽省委 万里收"，也真是绝了，连个"书记"或"同志"的称谓也没有，就那么硬邦邦的直呼其名，也许是反映了写信者的阶级斗争姿态？他肯定认定，"革命不是请客吃饭，不是做文章，不是绘画绣花，不能那样雅致，那样从容不迫，文质彬彬，那样温良恭俭让。革命是暴动，是一个阶级推翻一个阶级的暴烈的行动"，当时"文革"虽然被否定了，但浸淫到人骨子里的观念却是几十年也难以调整的。匿名告状信的署名是"人民教师"，主旨是"山南区委书记汤茂林领导 10 万人民向何处去？"告的是安徽省肥西县山南区区委书记汤茂林，私自带着区属农民搞"包产到户"，是资本主义、是修正主义、是复辟倒退、是卫星上天红旗落地……云云。同期一时间，邻区、邻县的革命干部带领着革命群众，还纷纷到山南区贴大字报，"筑防风墙"，"修拦水坝"，扬言："坚决抵制山南的单干风"。

真是剑拔弩张啊！

战斗正未有穷期！

今天，由于广泛宣传改革开放的伟大成果，中国人人都知道了著名的安徽小岗村，当时有几个村干部勇敢地站出来，冒着身家性命的危险，秘密带头搞起家庭联产承包责任制，后来，在得到邓小平同志和党中央的充分肯定之后，全中国农民都跟着走上了这条致富路。但却很少有人知道，其实最早搞起"包产到户"的，是安徽省肥西县山南区柿树公社的黄花大队。

当时小井庄是黄花大队属下最坚决"包"的一个生产队，也便成为全中国最先"包"的村庄之一，当然他们也就成为全中国最先得改革开放之利的农民群众——这是历史性的机遇，五千年朗朗晴天，突然当空抛下一根红绸带，飘啊飘，荡啊荡，呼啦啦歌唱，火辣辣呼唤，看谁有勇气敢伸手去抓？高者出苍天，让小井庄人抓住了，风风火火，攀上了天梯，并一直惠泽到今天，时事造英雄也！

今天，我来到改革开放先驱者小井庄，首先就在村口，看见了一座高高的牌坊，四根汉白玉立柱着着实实挺立，扛着五重檐的徽派大屋顶，把"小井庄"的大匾高高举着。过了牌坊门，即是一条八丈宽阔的青条石大道，笔直向上，两旁设台阶，模仿的是中山陵的建筑风格。一路走上去，乃一个大广场，左手是大戏楼，中国农村最常见的景物之一；右手是一座粉墙灰瓦、马头墙、歇山顶、小二楼的建筑，门楣上挂着一块青铜色长匾——"中国农村包产到户纪念馆"，这是小井庄自己建立的，属于只此一家，别无分号的最不寻常所在。

（2）

时间拉开了空间的距离，也神秘了历史——今天看当年那场"包产事变"，也跟新中国成立前的一场场革命事件似的，足够惊心动魄，足够波澜壮阔，足够回味无穷。

那时，十年浩劫虽然已结束两年了，可是思想还不解放，严酷地桎梏别人也习惯性地自我桎梏，一切按既定方针办，折腾了几十年，穷得连饭都吃不上了，还在那儿"宁要社会主义的草，不要资本主义的苗"！天怨人怒，最后连老天爷都看不下去了，终于发起大脾气，率先在安徽发难，降下了一场百年不遇的大旱，让皖南皖北大片地区河塘干涸，土地龟裂，颗粒不收，再想去"大呼隆"，心有余而力不足，没力气"呼隆"了。

"大呼隆"这个词也赫然安卧在纪念馆的展板上，我非常欣赏这个词，它把许许多多极"左"的做法、由此带来的恶果、以及人民群众对之的普遍厌恶之情，都像"一字顶一万句"一样，形象地装在里面了，并且还有余音袅袅，让人反复咀嚼回味。我还看到当时的几幅黑白照片，印象最深的，是一位老大娘抱着饥饿小孙子的剪影，在他们的脚下，是一往无边干涸的田地，每个裂口都有巴掌宽，全部是石头似的硬干土，就像雕刻出来的一般，上面连一棵草都没有，真正是赤地千里，惊心动魄！人物没有表情，但他们的内心和灵魂在怎样惨烈地滚着惊涛骇浪，可想而知！就是在这样险恶的背景下，1978年的9月15日晚上，放牛娃出身的汤茂林书记挺身而出，在他蹲点的黄花大队召开村支部大会，最终议定出"包产到户，四定一奖"的办法，当时的口号是"推动秋收，种保命麦子"。

急不可待的小井庄生怕夜长梦多，遂以迅雷不及掩耳之势行动，日夜兼程，到9月23日，就把全生产队153亩田地，全部包到农户头上。结果呢，高涨的农民干劲直接催生出第二年夏粮的大丰收，产量成倍增长，把多年吃救济粮的帽子一下子扔给了历史——而历史还给他们的，是经过大争论、大辩论、大交锋之后的大肯定，在中国当代社会发展史上的评价为：

"肥西山南广大人民群众以敢为天下先的无畏精神和勇敢创举实行了包产到户，实现了农村一场伟大的历史变革。这一历史变革对中国农村乃至全国的改革、发展起到了极其重要的作用，是中国历史上改变亿万农民和农村面貌的重要里程碑。"

（3）

30年花开花落，30年云卷云舒。

观念的大突破带动了实践的大破围，实践的大破围又反过来促进观念的进一步大突破、大更新、大创造，进而冲破一道又一道桎梏的樊篱——"物质变精神，精神变物质"说了多少年，原来它一直蛰伏在这里，等待着真正的历史机遇呢。而抓住了20世纪80年代历史机遇的中国人民，只在短短30年里，就使5000年的国度发生了无法想象的历史大巨变。

外国人瞪起惊疑的眼睛：这条古老的中国龙，究竟是怎么一回事啊？

中国也有非常多的人不明白：我们这个古老的民族，究竟还有多少潜伏着的能量呢？

　　幸亏小井庄人没有一丝犹疑，他们身处实践当中，虽然不懂高深的理论，但有着本能的农民智慧。他们明白一个最朴素的道理，即鼠患累积成大灾时，不管白猫黑猫，抓住耗子就是好猫。因此当光明的晨曦在东天拨开云雾初始，他们一下子就看明白了——这一回是要动真格的了。而今迈步从头跃，需要的就是干，是实践。实践是检验真理的唯一标准。

　　请相信历史，机会终会对"一心一意谋发展"的建设者微笑的。

　　于是2008年夏天，我看到了焕然一新的"生态农业村"小井庄。诗一样美丽的婆娑浓绿中，掩映着歌一样妙曼的"黑白配"，那既是一座座皖南风格的房屋，也是一个个才子配佳人的神妙传奇，更是一个个奏响着《改革开放交响曲》铿锵音符的琴键——请想象你跳上960万平方公里高空，看着全中国的改革黑白键都在一起跳动，此起彼伏，山呼海啸，地耀天光，那是什么劲头啊，牛！

（4）

　　我没有询问小井庄GDP的红线已升高到多少，在到处都在腾飞的神州大地上，如今多么辉煌的数字也不令人惊奇了。而我最欣赏小井庄的，是它对昨天的刻骨铭心的警示。

　　在一片崭新的"黑白配"中，有一所土黄色的旧茅草房立在其中，显得是那么的鸡立鹤群，或者更不如说是小麻雀立在鹤群里。那是被保存着的记忆，即当年商议"包产到户"的所在，也是30年巨变的物证。走进去，四壁泥墙，空空如也。一张油漆已完全剥落的旧四方桌上，摆着一只黑黢黢的油灯，几只缺了口的旧茶碗。一旁的屋角，是几件苍老的旧农具，耷拉着脑袋，声声叹息如喘。整个屋子里别无长物了，显得是那么的逼仄，寒酸，黑糊糊的。相比于今天明亮的楼房、彩电、冰箱、电脑、摩托车、汽车……这穿越了两重天"遗址"，当然会让今天的孩子们瞪起天真的大眼睛，安静下来，认真倾听着昨天父辈们的叹息；也会让今天的匿名信者和一切改革反对者们哑言——倒退吗？倒退回去住这四面透风的茅

草房？喝大锅饭的稀汤寡水？终日陷在黑糊糊的"大呼隆"里愁眉不展、心存畏惧、半死不活，以歌当哭，笑话！

所以，眼前这茅草房和那封匿名信一样，无比珍贵。

旧与新都是历史的代言人。"旧"，有时比"新"更具有震撼的力量。

小井庄人真高明，把旧的把柄攥在手心里，什么时候都能够挺直腰杆说话，把改革开放的大旗死扛到底。

不过我明白，阶段性胜利还远远不是最后的胜利。我祝小井庄永不停步——不断突破，突破，突破。腾飞！腾飞！腾飞！

三分湿，五分润，还有两分甜……

10月中旬，北京就已经开始变脸了，一树树繁绿褪色，一行行大雁离去，一片片白云寂走，令人分外不堪于秋天的肃杀。此时来到徐州铜山，一眼盯住满世界蓬蓬勃勃的浓叶，羡煞这里绿肥依然……

铜山是一个非常有意思的县，是中国唯一的城中县——此话怎讲？原来，全国所有的县城，都是中心城市的小卫星，拱月般地托举着中心的明月，旧谓"农村包围城市"也。而独独铜山县，却是在徐州市区中设县，具体来龙去脉的历史渊源复杂，不说也罢。而必须说的呢，是铜山曾经一而再、再而三地被"割地"，仅从1994年以后，就被伤筋动骨地"大手术"了3次，除去划走了1/3的县城面积和人口，也划走了一半以上的经济总量，使两度已经进入"全国农村综合实力百强县"的铜山，又两度被逐出伊甸园。然而顽韧的铜山人就犹如打不破的不败金身，抚平伤口，奋然又起，终于又第三次进入了"百强"之列！

满眼睛浓绿，有深有浅：深绿的是我特别喜欢的广玉兰树，它简直就不是树，而是放大了的盆景；简直就不是长在地上，而是"摆"在街道上的。它的叶片特别肥厚，长度还特别长，有的都能达到小一尺了，上面厚厚的像涂了八层蜡，油亮油亮的，什么时候看都养眼，觉得满世界富足。我以前不认识它，看了文艺老人陈荒煤的散文《广玉兰赞》始知。浅绿的是梧桐的叶，一张张像开得大大的绿色花，用力吸吮阳光，更用力地在地面上舞蹈。它斑驳的树干深一块浅一块的，好像油漆抹出来的，若抹在别人身上早被视为残疾了，可放在它身上却显得特别洋气，也许贵族就是贵族，即使家道中落了，精气神儿也不倒。

铜山地处南北分界线上，据说，气势上更靠近北方的雄浑，气候上更接近南方的绵长。这绵长的绿啊真是福分，绿得让人满心沉醉，绿得让人离不开眼睛……

在当代生活的汹涌奔腾面前，我屡屡兴奋，动情。但每每更让我产生激情的，还属世道和人心的巨变。特别是近年来，每回走在改革开放大变革中的祖国各地，一座又一座新生的城市，一项又一项宏伟的工程，一件又一件可歌可泣的事迹……我都特爱追踪；但在其时代大背景的画面上，让我最关注的，还是写在最中心的那个"人"字。

这次匆匆铜山两日，留下最深印象的，又是县委书记周宝纯同志。

一次又一次被"分割"，铜山人的心情会有多么沮丧！银河还有个边界呢，风暴还有个停歇呢，可是铜山的前景是什么，谁也不知道哇？因此，有许多人泄气了："反正，你搞好了，它就又被划走了，不如就对付着吧。"

周宝纯说："不！这不是铜山人的性格！"

这位眼睛圆圆的、说话温温的、个子中等、岁数中年、内心中正的县委书记，又态度坚决地补充说："地盘小了，更得拼命干啊，干而不弱，干而再强。"

他说的第三句话是："我有个好家庭，夫人是贤内助，儿子是优等生，不用我操心。我可以把全部精力都放在铜山事业上。"

我不由得对这位知识分子型的县委书记有了好感——睿智的读者们，不知你们是否想到过这样一个问题：也说不清是从何时开始的，在人们的普遍印象中，似乎县委书记们的形象都很负面，不是贪污就是腐化，不是要官就是弄权，不是破坏环境就是大搞花架子工程，不是瞎指挥坑农害农就是乱规划祸害企业……反正在老百姓心目中，不说焦裕禄是永远的过去式了；就连一位不管作风和为人正派不正派，只要能真正按科学发展观办事的"明白官员"，都太凤毛麟角了。是呀，五千年文明古国，五千年吏制沿袭，想要在短短二三十年的改革开放中就得到根治，怎么可能呢？

不过，凭一个有良知的作家、记者的良心来说，这些年来，我看到的大量情况是：各地的县委书记、县长一班人，年龄都在40出头，学历都在大学以上，水平和干劲都像越野巡洋舰，应该说就是他们支撑着中国的大半个江山（我个人理解：中国2800多个县，地广人多，铺就了横向发展的"纬"；国家500强大型企业，创利赚汇，铸成纵向飙升的"经"。如此经纬相衔，构成了中国经济动脉的钢筋铁骨）。

一阵清风吹来，竟传来阵阵花香，奇怪，眼下已经是秋天了啊？踱过去端详，原来是一片黄艳艳的雏菊，正在闹嚷嚷怒放。有七八只花纹、斑点和颜色不同的花蝴蝶醉心期间——我猛然想起，已经有很多年没见过这些灵异的小天使了，没想到此番来到铜山，在这里和它们亲切见面了。

喂，你们好，美丽的小生灵……

别的不说，周宝纯在铜山有一大举措，值得称道：他花了4000多万元，搞出了铜山县历史上第一个《城乡规划》，使铜山从无序发展走向科学、有序。4000多万元，可不是一个小数目，如若用于建筑实体，可以盖两座相当巍峨的现代化大厦了，可是投到《规划》中，却犹如往大河里扔了一个小石子，基本上连个响声也没有，更难以见到"现世报"——有多少官员为了追求立竿见影的"政绩"而不惜下狠手糟踏纳税人的血汗钱呐。周宝纯是真心想为铜山做事业，他清醒地认识到，没有规划，带来的直接后果，首先就是招商引资无法上档次，人家看你城乡布局无序，产业布局无序，到处都是乱糟糟的，哪个上档次的企业还敢往你这里投资啊。

当时为了确保规划的高起点，他还带领着县委一班人，在选择规划课题承担者方面，做了精细的调查论证工作。这也非常重要，差不多决定着大业的成与败，既需要坦坦荡荡的无私，也需要过人的精明。而结果是，铜山把全县大的布局规划委托给"北派"中国城乡规划设计院，因为"北派"大框架拉得好，擅长布局；把分区规划委托给同济大学和东南大学，因为"南派"精细，会把细节考虑得很周全。就这样，铜山也有了属于自己的一副经纬相衔的骨架。

让人没想到的是，周宝纯还有一个更深谋远虑的举措：为了突出《规划》的严肃性，铜山县还通过人大立法的形式，使《规划》的执行在制度机制上有了保证。也就是说，甭管以后是风是云是雨是雪，还是晴天朗日，这项利民工程都会得到贯彻落实。而我说，它会在铜山发展史上留下浓墨重彩的一笔。

从博物馆一样丰富、好看、吸引人、鼓舞人的铜山县规划展示馆出来，我们沿着经济特区的开发大道，走向附近的一个居民小区。两旁是新生的梧桐树，清翠欲滴的年轻叶片都很跟劲，"哗哗啦拉"地招摇着亮丽的青春，恰如其分地显示出铜山的蓬勃朝气……

这个小区是被誉为"铜山样本"的《规划》落实体之一，其规划思想，是将自然村的村民们迁居到集中居住区，不仅改善他们的居住条件，还可以节约大量土地，能够最大限度地降低对自然资源的使用和消耗。

眼前出现了一排又一排联体楼房，和北京、南京等大城市的居民楼大体相当，即一套套蜂房一样的单元，一个个电脑似的阳台，一块块笑脸般的窗户等等；属于铜山自己的部分，是粉墙灰瓦的歇山顶、马头墙，老远望过去，有来到了南方风情浓郁的江南农村的感觉。还有"村口"的石雕牌楼，雕满了"南派"造型的龙、凤、麒麟，昭示着铜山文化独特的地域风采。

看得出，村民们极其珍爱他们的新家园，每一片空场上，每一条小路上，每一寸土地上，都洁净得如同谁家的客厅，不仅没有鸡猪暴走，也没有杂物垃圾，简直连脏土树叶也没有。各家的阳台上，也没有堆得乱七八糟的什物，只有盆花和盆草。令我吃惊的是，小区大门口，站着穿制服的保安，传达室里，有大屏幕的监控设备。更让我吃惊的是，村支书介绍说，村民们的独生子女比例已经高达 60%，"现在年轻人的观念都变了，你让他多生，他也不生了……"

我简直难以想象：这个小区的主人们，昨天还是抱着秫秸烧火、跟着牛屁股后面拾粪的农民啊！

时代的变化真是太快太快了，你分明觉得自己够有"提前量"、够"前卫"的了，但事实证明：你的观念还是跑得太慢，还得追！

离小区不远，还有一个街心公园，其"高档"起码有四星级，所呈现出来的美，得用"奢侈"来形容：整个面积比天安门广场还要大，有一座红柱黄顶、古色古香的江南翘檐式亭子，油画似的站立在突起的丘陵上。下面，逶迤走向四周绒毯似的绿草地的，是一曲蜿蜒的流水，湜湜静静，像极了江南温婉的淑女。有尺把长、手把长的红鱼花鱼在水中游戏；有十来位中老年的男女市民在搭班子唱戏；有更大年纪的老人坐在轮椅的太阳地里享受阳光；有松树、柏树、桉树、枫树、广玉兰树，以及艳黄色、金红色、雪白色、紫青色、粉桃色、蓝宝石色的各种花朵，铺就成一大片、又一大片花毯……

我想起昨晚见面"闲谈"时，面对我们这些作家，周宝纯讲起他对一些事物、包括对当前文学艺术的看法。比如他问：为什么有些作家特别爱写阴暗的东西呢？闹得外国以为中国就是这样子。其实我们都知道不是。外国人来了，看了，也才相信不是，可是他们才能来几个人呀？

他还蛮内行地说：国家应该加大投资，大力发展电视剧、动漫等文化产业，并且争取出口，往国际上去做。"就像日本和韩国一样，文化产业已经占到他们国家 GDP 的百分之二三十了，既宣传了国家的形象，又宣扬了民族文化；还赚取了外汇，还环保，一点儿也不危害资源。这是多好的事啊，比咱们那么多工人叮咣叮咣 24 小时地干，然后大头都被人拿走，咱们就能挣几分钱美元，强多了。我们中国为什么不加紧这么做呢？……"

这位县委书记，显然是中国新型官员一族，平时喜欢读书，喜欢多角度关注社会生活，也喜欢思考国内外各个领域的问题。如此，我由最初对他的好感，又渐渐转化成为兴奋，乃至庆幸——替铜山人民庆幸，也替国家庆幸：改革开放的中国，正大步走向世界舞台的中国，需要这样具有多方面修养和才能的官员，视野宏阔必然带来工作上的高端思路，思想活跃可以快一步抢占先机，知识渊博当然能比别人更上一层楼。

空气极其清新，使我们久居躁急大城市的几位"尘民"，都情不自禁地放开喉咙，大口大口地吞咽着奔涌而来的负氧离子——有生以来，我头一遭切切实实尝到了它们的味道：有三分湿，五分润，还有两分甜……

曾国藩故居诗文对

近年来浪迹天涯多矣，但也是很久都没有走过这么"忆苦思甜"的路了——不知转过了多少道山弯路坳，掠过了多少条高速、国标和省道，又在乡镇的"牛肠路"上蜿蜒了个把小时，才于昏头涨脑中被一声"到了！"所击中，浑浑噩噩跟着下了车。

谁知，只转过一个碧绿的树丛湾，我便惊在了那里——

一大片荷花水域，足有天安门广场那么开阔，团扇一样的绿叶清丽地摆出淑女的造型，几只"09后"的红荷"才露尖尖角"。而这片绿水的大背景，是一臂弯般的青山，卧佛似的横卧着，推拥出一爿粉墙灰瓦的大院落。但见从院落中伸出大屋顶数个，个个都是重角翘檐，昂首向上，做振翅欲飞状。大门首门庭俨然，旌旗翻动，有穿着灰色清朝兵服的"湘军"在看门站岗——这就是曾国藩故居"富厚堂"了。

此为湖南省双峰县荷叶镇富托村，今在湖南最年轻的城市娄底市界内。庶乎200年前，曾国藩（1811—1872年）在这里居丧守孝、读经史子集，后组建湘军、镇压太平军，屡败屡战，连连擢升，直至成为清皇室依重的国家重臣，在血雨腥风的中国近代历史上，演绎了一幕又一幕云诡波谪的大悲剧。

由于曾氏故居远离世嚣，说它在红尘之外也不为过，所以过去除了专门的研究者，很少有人到这里流连。近年来兴起旅游热，又走红了几部有关曾国藩的文学、史学著作，遂使人们对曾氏家族有了兴趣。娄底市人民政府出资对曾氏故居予以保护性修缮，于是来到这里的游客日增，有时节假日里摩肩接踵，大人呼孩子叫，成为娄底最有人气的景点。公路的改造也在着手进行中，明年肯定就不用"忆苦"只管"思甜"了。

我对曾氏，印象一向极恶。缘于我精神成长的年代是上世纪60年代到70年代，当时"文革"中对一切斗斗斗，全面不留情地否定、批判和清理，因而留在中华民族史策上的一系列人物卷宗中，鲜有一二好人。曾国藩庶几是作为天字第一号卖国贼而强留在青春的心灵深处的，不记得他有任何可取之处。

然而不料想，此番盘桓曾氏故居，却生出不少感慨，赋诗六首以记之：

（一）半月塘

万朵红蕖门前风，
逶迤绿荫堂后浓。
双峰哺育栋梁才，
荷叶托举曾文公。
两湖文化天下名，
三湘武业功垂成。
治学治军治邦国，
愈败愈挫愈"毅勇"。

"半月塘"即上面所说故居前面的大片荷花水域。由于舍命维护清庭政权，曾国藩先后晋升为两江总督、直隶总督，诏加"太子太保"，封"一等毅勇侯"，授"英武殿大学士"，升"光禄大夫"，谥称"曾文正公"。同治4年（1865年）秋，"素无终身官场"打算的曾国藩，准备先让家眷回籍"立家作业"，自己以后再作引退。因夫人欧阳氏对旧居黄金堂门前"塘中有溺人之事，素不以为安"，即令其长子曾纪泽"回湘禀商两叔"，移兑富托庄屋，由其弟曾国潢、曾国荃以及曾纪泽经手主持，依照侯府规模，用10年时间建造了这片新居，取名"富厚堂"。

整个府院占地4万余平方米，土石砖木结构，取北京四合院中正对称风格，内外建有八本堂、求厥斋、旧朴斋、艺芳馆、思云馆，和八宝台、辑园、凫藻轩、棋亭、藏书楼等各种建筑。正门上悬挂着"毅勇侯第"朱地金字直匾，门前花岗石月台上飘扬着大清龙凤旗、湘军帅旗、万人伞等，景象颇为壮观。整个建筑虽具侯府规模却古朴大方，雕梁画栋却不显富丽堂皇，基本体现了曾国藩对建宅"屋宇不肖华美，却须多种竹柏，多留菜园，即占去四亩，亦自无妨"的意旨。

同治五年（1866年）秋，主楼竣工，曾国藩夫人、子女和儿媳即回籍住进了这所新宅院。咸丰七年二月，曾父去世，曾国藩从江西军次奔丧返家，亦在这里居住了一段时间，直到太平军起，他受命中断守孝，奔赴战场。

湘军总领、湘文化符号——曾国藩这位湘人，成为中国近代史上最有影响的人物之一。

（二）富厚堂

曾氏故居富厚堂，
有厚无富不堂皇。
灰砖灰瓦木立柱，
石路石阶山字墙。
常念粥饭一瓢饮，
更记金银起祸殃。
治家严整苛律己，
朗朗青天书为上。

"富厚堂"原称"八本堂"，取曾国藩"读书以训诂为本，诗文以声调为本，事条以得欢心为本，养生以少恼怒为本，立身以不妄语为本，居家以不晏起为本，做官以不要钱为本，行军以不扰民为本"的家训，后曾纪泽据《后汉书》"富厚如此"而改现名。富厚堂虽不胜豪华，然当曾国藩得知修屋花钱7000串后，为之骇叹，曾在同治六年二月初九的日记中写道："接腊月廿五日家信，知修整富厚堂屋宇用钱共七千串之多，不知何以浩费如此，深为骇叹！余生平以起屋买田为仕宦之恶习，誓不为之。不料奢靡若此，何颜见人！平日所说之话全不践言，可羞孰甚！屋既如此，以后诸事奢侈，不问可知。大官之家子弟，无不骄奢淫逸者，忧灼曷已！"

　　若在"文革"当年，这样一段日记，肯定会遭致严厉批判——"大地主、大封建官吏怎么可能倡导节俭呢？纯粹是口是心非，为自己涂脂抹粉，是可忍，孰不可忍！"不过今天，我们已经端正了唯物主义的历史观，承认即使是封建官僚阶级和资产阶级中也有其可圈可点的杰出人物，他们身上也秉承着中华民族的许多优秀品质。曾国藩一生的确注重读书，崇尚节俭，并经常告诫家人"常守俭朴之风，亦惜福之道也。"同时，作为汉人的清朝重臣，整日里有着那么多满清贵族的睨视和汉族同僚的嫉恨，他也无时不怀有如履薄冰的恐惧感，不能太张扬、不敢太张扬，不愿太张扬，以免惹来祸殃。所以他一向低调，诸事严格要求自己并管束家人，更不能把家宅修建得富丽堂皇，让自己的政敌找到中伤诋毁的借口。

　　由此思路寻去，才能明白富厚堂为什么修建得如此质朴？宏阔则宏阔矣，气象亦气象矣，却全部是一色的灰色基调，根本看不见描金绘银，也鲜有碧玉翡翠珍珠玛瑙之属，在这一点上似乎连乡间稍富奢的地主老财都不如。不过这样一座灰色调的建筑，加上青山、绿树、蓝天、白云、碧草和大地的衬托，倒平添了自然天成的农家本色，氤氲出"耕读传家"的书卷之气，令人于森森侯门之内亦能感受到几分知性的亲切。于是乎，曾国藩也就不单是那可恶至极的"刽子手"和"卖国贼"，亦在各人的感悟中，还原为有血、有肉、有温度，可触、可感、可叹惋的鲜活人物了。

（三）思云馆

天内兵风动中华，

白云深处有仇家。

诗书礼义遵正统，

忠孝节义倡教化。

巍巍朝纲孰敢动，

森森祖庙吾建搭。

思云馆里起风雷，

直将一身付戎马。

"思云馆"是一座二层砖木结构小楼，位于富厚堂围墙内正宅之北后面的小山坡上，曾国藩称其"五杠间而四面落檐，即极大方矣"。这是他为纪念双亡的父母，取古代"望云思亲"之意而亲自建筑的。在为其父居丧期间，曾氏"恪守礼庐"、"读礼山中"，常在思云馆居住。

按说，曾国藩从偏僻山村以一介书生入京赴考，中进士留京师后，10年7迁，连升10级，37岁任礼部侍郎官至二品；又历尽艰辛为清王朝平定了天下，成为清代以文人而封武侯的第一人，这样的经历，在满人一统天下的清朝，简直就是一个鸡兔同笼的神话。而特别令人不解的是，曾国藩又"素无终身官场打算"，那么他拼了老命地征战太平军，到底在追求什么呢？

恰在此时，陈世旭兄过来点拨我：他说好多年前有一次，北京的满族老作家赵大年跟他玩笑说，感谢你们汉族的曾国藩，为保卫我们大清的江山不惜赴汤蹈火，不怕牺牲性命。而陈兄说，曾国藩哪儿是为了你们大清啊？他纯粹是为了自己的政治理想，对于他这样一个中华传统文化教化出来的正统书生来说，维护封建主义的国家秩序是天经地义，怎么能让"太平军"那样的"邪教组织"取而代之呢？那不是乱了朝纲、动摇了国家社稷，整个社会和黎民百姓都要完蛋了吗？陈兄一语中的。历代封建统治集团都有自己舍身成仁的卫道士，"民为重，社稷次之，君为轻"，是他们共同的文化信念。对于曾国藩这样一个无权无势，单凭着自己的才华科考、升迁，一路循正统封建秩序走上国家政坛的昔日书生来说，虽然"太平军"是和自己同宗的汉族，但却是天生的仇敌，所以他自觉地组建湘军，不惜中断思云馆里的守孝，以文官之身去征战疆场。

（四）无慢室

无慢由来德也贤，

《论语》教诲不轻蛮。

日日巨细殚精做，

夜夜苦读五更寒。

同是克己呕心血，

为何史论不正弦？

从来贤臣皆哀民，

曾公只砌帝王砖。

"无慢室"只是一个十几平米的普通小屋子，大概是和家人或亲近朋友聊天的所在，比起故居内其他堂、斋、馆、室等，实在显得狭小而随意。但我喜欢这个地方，喜欢它出自《论语》："君子无众寡，无小大，无敢慢，斯不亦泰而不骄乎？"的意境。

曾国藩实在是封建官吏中的楷模，非但不贪不占、不骄奢不淫逸、不鱼肉乡里不仗势欺人，而且处处以圣贤之言要求自己，日乎三省，言必子曰，真可谓正人君子。细查我当年所受教育的墨痕，这样追求道德人格完美的封建官吏，哪儿有啊？千古唯一的例外是蜀相诸葛亮，事无巨细，全部做得兢兢业业，最后鞠躬尽瘁而归，留下"两朝开济老臣心"的青史美名。

可是我又不明白了，为什么曾国藩也这么贵纲常重人格，却从不被正史纳入圣贤行列？甚至就连正面的评价都很少，每一被提及基本都是白脸。即如他的以上优秀品质，也是我到了富厚堂之后才有所了解的。后来我想啊想，最后终于想通了：原因或可说是世界观问题没有解决好——曾文正公一生只肯做维护皇室的看家犬，从不屑做人民的孺子牛。

屈原《离骚》有句："哀民生之多艰"。此后，"哀民"就在正统的封建伦理纲常中，成为"修身，齐家，治国，平天下"的士人们追求的重要内容之一，以至于有些开明之君也把"哀民"顶在脑袋上。可是在曾国藩心里，只有帝王，从不"哀民"，他日思夜想、殚精竭虑的，只是怎么保住大清的江山和中华帝国的千秋万代基业。可以说，曾氏的"圣贤之举"只限定在卫道士的精神轨迹之内，没有民心的基础，当然不能"常使人民泪满襟"了。

也许我不该在这里提及，因为我们无产阶级与封建主义、资本主义具有本质的不同，不能同日而语——但我就是遏制不住地想提到周总理，他至今仍活在中国人民的心中，古往今来，周恩来才真正堪称"无众寡，无小大，无敢慢"的圣贤楷模！

（五）藏书楼

文人爱书不稀奇，
奇在位高倍珍惜。
公记、朴记和芳记，
卅万书卷压天地。
山河一统复何求，
不贵金银贵典籍。
一代重臣权朝野，
耕读传家归本裔。

富厚堂的藏书楼建于同治六年（1867 年），分"公记"、"朴记"、"芳记"三部分："公记"收藏的是曾国藩读过、批示过的书籍，以经、史、子、集、地方志、家藏史料及宋元旧椠为主；"朴记"收藏的是曾纪泽常用书籍；"芳记"为曾国藩次子曾纪鸿夫妇的藏书。全部藏书曾达 30 余万卷，超过中国近代史上著名的私人藏书楼山东聊城海源阁、江苏常熟铁琴铜剑楼、浙江归安丽宋楼、杭州八千卷楼，为近代私人藏书第一楼。曾氏藏书的独到之处，是保存了丰富的奏稿、书信、日记等家藏史料，为研究近代史提供了丰富的第一手材料。此外，曾纪泽搜罗西洋文化、科技图书较多，体现了近代藏书楼的特色。

据介绍，曾国藩曾经说他平生不积金银，独爱藏书，他一生也阅读了大量书籍，就是在当上国家重臣之后也还披星戴月地读书。曾纪泽、曾纪鸿兄弟俩虽没上过任何正规学校，但在曾国藩指导下，利用富厚堂藏书发奋自学，分别成为著名的外交家和数学家。曾氏曾孙辈15人亦都在富厚堂西洋书籍中开阔了眼界，除3人早逝外，其余大都出洋留学，成为著名的教育家、科学家、外交家等等。

书，从来是滋养人类成长的精神食粮。我以为：不论红脸、白脸，凡热爱书的人品，都值得肯定和尊敬；凡为传承文化而起的藏书楼，都值得挂上千秋的金匾。

（六）古桂树

一树葳蕤碧玉雕，
晚清风重心迢迢。
百年空叹复兴梦，
人去堂空复摇摇。
天旋地转六十载，
中华翻身换新朝。
恨不腾身青云里，
寻出曾公喜相告。

这株老桂树虽然有150岁了，却正值盛年。满树繁茂的叶片像少女浓密的头发，像累累压弯了枝条的果实，像朝气蓬勃的青春的田野，像情绪高昂的长空雁阵，像蹦跳着成长的大群孩子，没有一枚衰黄的朽叶和衰败的生命痕迹混杂其间。相传它是曾国藩修建思云馆时亲手栽种的，它当阅尽了 150 年来的世间沧桑……

今天，当老桂树凌空俯瞰着眼前这片开阔平坦的人间春色，它不再为风雨飘摇的清帝国而哀叹，不再为哀鸿遍野的旧中国而哭泣，不再为新中国的一穷二白而摇头，不再为改革开放前的弯路而焦急，亦不再为富厚堂的人去堂空而感伤……

今天，它是从来没有过的旺盛茁壮。从来没有过的欣欣向荣。从来没有过的油光绿亮。从来没有过的开怀大笑……

它满怀喜悦，为旧貌换了新颜的中华民族，放声高歌！

青春做伴

第四辑

直抒胸臆

青春做伴

书是最可靠的阶梯

中国古话："人往高处走，水往低处流。"

人怎么往高处走呢？——读书。高尔基说过："每一本书是一级小阶梯，我每爬上一级，就更脱离牲畜而上升到人类。"

（上篇）

去年的一个夏日，我在王府井等车。忽然有一位中年妇女走近我，大声叫道："哎呀韩小蕙，你还认识我吗？"

我仔细端详，但见她穿着一件 T 恤大背心，一条褪了色的七分裤，头发随便地别在脑后，一副劳动妇女的模样。我抱歉地说："您是哪位，我怎么有点儿想不起来了？"

她又叫起来："哎呀我是电子管厂的小王呀……"

噢，我突然想起来了，这是我当年一起做工的小同伴，她比我还晚一年进厂，比我还小一岁。众所周知，"十年浩劫"使我们这一代人失学，当年我初中没毕业就进了工厂，做了 8 年工，直到恢复高考制度，才突然捡了个大元宝，重新进了大学门。

她见我认出来了，非常兴奋，也不顾周围的行人，扯开嗓门说："你还当记者哪？我呀，都退休好几年了，现在在西客站帮人看烟摊哪，混呗。咱们那拨小青工呀，都和我一样，早退休啦，小李在北海看自行车，小杨在饭店当清洁工，小崔支了一个修自行车摊儿，小沈在家看孙子，要说还就数小邢混得好，在使馆区打扫卫生，拿钱不少……"

临分手时，她热情地对我说："你要是买烟就来找我，我就在第 × 候车室旁边……"

望着她的背影消失在滚滚人流当中，我感慨万千！一下午都有点儿恍恍惚惚的，20多年前的往事，一幕一幕地在眼前滚过——

1970年6月，天气刚刚见热，突然传来消息，说由于连年上山下乡，北京市严重缺乏劳动力，所以要提前把一半应届初中生送到工厂。没过几天，我就真的被分配到北京电子管厂了，那时我刚过完16岁生日。我很兴奋，因为虽然说是在上初中，可是净挖防空洞、下农村劳动了，文化课几乎就没上，连课本都没有。再说，高中还没恢复，继续上学无望，不如早点儿"参加革命"吧。

6月28日一大早，我6点半就出家门了。赶到我们厂一看，嘛，可真是现代化的大军工厂，真气派呀！高大的厂房一字排开，里面的工人师傅都穿着白大褂干活，涂着各种颜色的气体管道像彩虹一样纵横交错，循环水柱把万颗珍珠洒向天空……我们数百个小青工一起欢呼起来！

不过进厂的第三天，我就褪了激情，沮丧不已——我发现自己原来什么都不懂，只能在流水线上从事最简单的劳动。就这么"文盲"地混一辈子，到40岁退休？

不行！我四处搜罗了几本书，开始自学。

起点太低了，自学开始得杂乱无章。没有人指导，当时父母都在干校，哥哥姐姐都上山下乡了，家里就剩下我一个。车间里的工程师们有学问，但惧怕担上"腐蚀青年"的罪名，问十答一，顾左右而言他。我懵懵懂懂的，东一笊篱西一勺地找书、抓书、借书，每天下班师傅们走后，就独自面对着一大桌子书，啃。

当时我读的书，计有：《共产党宣言》、《费尔巴哈及德国古典哲学的终结》、《政治经济学教科书》（苏联版）、《毛选》、《初中数学》、《化学元素周期表》、《海涅诗选》、《普希金选集》等。后来，又找来了《高中数学》、巴尔扎克小说、《简·爱》、《金蔷薇》、《土地》……反正乱七八糟，能找到什么是什么，懂不懂，硬啃，囫囵吞枣往下咽。

还特别刻苦，困了累了，抹几把凉水。还学着运用科学的学习方法，前2个小时学政治，再2个小时做数学，等精神不济了就读小说。如果有事耽误了，第二天就要补上。遗憾的是，从此，时间就变成了一匹奔马，老是一阵风就疾驶过去了，拽都拽不住。

我们实验室的师傅都是女的，都挺善良的，不断有人问我学这些干吗呀？是不是不甘心当一辈子工人，要改变自己的地位？

倒真没想那么多。当时"四人帮"肆虐，成天叫嚣"知识越多越反动"，耿耿星河，看不到一丝曙光，什么恢复高考上大学，就是神仙也掐算不出来呀。之所以这么头悬梁，锥刺股，只不过是不想瞎混一辈子。何况，书中虽没有黄金屋，但书里有一只勾魂的手，越读越觉得自己可怜，越读越放不下，心心念念！

记得有一次来了一个实习生，从北大附中拿来100道因式分解题，悄悄告诉我，这是"文革"前的题，可权威了，也可难了。我们俩就偷偷做起来。果然奇难，开始时两天也解不开一道，把我们绕得脸都绿了。然而一旦做出来了，那个兴奋啊，恨不得蹦上天去摘云彩。后来，一道道越作越快，100题最终被我们全部攻下，为了庆贺，我们决定再做一遍……

那可真是开心啊——学习的快乐，是最提升人的一种快乐。青年高尔基当水手时，别人都在酗酒骂人说下流话，他却在低下肮脏的环境中读书，并由衷地感谢说："书籍使我变成了一个幸福的人，使我的生活变成轻快而舒适的诗，好像新生活的钟声在我的生活中鸣响了。"我觉得自己的情形十分相似，当别的小青工们打牌织毛衣谈恋爱时，我孤独而充满喜悦地读着书，从内心里体会到了高尔基的幸福感。

漫长的8年，从16岁到24岁，我一天都没有松懈地学习，而且还开始了文学创作。虽然并没有什么明确的目标，学习方法也是幼稚的愚笨的，但熊熊的知识之火照耀着黑暗的地平线，给我以力量和信心。最终，迎来了化雪破冰的春天，1978年经过第二次考试，我考上了南开大学中文系！

（下　篇）

2004年，我获得了第六届"韬奋新闻奖"。当《青年记者》杂志的记者问我"怎样才能做一名合格的新闻人"时，我首先回答的两个字是：

"学习"。

1982 年经过 4 年的寒窗苦读之后，我从南开毕业，被分配进光明日报社。

又是报到的第一天，领导带我们参观。走进总编室，老编辑侃侃而谈，标题怎么做，导语怎么处理。我冒冒失失问什么叫"导语"，惹来新闻系毕业生的嘲笑："都到报社来了，连什么是'导语'都不知道！"

确实不知道。而且，什么是五个 W，消息、特写、通讯的区别，社论、言论、短论的不同等等，这些新闻学最基本的 ABC，统统都搞不清楚，根本没接触过嘛。于是，又一次什么都不懂的开始，又一次踏上了自学的茫茫征程。

从书店、图书馆、老同志的书柜，搬来了《新闻学概论》、《编辑记者入门》、《新闻写作 ABC》、《版面编辑的理论与实践》，以及中外优秀新闻作品集，下了夜班，吃饭睡觉之外，全部时间都埋在书堆里。后来分到文艺部当文学编辑和文化记者，为了尽快了解工作对象，我又废寝忘食地阅读现当代名家名著，以至于有一天我 7 岁的女儿突然跟我发脾气："我长大，绝不当编辑记者！"她是嫌我老在读书写作，不跟她玩。我的眼睛立刻湿了，可是我不能放下书，女儿呀，请你原谅我！

书，引导着我一级一级地不断攀登。渐渐地，凡是在文坛有头有脸有点儿声响的作家，我都能脱口说出他们的作品、特色、为人，版面水平越来越高，成为我国几大著名副刊之一，我自己也被誉为"活的当代作家词典"。

坦白说，与其他前后进报社的数百名大学生相比，我的先天条件很差，既没有靓丽的外表可滋利用，又没有灵活的心眼儿会察言观色，只会老实干活不会说不能道，更是智商平平才能平平。但我之所以能成长为名编名记名作家，还被南开大学正式聘为兼职教授，一切功劳皆归于——用功读书。

书籍是建立在时间里的灯塔，照亮了我们最暗淡的生活，它是一座真正的大学。今天，回顾我的人生道路，可以说命运待我不薄，但我体味到：命运并不是上天所凭空赐予，而是知识对勤奋的褒奖。只有自己努力读书学习，不断登上新的阶梯，才能驾驭命运的航船，在无垠的天宇翱游。需要说明的是，我并没有轻视工农、轻视当年那些小同伴的意思，退休以后，他们靠自己诚实的劳动，亦为稳定社会作着一份努力；可是，当年他们之中也不乏智商、天分和条件都高于我者，本来是可以为国家作出更大一些贡献的，只不过没抓住光阴努力读书，这辈子就只好"人生长恨水长东"了。

关于读书的故事，还有许多，限于篇幅，不能展开。比如那年申报高级职称未果，单位里一位老大哥谆谆教导我说，没事得多出去走动，多跟评委们联络感情。我感谢他的提醒，但我真的没有那么多时间，本来一天24小时就恨不能变成240小时，有那"攻关"的工夫，又多读几本书了。

到现在，读书依然是我每天必须的功课。随着 IT 社会的不断飞速前进，随着新闻界不断涌进大批高学历、新知识、朝气蓬勃的年轻记者，使我产生了越来越深刻的危机感——必须加紧努力读书，不断学习新思维、新知识、新技能，才能保持在高端潮头，不被日新月异的社会大变革落下。狄德罗说："不读书的人，思想就会停止。"当然，攀登也就会停止，那么生命也就停止了！

不仅如此，我还老想把这些思考，灌输给周围的人——想当年在工厂高考时，在我的带领下，有好几个根本没有信心的小青工，最终以200多分被扩招进走读大学，永远地改变了人生命运；今天，为了不至于被迅猛而来的新闻改革大潮所淘汰，我亦不断在力所能及的范围之内，强调着"学习！""学习！""学习！"每次领导来征求意见，我也都要提上一条：请抓紧编辑记者们的学习培训工作。书籍不仅能改变个人的命运，更关涉着我们民族和国家繁荣昌盛的明天！

对孩子的成长你要等

女儿甜甜施施然走上主席台，和校长握手的时候灿然一笑，然后，稳稳当当地接过毕业证书，又施施然走了下来……直到此时，我从早上就悬着的心、不，可以说是从25年前她一出生就悬着的心，才落回到肚子里。可是此刻，汹涌的眼泪却卷了上来，模糊了我的视线，颤抖着我的心！

这是在英国巴斯市，在巴斯市最大最权威的阿比大教堂，时间是今年夏天的7月2日。每年，巴斯大学都要在这里举行隆重的毕业典礼，市政厅的领导人、大主教、各界名流都被邀请出席。身为欧盟委员会荣誉副主席、德高望重的巴斯大学校长劳德·图根哈特博士，要跟所有毕业的硕士、博士们一一握手，祝贺他们完成学业，跟他们说一声"好样的"，并祝贺他们走上全新的人生历程。

位于大教堂中央的主席台上金碧辉煌，大红地毯，大红镶金的讲台和高背靠椅，巴洛克风格的华丽顶灯、吊灯和壁灯，还有满台的鲜花，都尽显着已有529年历史的阿比大教堂的高贵、尊严与奢华。劳德·图根哈特校长、格兰妮丝副校长和所有的教授们，人人穿着传统的博士服，戴着不同等级飘带的博士帽，神色庄严，宛若雕像。台下，环绕着主席台的四面八方，坐满了身穿盛装、喜气洋洋的家长们。我的前后左右，有华人家长、黑人家长、印巴人家长，当然最多的还是英国孩子的家长。他们中有父母、祖父祖母、外祖父母、兄弟姐妹、七大姑八大姨，以及其他亲戚朋友——还是在中国申办签证的时候，我就听说了：英国人一生最重视的两个日子，一是毕业典礼，二是结婚典礼，一定会百分之百地准签。果然，信然，非常顺利地拿到了为期半年的签证。

甜甜今夏毕业于巴斯大学临床药学专业，获硕士学位。来到英国，细细地参观了她的母校之后，我才更加深切地体会到，读下这个专业有多么艰难！甜甜考上那年，巴斯大学在全英的排名是第四，前面三所学校是牛津、剑桥和帝国理工，都是多么震撼人心灵的名校！近几年，由于巴斯大学在获得赞助费的数额、设备更新、校园建设等硬件设施方面的原因，排名降到了全英第九名，但其教学质量等软实力仍然保持着全英领先地位，以教学严格著称的社会信誉度有增无减。甜甜和她的同学们告诉我：在英国，只要是巴斯大学的毕业生，聘用单位就都不用另外考核，而其他大学无此项殊荣。甜甜的临床药学专业，在全英更是专业排名第一，所有学生没毕业前就都已被各用人单位抢光——尽管当前遭受着金融危机重创的英国有大量的人失业；又尽管有非常多的留学生（包括本土学生），比如学商的、学金融的、学电子的、学文学艺术的等等，因为找不到工作而不得不回国从长计议……

是呀，今天的甜甜满脸灿然固然让人觉得爽，可是当初她选学这个专业，却像在黄河九曲十八湾行船，把人折磨得一会儿升上高高的波峰，一会儿跌到凶险的浪底，真正是艰难备尝。你想啊，这世界上有多少种药，学生们就要掌握多少种药的性质、作用、用法、反应、忌讳……仅药名就英文、拉丁文（加上中文）都得知道，能背会写，这得下多少苦功夫！偏偏我家这位大小姐从小就不愿意下死功夫学习，能省事则省事，能轻松就轻松，比如上课做个小动作，课间赶作业回家玩儿，学英文不背单词，边听音乐边做数学题……哎呀呀，往事简直不堪回首，旧话不能重提，一想起以往的那本"血泪史"，我就和天下所有家长一样，是椎心泣血，大受刺激呀！

到英国以后，女儿学乖巧了，不再跟我说学业上的事。刚开始我还一肚子担心，一会儿怕她英文跟不上，一会儿怕她上课听不懂，一会儿怕她贪玩不用功，一会儿怕她考不过去，整天整天的担惊受怕。每回一打电话，就恨不能问个底儿掉。女儿在那边"王顾左右而言他"，嬉皮笑脸，只报喜不报忧。而她越不说我越着急，怒火中烧的时候就朝电话那头嚷嚷起来。后来我发现没用，不单是鞭长莫及，而且小丫头渐渐长成大姑娘，比你更明晰地了解世界亦更透彻地懂得怎么对付这个日新月异的世界。况且，你的话早已变成了无的放矢的大话、朽话和废话，比如：

"多下点苦功夫好好学!"

"少玩点电脑,多学点业务!"

"专业课之外的知识,也要尽量多学!"

"多跟成绩好的同学在一起,近朱者赤!"

"别熬夜!早点儿睡觉!好好吃饭!"

"少用化装品,生活上向低标准看齐,学习上向高标准看齐!"

……

虽然用了这么多惊叹号,可是一点儿用也没有,说了等于白说,还落下一个"唠叨"的罪名,真不如自觉闭嘴的好。于是我横下心来——不管!从此,母女俩的冲突大幅度减少,甜甜还觉得我变得"明智"了,脾气改好了,包容度增加了,母女俩亦不再是"天然的仇敌"了。

皆大欢喜。

然而,"女儿是母亲的心头肉"哇,完全的"大撒把",表面上看晴空雾海,实际上,我心里时时刻刻都是暴风骤雨,用陕西人的话说"熬煎得很"!尤其今年毕业前的考试,从5月初就开始了,一共要考6门,两周考完,哪一门不通过也得"挂"!"挂"是学生们的俚语,意思一听就明白了,当然是"留级",只不过带着故作轻松的反叛味儿,要不如此解一下嘲,谁能承受得了那么沉重的压力?甜甜说,每年都有不少"挂了"的,有的重读,有的转到好学一点的系(比如数学系),还有的干脆转出巴斯去投奔别的大学,她大一的同学们,最后毕业的也就剩下一半了。甚至有一年,有个英国学生还"造反"了,爬到他导师办公室的窗台上,扬言不让他毕业就跳下去……

"后来呢?"我着急地问。

"给了呗,真出人命学校也害怕。那学生的导师,后来还被他们班学生的评估打了最低分,最后不得已转到别的学校去了。"

"哎哟!你看看你们这些'破'孩子……"我很同情那位导师,还有坚持严格教学的校方。就试探着跟女儿说:"你们这些孩子真不懂事,老师们含辛茹苦,还要和学生们'作对',为的什么呀?还不是为了把你们教得更出彩?唉,将来你们走上工作岗位就知道啦。"

这些"80后"们，从小的生长条件太优越了，看世界的眼光和我们完全不同，也根本不接纳我们的价值观。我们觉得，既然去了国外留学，当然得"头悬梁，锥刺股"，恨不得一天学上20个小时还嫌不够。可是他们呢，一点儿不耽误玩，乐，享受，学习上够40分就OK了（英国是40分及格），唉！

　　女儿看我拉开了架势，赶紧堵我的嘴说："那我们也毕业了啊。那我，也是咱家学历最高的人呐。"

　　这话不假，同时也提醒了我是干吗来了——我是参加女儿的毕业典礼来了，这是喜庆的事，盼了25年才终于盼来了大喜事，路迢迢，路难行，可别再往后看了啊！而且，我不是亲眼看到她登台领取证书的荣耀了吗？不是亲眼看到她把英语说得像英国人一样地道了吗？不是亲眼看到她学习之际，自己买菜、做饭、收拾房间、打理自己，还抽空去打工吗？不是亲眼看到她独当一面，把自己的将来设计得很科学很合理很妥帖吗……况且，女儿在异国完全陌生的环境中，在完全陌生的另一个族群中，把我中华民族的优秀道德品质保持得极好，玉色一点儿也没变质，还是那么清纯、正直、善良、富有正义感和同情心，同时对自己的祖国爱得深沉、忠贞不渝。那天我在网上看到有一个人说他"不想做中国人了"，甜甜和她的同学听了都非常气愤，男孩女孩们七嘴八舌说："那他还要不要自己的父母了？""真是中国的败类！""把他开除国籍得了！"我听了大为欣慰：到底是我们龙的传人啊，你看他们平时好像并不关心政治似的，其实这些孩子们，一刻也没有忘记自己的祖国啊！

　　好了，对这样的女儿，对女儿长成今天这个样子，我知足了，满意了。

　　在我们生活的这个世界上，有许多"硬结"，比如下属和上司、雇工和雇主、警察和司机、老实人和精灵鬼、嫉妒者和被嫉妒者、埋头苦干的人和油嘴滑舌的人、凭本事干活的人和专门溜须拍马进谗言的人，还有男人和女人、老师和学生、家长和孩子……在这一对对矛盾体中，代沟更是一个"死结"：几乎百分之百的家长都对自己的孩子永远不满意，哪怕孩子考了双百回来，他们也认为孩子还应该学得更好；而几乎百分之百的孩子亦看不上自己的父母，哪怕父母是万众追捧的名人，孩子也嫌父母这也不懂那也不懂，"老土"，"保守"，"跟不上时代"。中国如此，外国的情形也差不多。

我现在的认识是：这大概是人类生存的一个规律吧？在这成千上万年的规律面前，着急，上火，生气，担忧，天天看着日日紧逼，都没用。俗话说得好："要是金子，总会发光的"，我们做家长的，必须耐下心来——等待。

这不，我等甜甜走下主席台，即兴写了一首诗给她：

> "巍峨教堂比天高，
> 满堂庄严花妖娆。
> 今日甜甜毕业典，
> 硕士华服硕士帽。
> 巴斯五年堪回首，
> 英伦七载路迢迢。
> 青春女儿初长成，
> 关山重重第一跳。"

诗眼在最后一句："第一跳"之后，还有"关山重重"，这是每个人的人生常态。预祝女儿能一步一步的都尽量走好——做母亲的我，等着看。

重筑民族道德自律长城

当我把这个题目在电脑上打出来时，心里隐隐作痛：自古以来，我们中华民族就是一个讲究道德操守的文明国度，"明荣辱，知廉耻"，圣贤教化，民众跟随。人格的尊严与自尊，更是向被国人视为"立人之大节"，成为不可逾矩的为人、治学、做事的根本。

可是近年来，在金钱和利益的诱惑面前，很有些国人放弃了人格尊严的自我约束，做出一些闻所未闻的丑行，致使民族的道德底线下滑，被其他民族所睨视，令人痛心疾首！

6月10日傍晚，在伦敦希思罗机场海关出口处，笔者目睹了如下一幕：几架国际航班一起降落，出关处排起了长龙。队伍中，有英国人、欧洲其他国家人、中国人、印巴人、黑人等等，大家都自觉在排队。但一会儿、又一会儿、再一会儿，我眼睁睁看到先是一对四川农民模样的老夫妻，又是两个北京居民模样的老夫妻，再是两个衣冠楚楚公务员模样的中年男女，三拨共6个中国人，偷偷摸摸或大模大样地钻过栏杆加塞儿。所有外国人都在静静地看着他们，用的是见怪不怪的轻蔑的目光，可是这几个中国人却非但不知耻反而自鸣得意，以为别人都是傻子只有他们最"聪明"。那一刻，我深以为悲哀，也愤怒有加，真想冲过去告诫他们："别在这里丢中国人的脸啦！"

更让我惊悚的是，在我们排队的近一小时中，不管是身强力壮的中青年男女，还是携家带口的老人、妇女和孩童，没有不遵守次序的。也就是说，只有咱们这6位中国同胞加塞儿——难道咱们中国人，真成了不守规矩的标识了吗？

联想到最近特别吸引大众眼球的有两件事：

先被揭露出来的是吉林松原高考舞弊案，其乌烟瘴气程度简直比投机倒把的大卖场还有过之，公安部门收缴上来的作弊器材五花八门，有的将监听器材嵌入学生用的橡皮中，有的放在手表中，还有一种更先进的微型口腔骨传导耳机直接放入口腔中；更令人发指的是，有教师出卖作弊仪器赚钱，有监考拿了红包后直接帮学生抄袭，有舞弊家长围攻公安局屏蔽车……其胆大妄为的严重程度，简直让人不敢置信！

这事还没完，又传来在今年江苏省中考期间，赣榆县罗阳中学的100余名初二优秀学生被校方组织，集体替该校初三成绩差或已辍学学生考试的丑闻。令人瞠目结舌的还有，当地教育局相关负责人对此毫不在乎，轻描淡写地承认的确存在替考现象，并且不止罗阳中学一所学校。他还对替考现象进行了辩护性说明："初中阶段教育属于义务教育，上级对学校升学率和辍学率都有要求。为了保证学校的考核，所以就有了组织替考的动机。"

呜乎，连公安局的执法行为都敢围攻，连学校都敢公开组织替考、连教育管理部门都敢为其进行辩护，朗朗青天之下，在他们心目中，还有没有国家法律的红线？还有没有文明道德的底线？

再联想到社会上其他的乌七八糟、形形色色，比如高等学府中层出不穷的论文抄袭现象（也包括为人师表的教师、教授），司法上不当回事地作伪证，无所顾忌地制造假冒伪劣产品，与人交往中的假话连篇……我在这里并不是想要暴晒"丑陋的中国人"，而是想提请同胞们注意这样一个问题：过去人们深以为耻的某些丑行，为什么在今天变得无所谓，甚至群起效尤、甚至成为流行病？

记得上世纪70年代末恢复高考时候，被"文革"耽误的10届考生一起高考，年龄不同，学业不同，水平不同，可是大家的道德底线相同，皆以作弊抄袭为耻，那是刻在每个考生心上的信条，根本不用监考老师们围追堵截。80年代和90年代时候，文坛曾发生过两起抄袭剽窃事件，被揭露出来以后，那两位颇有才气的作家评论家黯然退出文坛。可是在今天，这样的事情却变成了神话，不但考生作弊，家长和教师也积极参与；不但作家抄袭不脸红，作品照样卖钱，读者还继续追星，完全不认为那算是问题——怎么了，我们的民族怎么了？心理道德的自律红线，怎么说断就断了呢？

从表面上分析，系为"利益"二字——考上大学，就意味着将来有了工作、有了收入、有了人生在世的基本保障；学校的升学率过了关，就意味着学校的排名上升、意味着生源滚滚、意味着学校和教职员工的收入上涨。另一方面，国家法律离我还远，只要判不了刑就无所顾忌；文明道德更没有实际标准，做得再好没有任何实用性收入，做得不好也没有任何现实的惩罚。而"利益"所系，却关乎着家庭和单位的"幸福生活"呢，所以就对不起了。这是其中的一个原因。

还有一个比较隐性的原因，即"群体性盲点"。中国有句老话"法不责众"，我们的国人中，很有些人是相信"人多力量大"的，违法乱纪，一个人他绝对不敢，可要是在群体中就不管不顾了。还有人明知道有些事是"出圈"的，但"别人都那么做了，而且占到便宜了，我不做不就吃亏了吗?"仅仅一个占便宜心理，就放任自己做不该做的事，归根到底，还是一个"利益"至上。

或曰：还是有关当局管理得不够，处罚的力度太软，如果重罚、再重罚，罚他个"牢狱之灾"或者"倾家荡产"，看谁还敢以身试法? 再动用舆论，让他抬不起头来，不信就制不住他!

好，应该，以上两条是都需要加强，没错。事实是近年来，从中央到地方，法制建设和舆论监督工作亦都在不断强化之中。可是千里之堤，溃于蚁穴；人心之腐，败于自贱，只强调宏观世界的法制管束功能，完全忽视个人微观世界的道德修养建设，以为只要用法律条文严管，就能解决和谐社会的一切问题，事实证明这并不可行，也做不到。还是看松原市，作为高考舞弊的重灾区，年年治理和打击，今年尤其加大了力度，还专门成立了由教育、公安、电信等18个部门组成的高考委员会，主管副市长亲任主任，防范不可谓不严。然而结果却是"更上层楼"，一代又一代高科技作伪器越治越多，被家长殴打的监考老师也越来越多，终于被曝光于全国，引起广大公众的一致谴责。

这说明，光管和罚不行，光靠别人监督也不行，还有一个重要工作一定要做，就是要把国民道德自律的精神修养问题，重新提到大庭广众面前。

道德自律是道德的高层水平，必须不断强化和提升。若没有了自律，人的精神境界就会越来越下滑，丧失自尊，丧失自爱，胡作非为，"人之不复为人也"。重筑中华民族道德自律的"长城"，是重要而切近的任务，让我们赶快行动起来!

不要主观地降低阅读难度

中国书法家协会副主席林岫女士又是诗书满腹的著名词家，自今年2月份起，在《北京晚报》上开出"紫竹斋诗话"专栏，讲解中国诗词。《读诗当有眼高低》、《善学终须三读先》、《佳构难能妙法成》、《诗通禅慧有佳诗》，从这些题目，就可看出其讲解是十分专业的、高端的。通读下来，学术含量相当于大学的古典文学专业课，有些论点和论据，令受过4年汉语言文学专业正规授课的我，也需要再去找些专业书籍参照学习——这是一个十分愉悦的过程，犹如又回到大学课堂上听讲，不单授我诗词的专业知识，也督促我用功学习，把系统读书再次列入自己的生活之中。

但孜孜"听课"的同时，我又着实有点儿替林先生、也替《北京晚报》担心：这么高端的"专业课"，讲授的还是与时下那些最受关注的理财、择业、工作、生活、健康……都毫不相干的古典诗词，会为读者所接受吗？她的受众能有几何呢？

这担心并不多余。尤其是近年来，国民的阅读难度似乎逐年呈向下趋势，大众的阅读迅速从名著、原著——缩写本——漫画——DVD——网络——手机……一路演进，阅读越来越简，越来越轻松，越来越不用费脑子了。除了在校学生，似乎很少看到还有人抱着古典原著、哲学、理论或其他有难度的著作在"啃"。与此相适应，报刊、电视、广播电台，也一而再地"改版"。特别是今年，故事大兴，多家媒体纷纷把严肃文学、纯文学栏目改成"讲故事"——读书被大面积地缩略为听故事了。

在这里，我一点儿都不是排斥故事，有许多充满生活情趣和哲理的故事，亦是启迪心智的良师。但若故事全面开花，以之取代求学、取代读书、取代钻研、取代探索、取代"啃"，则是不是舍本逐末了呢？若形成"风潮"，跟在读者（观众、听众）后面跑，就更不是媒体所应做的了。是

青春做伴

故，我佩服《北京晚报》请林先生讲解高端的古典诗词。

孰料想，事实是"紫竹斋诗话"专栏受到了热烈的追捧，该编辑部收到了非常强烈的喝彩，从全国各地都有读者的电话和邮件，一方面热问哪里能读到林先生更多著作，另方面盛赞这个能"提高人的水平"的专栏开得好。

由是得出的结论是：不能主观地将今天定为"消费时代"就什么都用消费立场对待之，也不可主观地将读者都定位在"快餐文化"、"消遣文化"、"浅阅读"的水准上，更不能一味地低估全社会的文化水平，以至于做出种种降低办报（刊物、广播、电视）水平的"改版"。须知，我们的大众基本都知道而且信念于这样的道理：学习，是伴随人终生的永恒之事；读书，是充实知识，提升自我，使人不断走向高处的阶梯；同时，学习亦是一件艰苦的事情，好比古人之"囊萤映雪"、"卧薪尝胆"、"头悬梁，锥刺股"。我们应该走在群众的前面，引领大众向着文化的高峰攀登，切不可沦为群众的尾巴。

圆明园是中华全民族的财富

2008年2月18日，浙江横店集团领头人徐文荣在京召开新闻发布会，宣布浙江横店圆明新园工程正式启动。在全国军民抗击冰雪，重建家园的紧要关头突然听到这个消息，引起了文化界、建筑界不少专家和许多民众的批评。有些外国媒体也关注到此事，并专门发了消息。

批评者们持各种角度，著名作家林希说："重建圆明园，意在重现盛世，其实弱国意识罢了。早以先我们家比你们家阔多了，如今老Q有钱了，自然要重建土谷祠了。"著名文物专家谢辰生说："重建是劳民伤财，与其投入如此巨大的资金用于重建，不如将这笔钱用到更需要的地方。"有网友说："在圆明园的遗址上制造'赝品'，是对文物和原址的破坏，直接违反了《中华人民共和国文物保护法》第 22 条的明确规定；而换个地方新建的圆明园则完全是个假古董。"还有的网友直接批评徐文荣："是想做中国农民的帝王梦，此举不过是为了吸引眼球或为了后世留名。"

我则是特别关注到这样一段文字："徐文荣在谈到建设新园的目的时说，一是为了弘扬民族传统文化，传承民族精神与智慧。二是为了促进横店影视旅游业和第三产业的持续快速发展。"（见《光明日报》2008 年 2月 19 日 4 版）

明眼人一看就知，第一条是虚的，冠个红帽子，不说不行；下面的第二条才是实质，是实实在在的硬指标。而横店的"持续快速发展"目标是什么呢？在新闻发布会的消息里没说具体数字，但在其他两处见到了，一是"徐文荣坚信：在 2010 年前，（横店）一定能达到 500 万游客的目标。"（见《光明日报》2008 年 2 月 17 日 5 版）二是"横店集团说，预计在 2013年，在复建的圆明园对外开放后，每年可吸引游客 1000 万。"（见《参考消息》2008 年 2 月 20 日 15 版）

很清楚，横店的目标就是最大化地增加游客数量，把游客兜里的钱变成横店集团的 GDP。

据报道，徐文荣 40 岁起带领横店百姓从一个简陋的缫丝厂起家，逐渐走上以工富农的道路，后来又搞起"文化"产业，在 2000 年就使横店影视城被国家旅游局授予国家首批 4A 级旅游区称号。2007 年到横店的游客人数达到 478 万。这些"文化产业"甚至带富了周边，横店集团每赚 1 块钱，周边百姓就可以赚 5 块，以至于农民对他感恩戴德，竟举着他的头像游街……徐文荣确实是横店发展的大功臣，而且他老人家虽已 73 岁高龄，虽已从横店集团董事局主席的位置上退下来交由其子接棒，但他还在呕心沥血地忙碌，圆明新园是他的最后一个梦想。面对"指责"，他非常"不理解"乃至"愤愤然"，一边抱怨"为什么他们不去指责、痛恨烧毁圆明园的英法联军呢？"一边说"我自己拿钱重建圆明园有什么错？""错在哪里？""这究竟是为什么啊？"

看得出来，这位北京大学的客座教授是真心在问，他是真的不明白。那么，我愿把一己的思考提供给他和横店集团做参考：

做旅游产业赚大钱，让地方百姓富起来、更更富、富上加富，从而拉动地方建设，高速发展，这几乎是每一地、每一任地方官都想做和正在做的，当然是非常值得肯定的；不但肯定，还要想方设法去开发去支持，没有条件创造条件也要上。但是，路子一定要走正，不能为了一个"钱"字，就把什么都卖了。

圆明园是什么？是中国永远的精神疮疤，是中国人民永远的心痛，是中华民族永远的耻辱，是中华文化特殊的历史符号，是凡中国人一提起就触及集体记忆、就同仇敌忾、就能凝聚起爱国主义和民族发奋图强精神的教材。面对这样一笔属于中华全民族的宝贵财富，不管是个人、小集体还是地方政府，谁也无权把它变成赚钱的道具！横店口口声声说重建是"为了弘扬民族传统文化"，徐文荣委委屈屈说是自己拿钱又没要国家一分钱，可是你重建还不是为了招徕、从而获取巨额商业利润，这不是典型的商业行为难道真是"慈善义举"？

而且，圆明新园工程所需的 200 亿元人民币，大部分并不是你自己的钱，而要靠社会投资和募捐。显而易见的，是投资就要有回报，没有超过投资额的利润谁来投资，你横店又拿什么还给人家？至于募捐，归根结底说还是中国老百姓的钱，你拿纳税人捐来的钱去卖票，就更说不过去了！

据人民网关于圆明园重修的网络调查，截至今年 1 月 27 日已有超过18 万人参与，有 59.2% 的投票者不支持重建圆明园，认为圆明园的断壁残垣是历史的见证，应保护好古迹原貌；有 39.8% 的人支持重建或部分修复，其主要理由是能更好地弘扬传统文化，警示后人，在发展中保护圆明园。不管建与不建，投票者的出发点都真正是为了光大中华传统文化，所以，没什么人支持在异地做一个假古董卖票赚钱。

2 月 27 日，北京圆明园管理处终于出面表态：圆明园遗址是国家级文物保护单位，要对文物实施"异地重建"，必须经过主管部门的批准，因此，该管理处"将通过法律途径解决名称侵权问题。"对此，横店集团仍不肯放手，辩称他们做的是"圆明新园"，不存在侵权问题。这让我想起了那些仿冒名牌商标、混淆视听的伪劣商品，我自己就上过"稻湘村"（稻香村）之类的当，然而假的终究是假的，短命是其必然的下场。

惊闻圆明园要办庙会

　　前两天有新闻界同行通报，说北京圆明园要办庙会，乍听之下以为是谎信儿："不会吧，在那个中华民族的伤心地、屈辱地、悲愤地，怎么可能呢?"但是，现在却眼见得报纸上白纸黑字，披露得明明白白："2月10日至2月20日（腊月二十七到正月初三），首届圆明园皇家庙会将在圆明园内举办。皇家祈福、皇家文化展示、宫廷斗鸡、皇家皮影戏、五帝赐福、百花迎春活动等多项游艺演出活动将悉数登场。圆明园管理处有关负责人称，此外还将推出格格选亲、比武招亲、有奖悬挂同心锁等活动以及灯戏、火戏表演，游客可以充分体验'皇家'过年是怎样'吃'、'穿'、'用'、'玩'、'学'、'行'的。"（《北京日报》2010. 1. 18）

　　呜呼，一阵悲哀涌上心头，我马上想到，这首先又是钱闹的！果然，电话那边，新闻界同行回复，确是"某某公司联合某某政府部门主办"的，有人支持他们的理由之一，即是"文物古迹是重要的商业资源"。

　　好一个"重要的商业资源"，可是，要看这是怎么个商业资源！近年来，无论是"文物保护的资金短缺"，还是"文保工作人员的薪水太低"，都早已成为许多文物古迹圈地卖票的理由，实施起来也越来越顺风顺水。可是圆明园不然啊，自从100多年前那个火光冲天的黑色日子起，圆明园就成为中华民族身上的一道伤痕，那永远的伤痛从来就没减轻过，那永远的历史耻辱，更是时刻鞭策着我们不忘国耻，埋首奋进，振兴中华！圆明园已经成为中华民族一个特定的文化符号，一提起它，人们眼前出现的即是那悲壮残存的石壁，想到的即是西方列强对中华民族的侵略、踩踏和掠夺。别说100年，就是时间的长河再流淌1000年1万年，圆明园的伤痛也是抹不去的永久的记忆！

　　可是真有人不这样想。在如今商业行为越来越无孔不入的社会氛围中，只要能卖钱和赚钱，一切的一切都会有人打主意。马克思老祖宗早就深刻动穿了"商业资源"的秘密："如果有100%的利润，资本家们会铤而走险；如果有200%的利润，资本家们会藐视法律；如果有300%的利润，那么资本家们便会践踏世间的一切。"而不能卖钱和赚钱的文化、历史、传统啊等等，在利润、金钱面前已经一再后退，眼看连底线也要守不住了。"老提那耻辱干什么啊？放着大片的空地不利用，放着大把的钞票不赚，空讲耻辱有什么用？"这种观点，绝不是一个两个人在说。他们接下来说的是，今天的中国已经是国富民强的享乐型社会了，来不来就言穷、就言艰苦奋斗、就言自立于世界民族之林的历史语汇，该画上句号了。果真如此吗？先不说我们一"人均"，排名之差立刻就没资格"享乐型"了；只说艰苦奋斗是我们中华民族自立于世界民族之林的护身符，即使将来中国真变成世界上最发达国家了，也绝不能将之抛弃掉！

再说，在一个曾经承载着民族奇耻大辱、痛苦记忆的地方，搞起吃、喝、玩、乐的"皇家庙会"，会让全世界的中华子孙怎么想？一方面，中国大陆的有识之士和一群热爱祖国的海外子孙，还正在艰难然而不懈地追讨着被帝国主义掠夺去的圆明园文物；另一方面，我们自己又在这片血与火的土地上斗鸡、吃喝、忘情地享乐，这会怎样地伤了他们的民族感情啊。如果他们身边的"老外"再来一句"中国人就是没记性"（鲁迅先生早说过"中国人没记性"），你想，他们会怎样地锥心泣血啊！

我还想到了另一点：老说我们的80后、90后的孩子们整天只知道追求娱乐、享受，不关心国家大事和民族前途，担心他们成为垮掉的一代。可是我们的社会教育提供给他们的，难道就是在圆明园上纵情吃喝？就是"商业利润至上"？就是把奇耻大辱统统忘掉的消解？孩子们会用怎样疑惑的目光看着我们，然后把"原则"、"底线"、"民族精神"等等词汇一个一个地全都抹去？

当然，一定有人会说，不就是10天的一场庙会吗，你是不是看得太严重了？我的答复是：万事没了底线，就会如决堤的洪水，滚滚滔滔能冲毁一切。你今天允许圆明园办庙会，明天它就会建起游乐场，后天你再问在里面游乐的孩子们什么是圆明园的奇耻大辱，他们还能答上来吗？

两年前，浙江横店集团宣布横店圆明新园工程启动，最后在全国人民的反对声中停了工。的确，圆明园是属于中华全民族的宝贵财富，再重申一遍：不管是个人、小集体还是地方政府，谁也无权把它变成赚钱的道具。

在观音山的自问自答

（一）

小蕙：我有时玄想，如果在中国发起评选"我心中最喜爱的佛"，当选者，一定毫无悬念是观世音菩萨。

韩：不一定吧？天界有那么多威严的神。地位高者也有超过观音菩萨的，比如释迦牟尼佛是现在的领袖，还有过去佛迦叶诸佛、未来佛弥勒佛等大佛。

小蕙：一定。因为观音菩萨是老百姓心目中最熟悉、最感念、最有广泛人缘的菩萨。而且释迦牟尼佛曾经告诉过大众："此观世音菩萨，于过去无量劫中，早已成佛，名号为'正法明如来'。由于他为了发起一切菩萨的菩提心，为了安乐一切众生、成就一切众生的道业故，仍然示现为菩萨。你们大家应当常常供养观世音菩萨，专心称念他的名号，可以得无量的福德，可以灭无量的罪业。"（《大悲经》）

韩：中国有 13 亿人，男女老少，美丑嫫妍，阳春白雪，下里巴人，这么大数量的人众，这么嘈杂的众生心愿，要想统一一件事，简直得吵翻了天，吵塌了地，甚至千年兵火也是屡屡燃起，何以见得在这件事上就这么一致？

小蕙：因为甭管有文化没文化的，大家都知道观音菩萨是最爱民的，无论谁有了过不去的苦难，只要他耳朵听到了、眼睛看到了，就一定立即赶去救助。所以观音菩萨有 32 个化身（老百姓中有说 36 个，有说 48 个，有说 72 个，有说 108 个，说法不一，总之是极言其多），遇到不同情况，显现出不同的形象，比如送子观音、持莲观音、合掌观音、持经观音等等。而且观音的大悲之心是天地下最慈善最宽容的，即使所有人都嫌弃你了，甚至人神共怒了，观音也不会丢下你，他发过誓要度一切人出苦海。

凡爱民者，民亦爱之，这是天界、凡界、人界、神界共同的法则。

韩：你信这些说法吗？

小蕙：信则灵。当年我精神成长的时期，正是"怀疑一切，打倒一切"的年代，那时当然不信。后来随着年岁慢慢生长，逐渐学会了用复调的、多曲式的、广角度的思维方式去看待自己不懂得的事情，就不那么绝对了。有几次，似乎还碰到了点什么。

韩：什么呢？你不是想说观音菩萨显灵了吧？

小蕙：当然不是，但我说不准，我确实有几次颇有心动的事情。比如最近的一次，是前些日子的一天黄昏，我因事生了点气，为了排解，自己到公园散步了半个多小时，看看绿树，听听鸟鸣。但那天，这些精神治疗都没管用，回到家依然觉得心里很憋闷。这时我打开电脑，看有关观音菩萨的讲述，大约 15 分钟后，不意间，我觉得一颗心逐渐轻松起来，好像打开了一扇窗，身体里的浊气渐渐排走了。那一刻，我的确非常惊讶，太神奇了！

韩：是很神奇，还有过其他情况吗？

小蕙：我不能肯定，但类似的事情还有不少。比如有时参观寺庙，跟着大家拜佛，当然都是先拜佛祖释迦牟尼，很崇敬很严肃很庄严。而每次拜到观音菩萨前面时，心里都突然翕翕有所感觉，好像一下子亲切了，觉得自己跟他很近，有一种认同感或者是皈依感；甚至谁也没教过我什么，我就在内心里认定观音菩萨就是自己的佛。这是真的，绝对不是"为赋新诗强说愁"。

韩：可你是共产党员，你并不信仰佛教，这样的认定观音菩萨，你不觉得矛盾吗？

小蕙：我想，13 亿中国人可能都认同观音菩萨，起码我从没听说过有谁对观音菩萨说半个"不"字。古往今来，"观音崇拜"在中国民间历久不衰，实在值得思索。仔细分析起来，原因固然很复杂，但很重要的一条，就是许多人在求菩萨保佑之外，还有一种对真善美的希望和追求。

韩：你说得对，我同意，这可能也是近年来中国佛教香火很盛的原因之一吧？

小蕙：人生路漫漫，绝大多数人还是希望自己能做个好人，他们自觉不自觉地用菩萨来约束自己，这对世界来说是有积极意义的。

韩：我听说在广东东莞的樟木头镇，造了一尊世界最大的观音像，咱们去看看？

小蕙：好。

（二）

小蕙：其实我早就知道这座新造的观音菩萨像了。几年前，深圳有一朋友寄给过我几张图片，记得是坐落在一大片苍郁的山峰中间，造像非常巨大，令我十分向往，一直想来亲眼看看。现在，马上就要到了，我先给你念念有关资料：

"观音山森林公园位于东莞市樟木头镇境内，距镇中心 1.5 公里，总面积为 18 平方公里，森林覆盖率达 99% 以上，是集生态观光和宗教文化旅游为一体的自然风景区。

观音山历史悠久，山势雄伟，林木茂盛，具有深厚的文化底蕴。公园内一年四季空气清新，鸟语花香，景点林立，一步一景，负离子含量高，珍禽异兽时有出没，奇花异草漫山遍野。原始次生林苍茫连绵，独具自然生态特色。曲径通幽，传说动人。园内有东莞地区最大、最集中的自然瀑布群，落差 380 米的仙泉瀑布飞珠溅玉，蔚为壮观；更有普渡溪顶端的 36 级瀑布，空灵澄澈，灵巧奇特。全世界最大的花岗岩观世音菩萨像雄踞观音山顶，雄伟壮观，雕刻精美，风格典雅，栩栩如生，是不可多得的极具盛唐风采的石雕艺术精品。占地近万平方米的观音广场视野开阔，既可鸟瞰樟木头镇全景，又可远眺惠州、东莞、深圳的璀璨夜色。

观音山公园属典型的亚热带海洋季风性气候，适宜各种动植物的生长，拥有东莞地区最秀茂的原始次森林。现已初步查明，公园内有 1000 多种植物，至少有 7 种是国家保护的濒危物种；动物达 300 多种，被称作南粤金腰带上的'绿色明珠'。"

韩：临行之前，我也从电脑上查到了有关资料，你听：

"观音广场位于 488 米的观音山顶，占地面积 1 万平米，视野开阔，花繁叶茂，空气清新，四季宜人。观音菩萨圣像，是目前全世界最大的花岗岩观音菩萨雕像。这尊圣像的主体高 33 米，横截面宽 10.2 米，体积有 630 立方米，总重 3300 吨，是由 999 块 0.5 至 8 吨不等的优质花岗岩拼装而成的。圣像由国家一级雕塑师陈宝如先生设计，全部采用人工雕凿，从 1997 年 9 月动工，至 2001 年 6 月竣工，历时 4 年圆满完成。观音菩萨巨型圣像，工艺精细，形象栩栩如生，极具盛唐风采，凝聚了中华民族传统文化的精华，具有极高的艺术鉴赏价值。"

最精彩的是，我听说在 2001 年农历九月十九日开光那天，有 3 万多人云集在观音菩萨圣像前。就在进行开光大典表奏、诵经时，天空飞来祥云朵朵，一道道耀眼金光从天而降，集中映照在观音菩萨金身上，顿时紫光四射，祥瑞纷呈。一时，万众都看傻了，无不心悦诚服，欢腾雀跃。你觉得这是宣传还是真事？

小蕙：我信，因为我自己就经历过一次：上世纪 90 年代末，我曾到五台山参加××大寺（抱歉我忘记它的名字了——罪过！罪过！）的落成大典，那天群众更多，大概得有二三十万人，广场上、山路上，到处都挤满

了。在大典进行中，也是飞来了祥云，酷似观音菩萨骑着坐骑驾临。我印象太深刻了，只见碧蓝碧蓝的高天上，呈现出一幅观音菩萨赶路的形象，是侧面像，观音梳着高高的发髻，坐在他那匹望天吼上面，两手捧着什么（太远，没看清楚，后来我猜可能是给大寺带来的佛教礼物吧），在慢慢地驾着一片白云往前飞。非常非常的逼真，也是引起一片万众欢腾。

这是真的，我亲眼见到的。你知道我是个非常诚实、也非常认真的人，不说诓语。

韩：我知道你的为人。可是为什么好事都让你赶上了？

小蕙："人抱天地之体，怀纯粹之精，有生之最灵者。"

韩：哦，这句话出自东汉桓谭的《新论·正经》，意思是说人受形于天地造化，拥有纯粹的精华，是生灵中的最智慧者。

小蕙：我是借用。我的体会是：怀有纯粹精神的人，是天地间和所有生命中最有神灵的。

（三）

韩："腾身却放我向青云里。"

小蕙：是啊，想不到今天终于飞到了观音山道场，终于看到了这尊观音菩萨圣像。

韩：这里好像是削平了一个山头？

小蕙：似乎是。所以，这尊观音像简直就是一座山峰了！而且你看，整个造像虽然这么巨大，但雕工竟然这么细腻，璎珞装饰和七宝莲台都雕刻得十分仔细。人物的衣纹线条更是柔劲流畅，每一根头发丝都像活的一样。脸部形象尤其好，脸盘如圆月，五官秀美，眉毛、眼睛、鼻、嘴、耳朵，各部分的比例都恰到好处，真像宋玉那已被人引用了两千多年的名句："增之一分则太长，减之一分则太短"，搭配得如此浑然天成，真是难得的艺术精品啊——你知道，这么巨大的工程，花了这么大的心血，如果菩萨像做得不美，得不到百姓发自内心的喜爱和敬仰，那就事倍功半了。

从时代风格来说，采用盛唐时期的观音菩萨形象最恰当。你看，菩萨端庄宁静，面露微笑，特别的沉静和有包容，仿佛阅尽世间万象，对一切均从容有度，默默而威严地坐在那里，看着人们的每一言每一行，让人不能不生出良善之心，选择做一个好人。

韩：不过我有一个疑问：这样大的一项工程，以至于削平了一个山头，对当地环境会否产生什么影响？

小蕙：问得好！我也曾这么担心过，几年前就专门跟我那寄照片来的朋友提出过。他是当地媒体一位很优秀的记者，后来还专门去做过调查，结果完全不是咱们想象的，比如毁坏了什么。不但不是，而且还有着特别积极的意义：

原来的观音山只是一个无人问津的小山头，这样的山头在东莞有很多，而且有逐年荒芜的趋势——人所共知，深圳得改革开放风气之先，工业经济高度发达，东莞那边全是一家挨一家的工厂，平原地区的农村全部城镇化了。山区那边的农民也都跑出来搞工业，很多土地被撂荒，越来越多地出现了沙化现象，政府为此非常忧虑，还实行过各种奖惩办法，但都收效不大。观音山的开发打开了新的思路，把一座普通的、谁也没看上眼的小山头，变成了利用森林自然资源建成的一个旅游休闲场所，每年的游客量大幅度增长，既解决了城镇市民的休闲健身需求，又促进了绿化和环境生态的保护。现在，它已经被国家林业局命名为"观音山国家森林公园"，被中国治理荒漠化基金会树立为"广东省防治荒漠化、加强生态保护先进典型"，被广东省科技厅等五厅局联合命名为"广东省青少年科技教育基地"，被联合国国际生态安全合作组织命名为"国际生态安全旅游示范基地"，等等。

韩：哎哟，这真是没想到，也真是太好了！怪不得它那个《公园简介》上说，整个观音山公园内有 1000 多种植物，还有 300 多种动物。我很愿意想想这 300 多种都有什么？但除了能数出来松鼠、野猪、猴子、穿山甲、山鸡什么的，别的再也数不出来了。

小蕙：而且，这儿空气多好啊，负氧离子的含量一定非常非常高，吸进去都甜丝丝的。在这儿待上两天，准能把肺洗干净。

韩：哦，对了，这观音山森林公园到底是谁做的呀？是东莞市政府还是樟木头镇政府投的资？

小蕙：都不是，听说是一位叫黄江的民营企业家，做了10年了。大概此人比较低调，关于他的情况网上很少，我只知道他大约有50多岁，可能过去搞企业赚了点钱，因为他曾对记者说，当初搞这个森林公园，是觉得作为企业家不能只想到挣钱，还要想到回报社会。这个起点的境界是很高的，也很难得。

就我自己的感觉，我想这位黄江董事长可能是个文化人？你注意了没有，观音菩萨坐像下面的石基上，用金字刻上了一篇《观音山赋》，听说是出自他的手笔。那篇赋我从头到尾细诵了一遍，写得文意古雅，文辞俊美，文采飞扬，文情激昂，其用典、用词、使用排比句等等都相当专业，没有深厚的古典文学修养写不出来。"赋"可说是最难的一种文体，作家当中也没有几个人敢碰，如果该赋真是出自黄江之手，那这个董事长肯定是高学历者。可惜我在网上没查到，不然引用在这里，不言自明。

韩：所以说整个观音山森林公园做得比较有文化品味。现在社会上，包括政府也包括一些企业，越来越认识到文化的重要性。言大者，文化乃国家和民族之根基；言小者，文化系企业和个人生命之魂。在21世纪的新兴媒体时代，谁能拼到最后、笑到最后？一定得是具有高文化素质，能够掌握文化力量的人。

小蕙：说得好。不然为什么观音菩萨的造像到处都有，但樟木头观音山森林公园的这尊大像却是大器晚成、声名鹊起？到这里来，又能拜佛，又能旅游，又能健身，同时又开阔眼界长了知识，还很环保，让人觉得心里很舒服。

听说这里还建了一座古树博物馆，收藏了50余株古树，从黄帝时代到周、秦、汉、三国、唐、宋、明、清，中国各个历史朝代差不多都收集齐全了。最早的一棵古树，经广东省科学院广州地理研究所中心实验室用放射性同位素14测定，其死亡年代是公元前2273年，距今已有4282年，那是什么概念？当时正是中国上古的尧舜时代！

韩：那咱们赶快去看看？

小蕙：走！

第五辑
海外心情

青春做伴

德国的人

——从法兰克福归来，另一种思维

1

初次踏访德国，给我留下最深印象的，不是波澜不惊却深藏着机锋的莱茵河，不是雕刻奢华而尽显才智的科隆大教堂，不是历史绵长、藏品丰富然而却件件都是异族文物的罗马博物馆，也不是说服力无比强大的现代艺术路德维希博物馆——而是德国的人！

走在冷风飕飕的法兰克福街头，我看到大街小巷中的每一个德国人，无论男女，迈的都是奔忙的双腿，而不是像英国人、法国人、特别是西班牙人那样的鹅步。这要是在日本、美国和我们目下的中国，是很好理解的一种被竞争励志的生存状态，可唯独在被庸散化了的欧洲，就显得有点儿不正常、甚至让人心怀臆想了。

该怎样解读德国人呢？

该怎样理解德国人呢？

该怎样评价德国人呢？

之所以一连三个问号，实在是因为德国人太不可思议了：首先一个大问题，德国8000万人口，只占全世界人口的1.23%，可是她喷涌出来的世界级别的伟大人物，却几乎把半个银河系都占满了。就哲学家来说，有康德、尼采、费尔巴哈、黑格尔、马克思、恩格斯、叔本华、海德格尔、维特根施坦、本杰明、弗洛伊德……仅在世界上广为人知的就有数十位上百位；就音乐家来说，有巴赫、贝多芬、勃拉姆斯、门德尔松、舒曼、瓦格纳、理查·施特劳斯、韦伯、梅耶贝尔……哪一位都如雷贯耳、家喻户晓、被人热爱；就文学家来说，更有莱辛、歌德、席勒、海涅、托马斯·曼、黑塞、布莱希特、伯尔、格拉斯、沃尔芙……仅咱们中国人朝思暮想的诺贝尔文学奖桂冠，人家就已戴上了7顶，可真是"山上桃花插满头"，闪得我们满眼发花啊！

此外，德国人还以爱因斯坦为范式，向全人类奉献出了一连串辉煌灿烂而又有居家实用功能的发明创造：啤酒、灯泡、电话、咖啡、茶袋、牙膏、保温瓶、婴儿奶嘴、阿司匹林、避孕药、扫描仪、有轨电车、摩托车、汽车、X射线技术、小型照相机、录音磁带、电视机、磁悬浮列车、喷气式发动机、直升飞机、核裂变、安全气囊、不含氟利昂电冰箱、MP3文档……它们给我们的生活增添了多少幸福指数啊！

这一连串名人和名物质，不仅标示着德意志的高度，更标示着人类的高度。况且，德国的历史竟然还是如此之短：从国家的意义上说，统一的德意志帝国是1871年才建立起来的，此前从古代到中世纪，任何一个大小强弱不等的欧洲国家，也没有像德国的领主们那样因自我中心和贪婪而不停地穷兵黩武。所以，在只有中国二十七分之一领土的那块版图上，展现的一直是一幅没完没了的掠夺、战乱、纷争、暴力、杀戮、动荡的猩红色画面，乃至于到中世纪时，德国最多时竟然有着314个公国！这当然就注定了发展的缓慢，而这又是好强的德国人所不能容忍的，因此在德国统一以后，她就拼命发展，后来还如大家所周知的，两次挑起了世界大战，并在被制裁的严酷背景下，涌现了这么多，发明了这么多，创造出了这么多——这实在要逼得你不得不搁下其他工作，去探问一下德国究竟是一个什么样的国家和民族？她还会做出什么撼动天地的事情来？

当然，我知道我来到得已经太晚了，莱茵河的每一朵浪花每一个涟漪，都已被前人解读出了无限深意，太多的古老故事也已早纳入到历史神话的传奇之中。留给我的，只剩下了当代生活的枝枝叶叶。

我睁大了眼睛。

2

还只是金秋 10 月中旬，北京还暖和得像待在一间巨大的暖湿花房里，法兰克福的冷风已是吹到了骨头缝里。幸好行前，我听了张洁的话，带上了棉衣。此张洁非彼张洁，正是上届法兰克福书展上，从上届主宾国土耳其手中接过本届书展主宾国旗帜的中国著名女作家张洁，上世纪 80 年代，张洁的大幅照片到处出现在法兰克福街头，那时她的作品正被德国人热读。2009 年德国人热读的中国作家是莫言，或者可以说他们是通过用莫言作品《红高粱》拍摄的电影《红高粱》而认识这位中国当代屈指可数的天才作家的。

中国当代天才作家极少，并不代表中国当代作家也少，整个人类历史都证明，各个民族的天才都是极少数，不然也就不能称其为"天才"了。可是德国人却硬是不相信这个事实，当中国政府满怀着善意和诚意，决定派出百位中国作家去为法兰克福书展助阵添彩时，德国媒体的反应不是欢迎，却是置疑。首先，媒体就发难了：

"中国有那么多作家吗？"

因此，天才的中国作家莫言在书展开幕式上讲话，第一句，说的就是："中国人多，中国的作家也多。"

可惜德国人没听进去，依然按照他们自己的思维模式，当着上千名来宾的面，就以家长的教训口气，毫不客气地对中国领导人说：我们希望你回到中国以后，应该如何如何……

我当时听了，心里"咯登"一下，立刻觉得好有一比：这就好比你把客人请到家里来做客，人家一上门，你却劈头盖脸斥人家不会过日子、吃饭不科学、家里的装修摆设不美观、教育孩子的方式也不对……这不是连基本的礼貌也不懂、不顾了吗？

德国人怎么回事啊？

他不是非常讲究"欧洲礼仪"的绅士吗？

她不是一直在高调呼喊"维护人权"的淑女吗？

故此，德国人给我的第一感觉是不着调。抑或，实质是这个民族的本性傲慢自大，眼睛里只有他们自己？这种文化，和我们中国先贤们提出的"高格做事，低调做人"，可真是雅俗两重天啊！由是，莫言天才地讲了一个故事：

> 100 年前，在我的家乡中国山东高密，流传着关于德国人的两个说法，一说是德国人都没有双膝，二说是德国人的舌头是分权的。前几年，我带了几个德国朋友回家乡，我爷爷坐在我们对面仔细端详他们，后来把我拉到一边说，我看他们的膝盖好好的，舌头也和咱们的一样啊……

可惜，德国人又完全没听进莫言的话。他们仍然固执己见地坚持在他们的思维模式里，认定中国人的生活方式和中国作家们的创作方式就是他们理解的那样，任九头牛也拉不回来了！后来在科隆图书馆，尽管馆长女士拿出了她到中国常熟参加县级图书馆会议的照片，尽管照片上一二百人都是县级和县级以下的普通图书馆工作人员，尽管女馆长说她和他们自由轻松地交谈得十分愉快；可是，一位记者兼作家的金发碧眼女士还是绕着圈地问我：

"你写什么体裁的作品？"

"散文、散文评论、报告文学，还有新闻。"

"你的政府指令你能写什么不能写什么吗？"

"No，我写的是我自己眼睛看到的事物，是我自己对世界的体察和认识。"

"对你的作品，政府官员要检查吗？"

"No，我自己写满意了，就直接投稿到报刊去发表。"

"没有官员检查干预吗？"

"No……"

尽管我们的脸上都微笑着，可是双方都读懂了对方的潜台词。所以，看着她意味深长地探测我的目光，我也故意意味深长地对她说："欢迎你到中国去看看。我可以在自己家里接待你，找几位文学界和新闻界的朋友，亲密聊天。这样，你就能亲眼看到我们的生存是什么样子的啦。"

她显然是完全没有想到，有点儿吃惊地盯着我，点头 Yes。

3

说到英语，德国人不像傲慢的法国人，即使会说也装着听不懂；也不像西班牙人、意大利人那样，只有知识分子阶层才比较广泛地掌握了英语。据说大部分德国人都懂英语，比例也许高达 60%、70% 甚至 80%，所以在德国穿行并不太困难。可是，德国人对待语言的态度，又非常个性化地显示出他们的民族本性。

在大街上、商店里、书刊和报纸上，第一眼看到德文的大部分单词，都可根据英文单词猜个八九不离十。可是你再仔细辨认，就又"二乎"了，因为单词中一定夹着几个字母和英文的不一样。比如"文学"，英文是 literature，德文是 Literatur，只差一个字母。又如"革命"，英文是 revolution，德文是 Revolution，区别仅在于第一个字母有大写和小写的不同。没人跟我说为什么，但直觉告诉我：这一定又是德国人为了显示自己的独立存在，而在英语来到之后改良出来的。

回到中国后，我就此请教著名德语文学研究专家叶廷芳先生。叶先生的回答肯定了我的直觉。他说，除此之外，德语还有借用英语的情况，比如德文自己有"故事"这个字 Geschichte，但它有时也借用英文的 story，不过德文一定要写成 Story，以示区别，等等。当然，即使字形相同的字，读音也不相同。

我心里对自己说：这就是德国人，典型的自尊，极度的自尊，决没有半点含糊的自尊。

不过，德意志也真是一个非常优秀的民族，聪明、肯干、认真、严谨、高效、同时又很自律，要求别人严格要求自己更严格。在我们第一晚住的 Express 假日饭店，房间里的设计陈设，把这些民族优点都一览无余地表现出来了：

第五辑　海外心情

　　屋子不大，顶多有 10 个平米吧，却放着一高一矮两个双人床，一看就是给三口或四口之家准备的。在两张大床的对面，贴墙有一个大约宽 1 尺半、长 6 尺的台子，一头放着电视机，另外三分之二的台面当桌子用。和这个台子并排、接近门廊的地方，放着一个敞开式大衣柜，最上面有一环形不锈钢管围着的空间，是放旅行箱的；中间部分是挂衣钩和衣架；最下面是一长排鞋柜，总之是能利用的空间全部利用。在双层玻璃窗下面，摆着两个单人沙发和一个圆形茶几，窗外是淡黄色和苍绿色相间的大片大片的草地，远处停着大大小小二三十辆房车，构成了一个流动的村庄，也为窗内悬挂了一幅活动的列维坦式田园油画。

　　其他，除了墙上的几个小挂钩外，就没什么了，完全不像中国的旅馆，偌大的房间内，像居家一样放置着柜子、桌子、大衣柜、酒柜、茶柜、五屉柜、写字台……而所有的抽屉都是空的，没有东西放，形成浪费。话说回来，那些小钩子虽然小而不起眼，却都是放在最顺手的地方，最用得着。比如大衣柜侧壁挂着饭店的服务手册，就节省了桌子上的空间；卫生间洗面盆一侧也安着两个小挂钩，可以顺手挂个浴帽啦、发卡啦等等。还有最绝的，我发现卫生间和马桶间竟然共用的是一扇门，也就是说，当你需要使用整个卫生间时，就向外推 90 度，大门就关上了；若只需要使用马桶间，则把这扇门往里推 90 度，又刚好能严丝合缝地将马桶间关上，留下外面的洗澡间和洗脸间任别人自由使用——说来我也走过世界上十几个国家，也在国内高中低档数百家宾馆住过，但这样的绝佳风景也是第一次见到，真是不看想不到，一看才知道世上竟还有这么聪明、这么缜密、这么讲究使用成本效率的民族！

　　由是，我领会到德国人既哲学，又实用的民族习性：该形而上的时候，就费尔巴哈、海德格尔；该形而下的时候，又能一扇门掰成两扇用，赛过我们中国的"一分钱掰成两瓣花"。此番是我第一次踏访德国，也基本上是首次近距离观察德国人，在接下来的日子里，我发现德国人处处都像这间旅馆一样，用不着的一件没有，该用的又都唾手可得，怪不得早就有人形容他们是"机器"，是"钟表"，甚至是"完全按照观念生活的人"。

　　前面说过，叶廷芳先生是学德语的，在德国生活过一段时光，如今还每年都跑德国好几趟，交了不少德国朋友，说实在的对德国很有感情。可是很有些时候，刻板到了家的德国人，也把他弄得特别"搓火"：比如有一次他去邮局寄书，好几十公斤的一箱书，只多出二两，就不行了，非得按照下一个层级收费，一点儿不通融；又比如一位朋友家里扩建一间小平房，搞了3年还没完工，因为即使换个水龙头也得经过有关部门的监测，一项一项加起来，就得经年累月了。我问："德国人不造反吗?"叶先生答："他们已经麻木了，要是咱们中国人，绝对没有这个忍耐力。"

逻辑与形象，理性与感性，观念与激情，本是因人而异的，说不上谁对谁错，孰高孰下。对民族性格来说也如是，你可以喜欢西班牙人和法国人的浪漫，也可以喜欢英国人的守旧和德国人的严谨。于我，是很尊敬和羡慕德国人的勤勉、守时、一丝不苟，丁是丁卯是卯的，如果我们中国人有一半能做到德国人的这个份上，则中国的发展早就"天翻地覆慨而慷"了。但是，我真的又很不喜欢德国人的傲慢、冷漠，没有色彩，整天都是一副公事公办的公文脸——我们总不能只按照条文和戒律过日子吧？如果只有观念没有激情，这世界、这人生，就好比到处都是铅色的机器和塑料的花草，还有什么可留恋的呢？

当然，德国人还有许多别的优点，甚至很大的优点，比如说勤奋。英国商店的营业时间一般是早上10点到下午17点，周六缩短到下午16点，周日有为数不少的商店根本不开门，要的是捍卫神圣不可侵犯的休息权，平均每周的工作时间是31.9小时；舒服的西班牙是上午10点到13点营业，中午休息，下午16点到19点再开一会儿门，周六周日休息，每周的平均工作时间是30小时；浪漫的法国实行每周35小时工作制；而德国每周的平均工作时间是38.3小时，这虽然和中国不能比，但在欧洲就是最吃苦耐劳的了。又比如说阅读，德国人读书风气极盛，70%的德国人喜爱读书，一半以上的人定期买书，三分之一的人几乎每天都读书。而我们中国人呢，和我们的GDP一样，什么一人均就都可想而知了。

4

德国的GDP一直走在欧洲的前面，也走在世界的前列，在相当一段时

第五辑 海外心情

间里都是全球第三大经济体，即除了美国、日本就是德国了。当2007年中国后来居上，取而代之成为世界"老三"时，德国举国失色，震惊、气恼、不服、嫉妒、敌意、警觉，而又无可奈何……真犹如唐明皇的马嵬坡之憾，"此恨绵绵无绝期"啊！

由是，近年来，在德国生活、工作、读书的中国人，明显感到身边的温度越来越低，友善的目光越来越少了。以至于赴德国学习的中国留学生人数明显减少，因为观念导致德国的某些公司不肯招收中国人，留学生们毕业后难以找到工作。还有一件不可思议的事情发生了：本届法兰克福书展期间，德国国家电视二台做了一个节目，该台一个记者拦住了来自中国的几位出版家，故意操着德语用飞快的语速说："欢迎你们到德国来捣乱……"而那几位中国出版家德语本来就不太好，只听懂了前面的"欢迎你们到德国来"，就一个个笑容可掬地礼貌回答"Thanks"。让人更难以想象的是，这么低劣的节目播出后，居然还赢得了不少德国人的开心暴笑和喝彩，说明某些德国人在媒体的误导下，其内心滋生和泛滥着一种很不健康的情绪，悲哉！

说来，这就是最让我不能容忍的——德国人的自我中心主义。他们眼里只看得见自己，永远看不见别人或者从来不屑于看。他们也老是固执地想以自己的观念来改造别的民族，想以自己的生活方式搞世界大一统，这不但是很危险的（请想想前两次世界大战），也是很可笑的。说句老百姓的大白话：这些德国人，准保从来就没学习过咱老祖宗的至理名言——"水至清则无鱼"哇。这需要补课：记得我上大学时候，班里有个男生，律己极严格，学习特刻苦，生活绝俭朴，各项校规法度遵守得倍儿模范，各门功课也都考得非常优秀，真称得上是好学生或曰学生楷模。可是，他也老是用自己的生活范式去要求别人，最后就把自己弄得孤家寡人，谁也不喜欢他了……

因此，我也得郑重其事、严肃认真、善情善意，同时尽职尽责地提请德国同志们注意这个问题，用我们中国"上纲上线"的话说，叫做"说不说是态度问题，说得分寸不分寸是水平问题"，忠言逆耳利于病啊。

我并愿意送给你们三句充满中国古老智慧的话：

"大其心，容天下之物；虚其心，受天下之善；平其心，论天下之事；潜其心，观天下之理；定其心，应天下之变。"（《格言联璧》）

"不自见，故明；不自是，故彰；不自伐，故有功；不自矜，故长。"（《老子》）

"人人亲其亲，长其长，而天下平。"（《孟子》）

英国十大怪

尽管由于地理位置、发展道路、文化渊源、宗教信仰、民族性格、生活习惯等等的不同，世界上各个国家和民族都有自己不同的生活方式，但是话说回来，人类的基本生活习性总应该有一些普世性的共同原则。所以，我对英国的某些事情总是摆脱不了奇怪的感觉，兹选其中之十，记录如下：

一是墓地设在居民区中

无论是首都伦敦那样的大城市，还是在卡迪夫、布里斯托、雷丁、巴斯等等中小城市，你在大街上，小巷旁，就经常可以看到某个教堂周围，环绕着大大小小的墓地，里面不规则地放置着石棺和石碑。有的石棺埋在半地下，头上竖着一块石碑，周围是森森的青草；也有很多石棺就像架上雕塑，是整体地架在地面上的，因此你即使在汽车里，也经常迎头就能撞见，躲都躲不开。记得过去读的外国文学著作，比如莎士比亚戏剧中，常常有鬼魂在墓地里作祟的故事，墓地一般都被描写得阴森可怖，有猫头鹰的晓叫，有小妖精跳舞，还有吃人的恶魔等等。可是现实中的英国人，却对身边的墓地如此的不在意，夸张点说，你简直可以说他们是伴着坟墓在睡觉——这在中国绝对是不可以的。中国的墓地从来都是远远避开活人的生活区域，为了逝者的安宁，更是为了生者的心安。

二是草地不怕踩踏

据我所知，很多中国留学生并不喜欢英国，他们毕业以后都急不可耐地想尽早回国。可是他们说起英国的优点，第一留恋的就是草地。英国的草地实在是太漂亮了，满山、满坡、满城市、满街道、满家门口，在在都是，随处都有，像翡翠的绿毯，毛茸茸地铺展在人们眼前，养眼，养心，藻雪精神。

起初，源于在中国养成的良好习惯，我从不踩踏一根绿草，唯恐把它们踩疼。可是后来惊奇地看到，哪儿都有英国人在草地上坐、卧、躺、跪、走路、打球、追逐、聚餐，就差没把汽车开到草地上了！女儿告诉我，英国的草地就是供人休憩的，英人的一大享受就是躺在草地上晒太阳，大中小学校的很多课堂也经常搬到草地上去授课，这也许源于英国的阳光太珍贵了。然而女儿也没弄明白：为什么英国的草不怕踩？

三是英国人乱穿衣

中国有句俗话"二八月乱穿衣"。这句话放在英伦三岛的夏天，也许更合适（冬天的情形我不知道）？每天在街上走，你就看吧，有穿吊带背心的、T恤衫的、毛衣的、西服的、夹克的、风衣的、呢子大衣的、棉袄的乃至羽绒服的，五花八门，各行其是，真正是"自由化"的西洋一景，就好像人们的基本温度感被看不见的魔法在随心所欲地戏弄似的。

实则，英国的气温也真是鬼鬼怪怪的：你在太阳底下，能被晒得冒油，可是一片云彩飞来遮蔽了阳光，你又在冷风的吹拂下直打哆嗦，云起云飞之间，就能差上一个季节。还有，每天和每天的气温也相差甚远，有时候你看着大太阳明媚，也许就非常冷；有时候浓云蔽日的，兼有四五级大风把树叶吹得"嗷嗷"吼叫，可也许又非常的热。我的经验：出门之前你千万不要看别人穿什么，只能自己站在门外先试试。而且，不论大太阳怎么金光灿烂，你一定要像随手带着雨伞一样，拎着一件外套或一个足够厚实的大披肩。

四是英国的窗户全没有纱窗

英国居民的住房基本都是两三层的哥特式小洋楼，有的独栋，有的联排，有的装饰着精美的洛可可纹饰，有的门前还有雕塑。无论是百年老屋还是几十年的新房子，均保存、维护得很好，使所有建筑物都显得典雅、华贵，并不陈旧，一副副精神抖擞的样子。里面的布局也不错，客厅、餐厅、厨房、卫生间、卧室、储物间应有尽有，麻雀虽小，五脏俱全，住着确实很舒服。

但最让我百思不得其解的是，所有窗户全不装纱窗，这样，经常的，苍蝇就飞进来暖和暖和或者凉快凉快。我这人是最见不得苍蝇的，有时正在电脑前写作，忽然就听见"轰炸机"来了，"嗡!!!……嗡!!!……"吵得人心烦意乱，只好起身轰走，它们倒也不在乎，反正窗户大敞，怎么进来的再怎么出去就是了。不肯出去的就是找死，英国的苍蝇特别傻，拿块抹布就能抽死，女儿说有时用脚也能踩死。还好，幸亏英国没有咱们中国那种咬人的蚊子，不然非把人活吃了不可!

反正，我是怎么也不能理解：即使英国人对待动物和昆虫再厚爱，也不能不分善恶，让传播疾病的害虫过得如此逍遥、如此幸福吧?

五是英国的水龙头各行其是

无论是厨房还是卫生间，英国的水龙头都是两个，冷热水分开，没有混水阀。而且，凉水特凉，扎手；热水特热，烫人，用起来还得两边一起拧，别提有多别扭了。想来大概是英国太传统、太古老了?

可是，都到了网络浸润一切的 IT 时代，再古老的传统也应该进行现代化更新了呀，不然就只能墨守，白白辜负了现代科技的滋润。

六是英国人可以不吃蔬菜

去英国超市，最麻烦的就是买蔬菜。对于咱们这个一天也离不了绿叶菜的民族来说，英国的蔬菜就那么几样：洋葱、茄子、黄瓜、番茄、豆角、柿子椒、菜花、油菜、卷心菜、芹菜、白菜，加上土豆和豆芽，如果把它们也算作蔬菜的话。除了价钱贵得惊人（比如 1 斤豆芽菜 7 元人民币，一棵油菜 1 块钱，一棵白菜 10 块钱，一个柿子椒 8 块钱，等等，这还是按照今天的 1∶11.3 汇率计算，金融危机前的汇率是 1∶16，那 1 斤豆芽就是 10 块钱），而且英国蔬菜也不好吃，比如卷心菜可不是咱们的圆白菜，其根粗叶厚，怎么炒也炒不烂；芹菜也粗壮如树枝，得先用水焯上 5 分钟再炒，才能熟。

因此，在所有中国人眼里，英国简直没什么可吃的，大街上除了比萨饼就是汉堡包，再就是美国炸鸡和土耳其烤肉，照今天的科学膳食观点，都是帮助人猛长脂肪和形成"三高"的垃圾食品。可是英国人非常满足，他们只要有了牛排，再加上半个烤番茄、几块烤土豆和几粒豌豆，就觉得非常美味了，天天这么吃也不长口疮不烂嘴角，真是神了！

七是英国商店 5 点就关门

我说不好英国的商店们想不想赚钱？除了大型超市，它们一般上午 9 点或者 10 点才开门，傍晚 5 点或 5 点半就关门，这还不是节假日。节日当然是从不开门的，星期六是下午 4 点就关门，星期日很多商店干脆不营业。

那是一个星期日，我在小城贝星斯道克的迪斯尼儿童用品商店前发呆：大礼拜天的，儿童都不上幼儿园和小学校，跟着父母在街上闲逛，可是它居然闭门不营业，这在中国是多么的不可思议呀？就连华人也染上了这种"传染病"，全雷丁市唯一的华人超市，周一到周五的营业时间是上午 10 点到下午 6 点，可倒真是标准的 8 小时工作制。

八是英国没有卡拉 OK

大家都下班那么早，那么晚上的英国人都干什么呢？不知道，也没见他们有什么娱乐活动。因为英国没有卡拉 OK 厅，也没见过舞厅，更没见过洗脚屋、桑拿房什么的。只见过极少的健身房和台球厅，所以，可以肯定那不是英国的全民普遍性活动。

对伦敦那种大都市来说，据说话剧和音乐歌舞剧是很惬意的享受，而中小城市就只有酒吧可以消遣了。以咱们中国人的一般理解，以为资本主义的英国遍地都是赌场和妓院，满街都是凶杀、暴力、吸毒和穿着暴露的不良性诱惑，人们时时生活在危险之中。其实不是，反正我在英国待了将近两个月，一次也没看见——当然，你可以说我是一叶障目。

九是英国警车整天哇哇叫

我最不喜欢英国的，就是大白天的，光天化日之下，警车老是没事"哇哇"大叫，吵得全城不安，以为出了什么恐怖事件。其实英国是犯罪率很低的国家，连小偷都很少，抢劫等暴力犯罪就更少。

以前我看到女儿的包老是敞开式，里面钱包、信用卡就那么随随便便地丢着，总忍不住提醒她，或者帮她把拉锁拉上。她就不耐烦，故意说："英国没有坏人。你就是把钱包落在哪里了，人家拾到了也会还给你。"我当然不信"英国没有坏人"，因此几年时间都过去了，女儿研究生都毕业了，可还是对那句话耿耿于怀。不过我承认，英国的坏人真的有点儿少，晚上出门也无须害怕。

既然如此，你这警车就别叫了，这不是严重扰民吗，将来也难免真的"狼来了"。叫我说，这是英国警方的不正之风，有一次我就看见一男一女两个年轻警察，在拉着警笛兜风，俩人满面轻松，又说又笑，当然名义上还是在巡逻。看来，全世界的警界都有共同的软肋。可是，不能容忍社会车辆和私家车随便鸣笛的英国人，怎么就能对警车的"哇哇"听之任之呢？

第五辑 海外心情

199

十是英国城市里有古树

让我羡慕不已的是，英国哪个城市都有古树，大树。不是一般的大，而是至少有七八百年、上千年的树龄。我见过的大树有枫树、松树、柏树、槐树、梧桐树，还有我叫不上名字的许多种。最大的直径有两米多，要三四个成人绷直双臂相衔，才能环绕过来。而且，这些古老的爷爷树、太爷树、祖宗树，株株都长得绿叶蓊郁，像儿子树、孙子树一样闪现着青春的袭人的靓丽。这样粗硕的大树我已经好几年没见到了，或者说我平生只在云南西双版纳的原始森林里见过，可在英国的各个城市里都有很多株，举目随处就可以望见。

印象最深的是在巴斯市的一个街头公园里，直径 1.5 米以上的大树居然有着 10 多株，还有直径 1 米以上的、半米以上的，就数不过来了。看它们的年龄，肯定超过千年了，可是它们怎么会矗立在城市中心呢？以城市的岁数计算，巴斯的生日肯定是在它们之后，难道整座城市都是依照它们的生长形势、生态环境而规划、布局、建造的？城市礼让树，人礼让树，这在我们看来，又是精灵古怪的英式思维。

英国应向中国学习的六件事

在英国，洗手啊、洗脸啊、洗菜啊本都是一件十分惬意的事儿，不论在公共卫生间还是在私人住宅里，水龙头里永远都有热水流出来。可不幸的是英国真的太古老了，过去的辉煌，已经大大变成了今天的累赘。

所以，发达的英国也有要向发展中国家学习的事情。比如我建议她也赶紧向中国学，先立马学习六件事：

（一）更换混水阀

英国水管子里时时流出热水是不错，可是冷热水管是分开的，没有混水阀。一般左手这边的是热水管，水热得烫手，右手那边的是凉水管，又凉得扎人。要想把它们弄得合适了，很费事，必须拿个盆在下面接着，然后左右开弓。有时你并不需要很多水，于是就造成无端的浪费。

英国人哪儿知道咱们中国人民的幸福啊，从一开初造楼的时候起，施工方就已经把冷热两根管线留出来了，并且还留出了接混水阀的孔洞。去年我家装修时，本来我怎么也没弄明白如何走热水器的管线，特担心如果接不上怎么办？没想到人家师傅来了，三弄两搞，十几分钟工夫就齐活了，两个卫生间的两个洗面盆、加上两个洗澡间的两个淋浴喷头，四个锃明瓦亮的混水阀笼头，全是往右就流凉水，往左就出热水，把我幸福得直想写一首赞美诗。现在想来真应该补写，然后让女儿给翻译成英文，到英国广泛传播，以利于他们赶快向中国学习，争取早日用上无比享受的混水阀。

（二）调整商店关门时间

英国商店的关门太早了，一般是 5 点，5 点半，到了周六更早，4 点就打烊，周日有些商店则干脆关门大吉。而夏季的英国真是无与伦比，到了晚上 10 点天光才慢慢变黑。所以英国的晚上是非常没意思的，只有零星几家餐馆、酒吧和台球厅开门，街上的人很少。

据说，这是为了保证个人的休息权利，"劳工神圣"么。可是，这话得看怎么说。那么多我下班你也下班的上班族怎么购物呢？还有很多晚上想逛街的消费者怎么办呢？更有越来越多的旅游者想趁晚上逛一逛，也许他们一辈子都不会再来第二次了呢，可是你净给人家吃闭门羹，这是不是有损人家的"享受权"呢？

想我们中国，商店关门越来越迟，有些店面甚至打出了"24 小时营业"，"全年无休"的招牌。特别是经济发达的南方，不论是城市还是乡镇，越到晚上越灯红酒绿，大街小巷，比肩继踵，熙熙攘攘，热闹非凡。哎，老牌的资本主义英国呀，真建议你快来我们中国看看，亲自来学一学我们中国营业员的排班方法，既保证了 8 小时工作制，又增加了就业岗位，还满足了客户需求，三利皆可兼得，何乐而不为呢？

看来，工业革命时期的老规矩跟不上今天的网络时代了。不改不行了。世界大同，不改革都没有出路。

（三）发展公共交通

说起英国的物价昂贵，最不适应的，是刚从北京的公共汽车下来，上了英国的公交车，一买票，我的老天，1.7 英镑，相当于 20 块人民币！相比之下，北京的公交简直就是天堂的福利了，乘一次车只要 4 毛钱，等于英镑 3 分钱。就说英人的工资高，也不至于高出我们 66 倍还冒头呀。

我思忖：这可能也是英国私家车普遍的原因之一？说实在的，在英国，除了伦敦那种超大型的城市，大多的中小型城市并不很大，城内的距离不算远，有时用半个小时就能从这头走到那头了，所以并不非得需要私家车侍候。而伦敦因为人流拥挤，汽车容纳不下，只好把停车费提到极为吓人的高度，一般人都不敢开车进去，私家车反而没了用场，最终还得依靠地铁和公共汽车。

其实要叫我看，英国最适宜的交通工具莫过于自行车，一般只需骑行 10 几分钟就到了，又方便，又健身，又环保节能，还可以一路办事，买个菜寄个信什么的，多好啊。可是英国是很歧视自行车的国家，很多马路上根本没有自行车道，骑车者只能跟汽车并行或与行人搭着伙走，很是危险。英国真应该放下老牌绅士的架子了，重新打量一下自己，也睁开眼睛看看新的世界，尽早把举国的交通观念更新到 21 世纪的今天。

（四）全民共健身

我在英国的 51 天里，是把中国人民日益热辣的健身精神，十分努力地发扬光大到英格兰的 51 天。我几乎一天都没有懈怠，仍如在国内时一样，上午打 4 套太极拳、2 套太极剑共 40 分钟，没带我的铁剑就拣了一根树枝拳当"英式剑"，照样舞得美不胜收，亦把周边的英人们看得眼花缭乱；每晚的 40 分钟快步走亦坚持得如火如荼，有时是到附近的公园，有时是沿着大街笔直向前。

还在国内时，我曾不止一次地幻想过，看我打太极拳那么漂亮，也许会有英人来跟着学吧？那么，我当然就会做一位尽善尽美的义务教师。可惜这完全是我自作多情的白日梦。倒是在晚上快步走时，碰上过几位也在走步的白人妇女，她们朝我会心一笑，我也回以同志的灿笑。后来我发现，英国举国都没有群体健身的人群，顶多是夫妻二人携手并肩，连"第三者"都没有。我这才明白：这就是为什么我满腔热情地想把我大中华的太极功夫亲授给他们，却守了一个多月"株"也没待来一只"兔"的原因所在。

这一点可真远远不如中国人开放了。现在的健身国人，尤其是中老年妇女，表现得最开朗最大方最率直最不扭扭捏捏，哪怕是初到一个陌生城市，只要看见有跳健身舞的群体，立刻就能融化进去，转眼就起舞翩翩了，再转眼就进入高潮了。这是一个互相砥砺的过程，健身不仅是机械地挥挥胳膊、练练腿儿，更是一种愉悦心理的精神享受——我至今犹记得徐城北先生10多年前说的一番话：每当他发现夫人出现了气不顺的倾向，马上就鼓动她去跳舞，因为每次跳回来伊的心情就大好了，"至少能管用一个礼拜。"

因此，为了英国人民的健康长寿和幸福快乐，我建议英联邦政府赶紧派出数十个成百个大型健身学习团，以妇女为骨干成员，来把中国的太极拳、太极剑、太极扇，以及极为优美动人的健身舞、健身操什么的统统学到手。回国以后在英伦三岛迅速加以传播，形成热潮，使之像随处可见的绿草地一样，亦到处都能看见英国妇女们摇曳妩媚的舞姿，保管能让英国男士们也紧紧跟上，步入健身锻炼的洪流，更能让欧洲其他邻居艳羡不止——不是有那么一句流行语吗，"在今天的世界上，谁占据了先机，谁就掌握了主动权。"

顺便再说一句，我在英国从没看到过公共健身器械，这一点也比中国差得远。如今在中国，别说大中城市的每个社区每条街道，就是农村的地头村边，也都有各种蓝色绿色黄色红色的健身器材供人锻炼，这都是中国政府利用发行体育彩票的收入，"取之于民，用之于民"，免费提供的。这么先进的经验，必须虚心学习之，好为英国人民"办点实事"。

（五）不应再养懒汉

说来英国政府也为他们的国民办了不少实事，比如"公医制度"等等。可是什么事都不可过头，中国老祖宗早就教导我们说"过犹不及"，过了，就该走向反面了。就拿贫困补贴金来说，如今英国政府就弄了个上不上、下不下，背负不了又割舍不去，真是十分头痛的一件事。

今日英国，无工作者的补贴是相当宽厚的，每人每周80英镑，每个月就是350镑，那么一个4口之家就是1400英镑左右。另外，为了保证下一代的充足营养，学龄前孩子还发有牛奶票、水果票等等，凭票到超市免费领取。这么些钱能保证一家人吃、穿、用都不愁，还能住上政府提供的几乎是不收租金的住房。如此一来，就有为数不少的一批懒汉干脆不工作了，生上几个孩子，一辈子就靠政府养着。等儿子、女儿陆续到了18岁，孙子和孙女又能接续上了，继续吃政府还是没有问题。我就看到跟女儿住的不远处，有一对特别年轻的男孩和女孩，本身简直还是孩子呢，可是就抱着一个小婴儿，起初我还奇怪，后来才明白了，他们就是靠生孩子来向政府讨生活的一对成员。

英国现在的人口是6161.23万，据说如果达到7000万，每年的税收就将入不敷出，必须把目前英人的工作年龄由60岁推迟到65岁，那也就是说，要靠很多老年人来养活懒汉阶层了。工党、保守党、自由民主党三大政党在为此打口水战，可又都怕得罪选民，便纷纷把矛头对准外来移民，指责他们把英人的收入拖下水了，却谁都不敢触动包养懒汉的问题。叫我说，这是体制问题，至少是体制缺陷，宜赶快修改宪法，并教育英国懒汉们向吃苦耐劳的中国人民学习。

（六）从制度上保证不浪费

我们从巴斯搬到雷丁的新家以后，发现卫生间的水管子严重漏水，长长的流水如同小溪，汩汩的，整日不停地流着，遂赶快把房东请了来。她看到了，用手使劲拧了拧龙头，还是汩汩的奔涌。于是她说："没关系，水费一年才交一次，今年的已经交了，不会再跟你们多收。"我们说："不是水费的问题，而是太浪费了，让人心里不安。"她耸耸肩，点着头走了，却一连几天也没带工人来修理，直到礼拜天才把女儿的男朋友叫了来。

我们当然心明眼亮，这是因为英国的人工费极贵，所以凡是能自己干的都不请人。可是这里面又突出了体制性缺陷，即它提供了可以让人如此巨量浪费的空间。水资源是这样，其他公共设施的许多资源，比如热水、纸张、洗手液、包装袋等等皆如此。看着它们不仅是汩汩的，而且简直就是"千里江陵一日还"地白白流了走，我忍不住心疼。女儿说我："管他呢，这又不是在中国，不是瞎替人家外人担忧嘛！"可是我觉得作为一个"世界公民"，人人都应该建立从大处着眼的现代思维，这是全人类的共同财产，在全球资源越来越短缺的情况下，挥霍一点儿就少一点儿，给子孙后代留下的也少了一点儿。所以，像英国、美国那些历来习惯于大手大脚的富国，也应该学会一句中国的口号："要把富日子当穷日子过。"并且，还要尽早从制度上解决国民的浪费问题。

这不能算是一个现代版的"杞人忧天"吧？而且，还是替英国人的一大"忧"。

中国应向英国学习的六件事

因为资讯的不准确，我们总是看到"老牌资本主义英国不断衰落"的报道，所以就以为英国真的"日薄西山"了呢。其实，昔日辉煌了 200 来年的"日不落大英帝国"，现在也还是霍元甲的盛年，相当了得，作为一个重要的贸易实体、经济强国以及金融中心，人均 GDP 高达 45301 美元，是当代世界的第五大经济体，也是全球最富裕、经济最发达和生活水平最高的国家之一。

而我特别看重的是 HDI 指标。HDI 是世界上通行的一个重要调查数据，包括"基本生活指数"、"生活质量指数"和"全民教育指数"三项指标，后两项不仅说明经济的情况，更跟文明程度的高下紧密相关。2008年，英国的 HDI 值高达 0.942，与美国相差无几，而中国的 HDI 还刚刚达到 0.70 上下，属发展中国家。

在英国生活的 50 多天里，我对英国人的文明水准留下了深刻印象。我

个人认为：如果说中国在经济上要花 50 年赶超英美的话，那我们社会的文明程度和国民文化素质的差距也许在 150 年至 300 年。姑且不论我的结论是否太悲观了，我觉得中国可以立即向英国学习的几件事是：

（一）拆除围墙

英国不论是机关、公司、大学还是社区、住宅等等，基本都没有围墙，这样的好处是，里面的美丽风景也是外面的，属于全社会。比如我女儿的巴斯大学，其"校门"就只是一堵有成人腰部高的砖墙，上面朴素地排列着一行英文字母"UNIVERSITY OF BATH"，旁边配以一朵浮雕花卉，简简单单，典雅大气。这堵灰白色的矮墙就像一座雕塑似的，与周围的绿树、青草融为一体，看上去既赏心悦目，又不威严、不拒人千里之外，感觉非常亲切，亦很舒服。绕到它的后面，就是完全开放的校区，没有人把守，谁都可以自由进入——本来大学嘛，乃"传道、授业、解惑"的地方，应该鼓励人、吸引人进入，从本质上来说不应该把想进去的人往外赶。

在英国，我只在伦敦的议会大厦，还有维多利亚女王居住的温莎城堡看到了围墙，还有荷枪站岗的士兵。温莎城堡的围墙修建在几百年前，当时是作为御敌之用的，所以还真是高大、巍峨的石头城墙；议会大厦的围墙却只是一些铁栅栏拼成一排，只是起到一个告诉行人"不可随便进入"的作用。其他，无论是世界闻名的大本钟，还是精美绝伦的哥特式兼巴洛克风格的大厦本身，以及环绕着它的所有外部雕塑，都是敞开的，游人可以尽情地接近，照相留念。

这种各个小单位的资源与全社会共享，好处是显而易见的，不仅节约了美化城市的成本，同时，也体现出"人人为我，我为人人"的精神，逐渐地在英国人心理上筑起了"天下为公"的境界，这是我们中国人要学习的。

（二）主动和人打招呼

我比较喜欢英国的小城市，它们的居民都很亲切友善，不论是白人、黑人、男人、女人，还是年长者或年轻姑娘，只要在小径上碰个对面，他们一定会向你微笑，打个招呼。而在伦敦和雷丁那种大中城市，人来人往，各自奔忙，则不太会出现这种情况。不过在雷丁市，我们的新邻居是一对白发苍苍的蓝眼睛伉俪，每次碰面，全是他们主动向我们朗声问好，同时脸上浮现出真诚的、喜悦的笑容。

凡此种种，起初，我不太适应，总是在别人跟我招呼了之后，才慌慌忙忙地补上一个微笑，有时显得特突兀，自己都觉得很木讷、笨拙、不自然——咱们中华民族的群体习性，就是比较腼腆内向的民族，没有跟陌生人打招呼的习惯，何况我自己更是一个比较不爱说话的人。后来，招呼的次数多了，我也就主动了，学会了"先发制人"，效果显然更佳，因为我发现在给对方带来愉悦的同时，我自己的精神上也非常轻松和愉悦，甚至我觉得自己还收获了一种"你看我们中国人也是文明礼貌之优秀民族"的满足感，不亦快哉！

自从人类进入了现代社会以后，城市的不断加大、城市人口的不断增多，反而疏离了人们之间的自然亲情。进入节奏越来越快的网络时代以后，人们更是省略了亲情、友情的交往，越来越少见面、聚会、看着对方的眼睛或者握着手，倾诉衷肠。连过年过节都改为一个短信搞定，我们的生存真够冷冰冰的了！所以，是应该注意这个问题了，我们需要彼此抱团取暖，需要努力增加人间的暖意。让我们向英国人学习，先从主动微笑开始。

（三）爱护动物

有一天我走在雷丁最大商店广场的石桥上，刚好瞥见一只雄性水鸟迎着水流，张嘴叼住流水推来的一株长长的绿草，之后，兴高采烈地游到正凫在岸边一小片水草上的一只雌鸟跟前，殷勤地递到它的嘴里。那雌鸟快活地接了过去，将其归入身下的水草一堆，之后仍然凫在那里。那只雄鸟又游了开去，显然是去寻找新的水草，我猜它们是为即将到来的小宝宝做准备。

那两只鸟全身黑色，黄嘴，个头比鸽子大些，比海鸥略小，在英国有很多，我以前在巴斯的公园草地上见过多次。现在看到它俩这么相亲相爱，相濡以沫，我感觉好温馨，很开心，以至于羡慕它们，至今念念不忘。

在巴斯、雷丁、卡迪夫等住过的城市，我都见到了不少动物、飞禽和昆虫，有松鼠、狗、猫、天鹅、野鸭、海鸥、鸽子、老鹰、八哥、燕子、大雁、麻雀，还有很多叫不上名字的鸟儿。巴斯的海鸥非常多，经常和鸽子一起落到城市的中心广场上，在熙熙攘攘的人腿中穿插，寻找食物，或者干脆等在坐着小憩的人们面前，眼睛瞪着你，跟你索要食物。它们站在地面上的时候，和在天上飞翔的形象很不一样，个个体大如鸭，羽毛雪白，洁净光滑得像涂了一层蜡，特别的讨人喜欢。鸽子和它们相比，个头就小多了，毛也没它们的亮，但鸽子喜欢扎堆儿，呼啦全来了，呼啦又飞走了。而且鸽子的眼睛就像少女的眼睛，特别温柔多情，所以人们借喻它们是和平的象征。在英国，鸽子是女王的财产，任何人不得伤害它们，传说曾经有×国人把鸽子捕去吃了，下场是被驱逐出境。英国的麻雀也生活得相当滋润，一只只都是毛色发亮，褐色的斑点竟也明晰动人，个头亦比在中国的兄弟姐妹们大一个脑袋。英国的蜗牛（我们北京人俗称"水妞儿"）一下完雨就全爬出来了，大摇大摆的在人行道上晃悠，体大的居然有两寸长、手指头那么粗……

特别让我意想不到的是，在英国养猫养狗，不是豢养宠物，而是尽社会责任。英国人认为动物是人类不可或缺的朋友，因此人类有责任照顾它们的生存，帮助它们繁衍后代。所以，上班时间，我经常看到有体弱的老年人牵着一两只大狗慢悠悠散步，下班时间则是中青年上班族男女牵着狗儿们迈着有点急匆匆的步子。我还在街上见过挂着牌子的家猫游弋，从没见过流浪的狗和猫。

因为英国人人都就有爱护动物的修养，从来不伤害它们，所以英国的动物不怕人。这是我们中国人应该学习的，再也不能随便欺负弱小的动物一族，不能随便遗弃猫狗，更不能再吃任何一只国家规定的保护动物!!!

（四）盐不咸，食物干净，自来水可直接喝

当然英国人更爱护自己和家人，尤其对身体健康至关重要的食物非常在乎。刚到英国我做的第一顿饭，简直没法吃，因为几个菜都淡而无味，原来是英国的食用盐严重的不咸。后来很长时间，我都不适应，每次都觉得已经放进去很多了，以至不敢再放，然而吃的时候还是淡。后来我明白了，英国的有关机构就是利用人们的这种心理，给你造成"已经放多了"的感觉，从而影响你少放盐，达到控制食盐摄入量的目的。这种样的"煞费苦心"，我认为应该好好学上一学，除了盐，也还可以旁及别的。

英国的蔬菜都是收拾干净才进入超市的，打开包装就能直接冲洗下锅，没有烂泥、黄叶子等等，这样的好处不单是省事，也减少了大量的垃圾，还节约了运输成本。据说，英国的水果可以不洗就直接吃，我没敢，还是用水冲冲，记得上世纪五六十年代咱们中国也这样。又据说英国的自来水可以直接喝，我也同样没敢，还是烧开了。我想这些事，咱们还得老老实实向人家英国学习。

（五）爱清洁，连垃圾站都干干净净

我女儿搬家前，我俩一百二十分卖力地对房间各个角落进行清扫，一方面是因为房主苛刻，哪儿不干净都要扣钱；另一方面也是我的爱国心使然，想给英国人留下一个"中国人也爱干净"的好印象。我俩用上了各种清洁剂，还有各种大的、小的、软的、硬的工具，一寸一寸地刮、擦、抠，简直把屋子整理得都放光了。可是，房东来时还是这儿那儿挑出了不少毛病，比如烤箱的旋钮缝里有油渍，厨房的灯泡没擦亮等等。

除去他故意挑剔想要尽可能多地扣我们钱的因素之外，英国人也确实非常讲究卫生，他们的清洁观也和我们的不太一样。就说英国的公共厕所，马桶盖永远都是给人坐的，所以就像我们家里的一样洁净无瑕。我还去过一位英国黑人女友的家，连门外楼梯上的地毯上都毫无纤尘，屋内的各个犄角旮旯更是连一根头发丝都没有。我还专门去看过几个居民社区里的垃圾站，所有大垃圾箱的四个外面都擦得干干净净，地面上既无遗撒物，也无污水，连污水的痕迹都没有。这让我既羡慕，又嫉妒，还叹惋着急，为咱们中国人不如他们。

（六）汽车真小

以一般工薪阶层来算吧，英国人的收入起码是中国同类岗位的3—5倍，相应的，英国家庭的生活富裕水平也差不多是中国的这么多倍。可是英国人开的净是小小的汽车，起码有总量一半的车都是两门的，为的是省油、省长度，好停车。反正一般家庭用都够了。还有特别特别小的，简直就像个玩具车似的，里面只能坐下一个司机，看着真像一个玩笑，可还是有不少女孩就开着一辆这么小的车，也相当自如地穿行在车流当中，"并怡然自乐"。

除了王室、贵族、大公司老板等少数特别有钱的人，英国广大民众的生活水准都差不多，共同富裕使他们不必担心社会眼光的嫌贫爱富，也就不用专门地用好房、好车、好服饰来炫耀自己。英国人看你这人怎么样，不是看你戴的珠宝有多华贵、身上有多少名牌，而是看你的文明素质水平有多高，即使你开着一辆劳斯莱斯，可你一路超速不礼让别人，路人也都会投以轻蔑的目光。而且我最感觉舒服的，是英国人开车都尽量保持安静，不到万不得已决不鸣笛，在英国的50多天里，我只听到过一声喇叭叫，似乎是向我证实英国的汽车其实也会叫。

以现在世界上的人之多、空间越来越小、温度上升、臭氧减少、碳排放量增加、疾病传播速度加快……我们人类的生存环境，实际上已经非常非常的不如人意了。能少污染一丝空气，能多保持一分安静，这是大家生活质量的福祉。我们应该虚心地承认不如人，并赶快把英国的优点学到手。

英伦的雨

每天一大早起来，我就赶紧奔到窗前，掀起窗帘，急不可待地看看外面有没有灿烂的阳光？

英国的雨水太多了，每天下雨是正常，不下雨是奇迹，出太阳是上帝的恩赐。

而且，英国的雨，脾气还特别怪异，简直像互联网上的舆论一样变得骤快，又像某些调查公司的数据一样喜怒无常。明明刚才还是水蓝水蓝的大晴天，当头停着羊羔一般可爱的白云，可是一回身工夫，水蓝水蓝不见了，纯洁的羊羔变成厚颜无耻的大灰狼，"哗哗哗"的雨就下来了。而等你急急忙忙从包里拽出伞，慌慌张张撑开，却还没有来得及举好，雨又连一声"拜拜"都不招呼，就又扬长而去了。

所以，你只能永远给英国的天气投"不信任"票。有一天早上，我看到万里无云，金黄色的阳光覆盖了所有目力所及的地方，真的是不但明媚了整个物质世界，简直连人的心灵都照亮了。于是，我就叫女儿赶快开启洗衣机，把几天的衣服"哐唧哐唧"都洗了。我这边赶紧在院子里拴绳子、找衣架，随后就都晾了出去。太阳还挺好，风儿也配合，一阵阵的把衣服吹得像旗帜一般高高飘扬，让人看着心里真舒畅！可是全然没想到，还没美上 10 分钟呢，大灰狼们就从四面八方攻上来了，还没等我研究完雨是否会下来，急急的大雨点就箭一样射在头上了。我又赶紧行动，呼哧带喘地把十几件衣服抢救到屋里。谁知，等我刚刚安置好，大群的灰狼们又跑走了，太阳又重新占领了失而复得的领地，风儿也又回来可人地歌唱。我静观了半个小时，终于忍不住，重又把衣服都抖落到院子里。可是又过了 20 分钟，大灰狼又回来反攻倒算，祸害了 5 分钟，就又败者为寇逃窜了。如是者再，你说谁受得这份窝囊气？

刚来英国的时候，每见到下雨，这么频繁和丰盛的雨水，心里羡慕极了。尤其有一次，正在街上走着，没注意，雨线"唰唰"地就划下来了。看着落在地上的雨水马上形成小溪，轻盈地向着低处湍急地流去，觉得那水流美极了，简直是诗歌里面的意境，就忍不住吟哦起来："天油然作云，沛然下雨，则苗浡然兴之矣……"同时，非常怅惜地想：北京已经有 10 年不肯好好地下几场雨雪了，那土地干渴得都要叫出声来了；更想起缺水的甘肃、宁夏，以及水比油还要贵的中东地区……上天为什么这样垂青英格兰呢？她的雨水整年这样丰沛，真是物华天宝的福地啊！

有雨水的滋养，英伦三岛的绿意就蓬蓬勃勃地茂盛，到处都是郁荫蔽日、鲜花灿烂、白云逶迤。我特别欢喜一家家商店的门楣上，都高高悬挂着盛开的紫罗兰、太阳花、倒挂金钟、熏衣草以及满都是碗口一般大花朵的各色蔷薇，它们虽然是人为挂上去的，却从来都是由上天浇灌和养育——在北京则不行，谁有可能天天爬到梯子上去浇水呢？我还特别羡慕英国的街道洁净得没有尘土，天天有雨水冲澡，连裤角也是一个礼拜都不带脏的。

可是，随着待下的时间长了，天天一睁眼，看见的都大灰狼，都是下个不停的雨，都是流水落花的凄凉意，心情就大打折扣了，压抑，沉闷，不爽，逐渐涌上心头，"愁心难整"，默默无语，"不忍更寻思"。如果哪个早上，大灰狼没来，代之以厚厚的云层，那更坏事了，因为那预示着一整天，甚或两天、三天都是阴雨天。下的是那种绵绵的细雨，有点儿像中国江南二月的梅雨季，淅淅沥沥的，没完没了，直到把人的烦躁和乖戾都下了出来，大街上的人就少了，商家心里就着急；酒吧里的人就多了，老板的脸上就乐开了花，真如歌中唱的："月儿弯弯照九州，几家欢乐几家愁"。此时，我也才理解了前几年看到的一则新闻：有许多英国人准备移居西班牙，因为第一是英国的物价太贵了，生活成本太高，让不少家庭难以承受；第二是英国的天气太坏了，说的就是天天阴霾，日日飞雨，令人不可忍耐。

一下雨，天气还变得特别凉，甚至说冷也不夸张。我来英国的时候是6月中旬，北京已经是37度的高温，公共空间的和各家各户的大小空调早就启动多日了。当时看伦敦的气温，报的是19—21度，问女儿怎么带衣服？她一口咬定英国地势高，大气透明度好，太阳一晒比北京还热，二十七八度就要热死人，政府就报红色预警了。于是我就上了她的大当，穿着薄裙就上路了。没想到一下飞机，从登上英国土地的那天晚上开始，就感觉冷，第二天起就披挂上女儿的棉毛衫、牛仔裤、夹克乃至毛衣，自己带来的夏天衣裙是一件也没穿上。我一埋怨女儿，她就说："这几天下雨呢，等太阳出来就热了。"可是我已经等了50多天，依然还是"小楼昨夜又雨风"，眼看7月份就过完了，夏天还是遥遥不见身影，大概是大灰狼们把2009年的"英格兰之夏"吞到肚子里去了吧？

其实也不是今年气候特殊，英国历年如此，看看大街小巷，家家户户都没有空调，我的心里就开始明白了；而且整个儿一夏天，白天即使在大太阳底下，我也没出过汗，天天晚上也一直是盖着鸭绒被睡觉的……这些迹象都表明了英伦的雨把她的夏天，打造的是什么温度。

我再抱怨，女儿就不耐烦了，说英国就连冬天也是天天下雨的，在最寒冷的日子还下雪呢。而且到了那时，下午3点多钟就天黑了，大街上就没人了，人的心情就更绝望。不过，因了大西洋暖流的影响，英国的冬天并不是太寒冷，有些年轻人穿一条牛仔裤就过冬了。我想起来了，过去小学课本上就读过，这是温带海洋性气候的特点，冬天不是特别冷，夏天也不是特别热，常年还都有清爽的风吹来。

所以我不再抱怨，而且转为庆幸：我来的这51天里，虽说天天都跟雨水见面，但日光很长，每天早上3点半就开始亮天，晚上10点才黑天。我天天晚上9点钟出门散步，有时还能见到明光灿烂的太阳，把天空和大地染得一片金色，真是此生从未有过的新奇感受。有一天晚上，我还惊喜地看到了一个大大的、横跨着两个山头的彩虹，几乎把半个天空都光耀得流光溢彩，其天籁般的美丽，真正震颤得让我心里发酸，想哭。可惜这种福分，在北京城里钢筋水泥的包围下，是享受不到的。

在英国巴斯邮局

今年北京的夏季超高温，据说某日南长街的地面温度达到了42度，幸运的是被我躲过了：7月份，我去英国参加女儿的毕业典礼，那里绿荫连天，凉风习习，真是夏日天堂。

女儿毕业的巴斯大学在伦敦以西100公里的巴斯市，学校就是以城市的名字命名的。巴斯被誉为英格兰最美的城市，是英国唯一被列入世界文化遗产名录的城市。她的城市风格基本是罗马式的，这是因为公元1世纪凯撒大帝的铁骑横扫欧亚，强大的罗马人打到英国，被这里优美的风光和天然的温泉所吸引，便在这里广修精美豪华的浴池和神庙建筑。以后经过两千年的风雨兼程，巴斯城不断建设和完善，变得越来越漂亮。她的颜色格调是蜂蜜黄（我们中国人叫米色），全部是三四层坡顶小楼，依起伏不停的地势而造——当然，这个"停"字属于文学感觉，实际上，巴斯是站在丘陵地片上，整个城市都是起起伏伏的大波浪地形，连市中心的繁华商业区也是一会儿高一会儿低，极是"地无三尺平"。

巴斯也是英国三大旅游城市之一，当然有着许许多多举世闻名的古迹和景点。比如，和邮政事业有关的一个就辉煌无比：1840 年 5 月 2 日，一封信件由巴斯的布劳德大街 8 号寄出，信封上贴着一枚小小的英国女皇头像黑便士邮票，这即是人类使用的第一张邮票，世界邮政的历史从此开启！

在巴斯中央邮局的地下室，建有一座邮政博物馆，那天，我本是专程去那里参观英国邮政史的。孰料，先自给我留下深刻印象的，是英国今天的邮政服务。和中国邮局的绿色调截然相反，英国邮局选择的基调是红色，这已是几百年的传统了。因此，一走进巴斯中央邮局，举目所见，柜台、邮筒、沙发、告示牌等等，都是红色的。顾客进了门，先在红色的打号机上取一个号，然后在放置着红色沙发的等候区域等待叫号，除了语音之外，柜台上方有电子大屏幕显示号码，就像中国的银行一样。我看到，顾客们都很自觉，耐心而安静地等候，没有人大声说话干扰别人。

以北京邮局的眼光看，巴斯这家邮局的面积中等，一共有 8 个柜台。在每个柜台上，面对顾客方向，安置着一个刷卡机；台子下面还多出一块板子，是方便顾客放置提包、雨伞等等的。8 个柜台各种业务通办，所以叫号很快，不像中国的邮局，虽然柜台不少，但被切割成寄信、包裹、邮票、订报、开发票、售卡等等各自为政的柜台，就造成忙得忙死，闲得闲死，大宗业务如寄信、汇款柜台永远拥挤永远排长队，而订阅报刊等柜台永远清闲，由此造成了人力成本和空间资源的极大浪费。当然同时也给顾客造成极大的不便，如果你想要办几项业务，对不起，你就得排几次队，直到把你排"死"，生一肚子气怒火中烧地逃离。

英国邮局的营业员无论男女，年龄不限，以中年为主。他们在柜台里面对着顾客，坐在一把特制的高椅子上，那高度刚好和站的高度差不多，这样从视觉上就和顾客处在同一的水平线上，使双方更便于交流，互相的感觉也更直接亲切些。我注意到，每位营业员都先对顾客报以一个笑容，顾客也礼貌地回报微笑，然后再开始进入业务。他们双方的音量都不大，相邻的柜台基本听不到，因此不会影响周边。每服务完一个顾客，双方都会以"谢谢！"和"再见！"告别。

一位妇女推着一个婴儿车进来了。婴儿只有三四个月大，咿咿呀呀的，有时还伴有唱歌一样嘹亮的哭声。我暗自想，邮局对这样的特殊顾客，应该有"特殊政策"吧？果然，一俟有前面的顾客办完，电子大屏幕马上就显示出另一系列上的号码，而这位妇女就推着婴儿车过去了，就像我们银行的金卡账户优先一样。只见她一手把婴儿抱在怀里，一手办着自己的业务。她的营业员是一位中年妇女，十分理解她的处境，一边微笑一边麻利地为她服务，很快就顺利完成了。这时，又发生了一件令我完全想不到的事情：只见女营业员走下高椅，走出柜台，帮女顾客推着婴儿车，一直把她送出邮局的门外，然后才快步走回柜台，按响了自己的叫号机。这一切波澜不惊，既没有双方的客套，也没引起周边顾客的特殊目光，一切都自自然然，行云流水，使我明白了：哦，原来英国邮局的服务，还包括帮助特殊顾客平安离店，可真是人性化到家了！

这边正想着，那边又出现了一个西洋景：一位神态安详的古稀老奶奶，驾驶着一辆电瓶车，直接开到了柜台的前面。这种小车在英国随处可见，是专门提供给年高者和残疾人士用的，它极其轻便灵活，好驾驶，可以在街道上、便道上、商店里、礼堂、博物馆、饭店等等一切行人的所到之处使用，而且，不仅提供了肢体的服务，也提供了心灵的尊严感，使残疾人士处处像正常人一样自由行动。果然，只见营业员像对待其他顾客一样的方式为老奶奶服务，完了，也是一句"谢谢！"和"再见！"，就按响了下一个号码。这回她没有出来相送，这也是恰如其分，既然老奶奶觉得她自己完全能行，那么，就让她觉得自己还是世人眼中的年轻姑娘吧，一个多么温馨的白日梦啊。

我走出邮局好久，心里还都温暖着。我想故我在。我做故我在。多数时候，温情的大环境是由人心造出来的，它并不一定需要多么现代化的设备和极尽堂皇的屋宇装修。在这里，套用一句伟人的话，人的因素是决定性的因素——人心的亲切度有多高，环境的温暖度就能达到多高，不是吗？

巴斯邮政博物馆

　　巴斯市是联合国著名的三大古城之一，是英国唯一的世界文化遗产地，也是仅次于伦敦的英国旅游胜地。名声这么大，其实她面积很小，都不够出租车跑起来的，平时也只有 9 万常驻人口，但却极有文化内涵，是个用宗教、历史、哲学、艺术慢慢积累起来的，可滋养心灵的享受之城。参观举世闻名的巴斯邮政博物馆，即是寻觅历史足迹的一次精神之旅。

　　巴斯邮政博物馆在世界邮政史乃至人类文明史上，地位都十分重要。因为它可说是全世界现代邮政的滥觞——1840 年 5 月 2 日，从这里寄出了世界上第一封贴有邮票的信。上面那枚邮票，即大名鼎鼎的英国维多利亚女皇头像"黑便士"邮票。

　　今天，这枚珍贵无比的邮票依然收藏在这家邮政博物馆里，但普通观众却只能看到它的放大照片悬挂在墙上。还有用它制作的明信片，上面有这枚邮票的图案，还有放大了的邮戳，清晰地显示着"BATH MY 2 1840 D"（"巴斯 1840 年 5 月 2 日 D"）的字样，整个图案下面还有它的历史说明文字。明信片以每枚 30P（时下相当于人民币 3.5 元左右）的价格向参观者出售。

　　博物馆内容之丰富之深厚，简直就是一部《世界邮政史》。让人心生敬意，不由得放轻脚步，小心翼翼地阅读起来：

　　＊ 几块石头，灰白色，外表光滑，中间有凹下去的部分，原来它们竟然是 4000 年前皇族密信使用的信封。凹下去的部分放入信件，当然不是纸质的，因为当时还没有纸。但也许信的内容就刻在石头本身，是一种只有当事人才懂得的密码？

　　＊ 几个似泥又似石的板型家伙，是公元前 2000 年巴比伦人使用的泥板邮件，它们的内容也密不可知，也许只有丹·布朗笔下的密码专家才能

破译？

*　古埃及人的木纹纸信其实是书写在一种树叶上的，不过，这也是密信的专用品，重要文件写上去之后，再涂上一种神奇的药水，字迹就隐身了。信送到后，对方再用一把小刷子，蘸上相应的"解药"把遮蔽的字迹刷出来，真正神秘，令现代人自愧不如。

*　从16世纪开始，欧洲慢慢开始形成了相对独立的邮政系统，其形式有点儿类似今天的传销网络。在玻璃展柜里，摆放着两封信的真品，一封是1508年从威尼斯寄出的，还有一封是1528年从意大利寄出的。纸张还不算想象的那么黄和旧，字迹也还能看得很清楚，只不过上面写的是古体的意大利文，识不出内容是什么？也真难以想象这500年前的信是从哪儿寻觅来的？

*　17世纪和18世纪是欧洲工业革命兴起的世纪，其邮政事业也进入了快速发展时期。我看到了一个和真人大小差不多高的木雕Post Boy（邮童），穿着红色的邮政服装，笑嘻嘻地站在那里。说是邮童，其实是个大小伙子，据说这样的木雕在世上仅存此一个了。当时邮童们送信，起初是骑马，后来换成了红色的邮车。说来英国邮政和中国邮政的绿色正相反，他们使用的基色是红色，邮车、邮筒、服装等等都是红色的，一直沿用到今天。而当时邮童的出现，与其说是为了送信，不如说是为了收钱，因为先前所有的来信都是放在一个公共的地方，比如商店或酒吧里，由本人自己去取，取信时需要付邮费。但由于很多人不知道有信来或者没钱取不起，就造成了许多悲剧性故事和大量的浪费现象。所以，后来才出现了邮童这个职业。而那时的邮筒则是放置在火车上的，由寄信人自己把信件送到火车站，投在邮筒里，然后就被火车带到远方。

*　到了19世纪20年代，纸张还特别珍贵，每张纸都要使用4次。所以现在我们看的一封信的页面上，其实是先后写下了4封信，第一封是从右往左写，第二封是从左往右写，第三封是从右上角斜着往左下角写，第四封是从左上角斜着往右下角写，看着可真叫人眼花缭乱的。唉，想想古人，也够可怜的。

*　然而，邮童的出现，还是没有彻底解决邮件的收费问题，因为有些

第五辑　海外心情

穷人明明知道那是自己的来信，可因为没钱付费，还是不取。1837 年 2 月 13 日是个值得纪念的日子，有一位叫罗兰·希尔的发明人，先后向奥地利、希腊、瑞典等国政府提出使用邮票的建议，但可惜都没有被采纳。这位有创见的人即"黑便士"邮票的设计者，历史注定了要助推他一把，也注定了要把荣耀给予大英帝国、给予巴斯，于是在又延宕了 1173 天以后，终于从巴斯市的布劳德大街 8 号，寄出了世界上第一封贴邮票的信，人类邮政的历史新纪元，从此就揭开了辉煌的现代大幕。

……

怎么样，跟着我的笔触参观到此，您是不是觉得也上了饶有兴味的邮政一课？

且慢，还有更丰富的许多内容呢——

这座邮政博物馆里，还按照历史年代的顺序，包罗万象地陈列着众多和邮政业务有关的物品：羽毛蘸水笔、砚台、印章和印章盒、放大镜、天平秤、手铃、放邮票的珐琅盒、象牙的拆信刀、古老的邮政剪子、邮票打孔机、旧式英国货币、红色的邮筒、邮递马车、邮递铜号……

墙上有一幅阔大的油画，诙谐地展现出 18—19 世纪的英国，邮递马车来到一个小镇的情形：马车上的邮差在 3 公里以外就吹响了号角，邮号一共有 6 种音调，分别显示出"上车"、"快行"、"让路"、"过关"、"换马"等行进状态，以便让前方沿途的人们做好迎接的准备。果然，小镇上的人们听到号角，差不多都跑出来家门迎接，小孩子和小狗们在趁机捣蛋，邮差则像救世主一样坐在高高的邮车上，居高临下地接受人们的欢呼……

那时，邮递马车的到来，把各地封闭、沉闷的生活连接了起来，因此就成为节日一样重要的精神大事。其所到之处，都能掀起一阵阵狂欢的旋风。

在世界文明史中，所有的故事都是由人来统领的，人物始终居于中心地位，可以说没有人、没有传奇人物，就没有波澜壮阔的历史。在巴斯邮政博物馆的《导览》小折页上，介绍了 3 位重要人物，印着他们的古装相片：

第一位是劳夫·艾伦，他 1693 年出生在英国的坎沃，14 岁就开始经营其外祖母在哥伦布大街的邮局，到 19 岁时已经是巴斯邮政局的局长了。艾伦的重大贡献在于他改革了巴斯的邮政系统。过去，由于巴斯是归于布里斯托管辖，所以从巴斯寄往伦敦的邮件必须先往西送到布里斯托，然后再折返往东送到伦敦。这样不但耽误时间，邮费也贵了许多。艾伦建立了直接通往伦敦的邮政系统，这样就激活了巴斯极其附近地区的邮政市场，使业务量大增，也为以后巴斯在世界邮政史上的惊人之举埋下了伏笔。

第二位是约翰·帕玛，他是土生土长的巴斯人，于 1784 年策划运行了第一次邮政班车。这一活动取得了非常的成功，从此，邮政班车路线几乎延伸到了巴斯地区的每一个角落，大大提高了邮政快递的速度和效率。其实，这位帕玛并非邮政人员，据说他是巴斯一家剧院的经理，邮政班车的思想火花产生于接送演员的马车，真是无心插柳柳成荫啊，一不留神，竟成了名垂青史的人物。

第三位是汤姆斯·摩尔·马思葛雷夫，他在 1833 年至 1854 年当了 21 年的巴斯邮政局局长。没有功劳也有苦劳，历史对他这 21 年兢兢业业工作的回报是：1840 年 5 月 2 日，就是他，成为世界上第一个给"黑便士"邮票盖戳的人。这位辞世在自己邮政工作岗位上的老人，亲手开启了一个邮政新时代，他是一个幸运儿。

顺便说一句，《导览》小折页一共有 4 种文字，英文、法文、中文、日文，这使我感到很惊喜也很欣慰。后来，我在很多博物馆和景点都看到，中文的导游小册子和导听电话都是几个语种中必备的，这说明中国游客很多，对英国来说，中国人已经是一支重要的旅游生力军了。

本文最后，我还要揭示一个底牌：别看这座巴斯邮政博物馆是如此的大名鼎鼎，它的展品这么珍贵，内容这么丰富多彩；可是，在商品经济大潮汹涌冲击的今天，它的位置也已经由原来中央邮局后院的大街上，被挤到邮局的地下室，一个十分狭小、拥挤的空间，说博物馆是好听的，不好听的也可以说是一间带两个小小耳房的储藏室。而它原来的所在，现在是被一家世界知名的品牌连锁店租用，人家花了巨款重新堂皇包装，卖大价钱的商品了。看来，在巨大的商业"侵略"面前，全世界同理，什么文化、艺术、历史、哲学……都得统统让位给利润这只贪婪无厌的怪兽！

所幸的是，金钱可以买到最好的地皮，却不可能买走人心。人类文明的希望也就在这里——在我们参观展览的整个过程中，都是白发苍苍的保罗老先生陪同，他不厌其烦地为我们介绍每个展品、每个历史细节，声音里充满了行业的激情，就像炫耀自己平生最重要的成就。我猜想，他是一位志愿者，退休之后自愿到这里来服务，为的是守护这些无比珍贵的展品，也是不能中断了巴斯邮政这根历史的血脉！

　　我向他投以极其敬佩的目光，并与他合影留念。我也为世界邮政事业庆幸、并为人类文明史骄傲：正是因为世界上还有这样纯粹的、为文明所必须珍视的某些事业无私献身的人士存在，文化的和文明的光芒才能代代不熄，薪火相传，神圣保留，恒久永远！